1970년대
소설에 나타난
산업화 양상
연구

1970년대 소설에 나타난 산업화 양상 연구

김홍신

도서
출판 **박이정**

책 머리에

　다양한 방법으로 한국인들의 행복도 조사를 하면 뜻밖이다 싶을 만큼 수치가 낮다. 1960년대에 1인당 국민소득 백달러에서 40년만에 무려 2백배인 2만 달러를 달성할 정도로 급성장하면서 형성된 산업화 양상은 갖가지 욕망을 분출했다. 개인의 행복을 $\frac{성취}{욕망}$ 으로 인식했기 때문에 그 욕망은 풍선처럼 마구 부풀었다.

　엄격한 성리학적 가치관에 따라 욕망의 자제를 강요당했던 과거와 다르게 산업화를 온몸으로 겪으며 현대인들은 외면적 가치인 금전과 재물, 권력과 지위, 허영과 관능적 쾌락에 집착해 정신적 혼란과 사회적 폐단이 누중되었다.

　산업화는 도시화 현상, 가치관의 변동, 인간의 소외문제, 사회계층간의 문제를 두드러지게 노출시켰다. 이런 산업화가 야기한 부정적이고 잡다한 폐해들을 70년대 작가들은 적나라하게 채집하고 익명성, 비정성, 무관심, 비연대성, 비인간적 행태를 소설의 주제로 삼기를 주저하지 않았다.

　작가의 본능 속에는 시대를 조명하려는 횃불의식이 상존하고 있다. 불을 밝혀 진실을 드러내려는 강렬한 욕구 때문에 작가의 참여의식은 늘 북소리가 된다.

인간의 가장 기초적인 뇌에 속하는 파충류의 뇌reptilian brain는 생존을 위협하는 맹수를 만나면 투쟁·도피 반응으로 대응한다. 맹수에게서 도망치거나 공격하는 것이다.

그래서 작가의 본능적 비평의식은 가진 자, 빼앗은 자, 누리는 자들의 비인간성에 회초리를 드는지도 모른다.

부풀어 오른 욕망의 호기심으로 인간성이 마멸되어 가는 풍속도를 작가들은 방향타만이라도 바로잡으려고 애써 고뇌한 흔적들이 70년대 소설의 곳간이 된 듯하다.

타인의 행동이나 의도, 감정을 머릿속에서 재현, 추측, 모방하며 인간의 공간능력을 담당하는 신경세포인 거울 뉴런mirror neurons의 한 표징으로 70년대 작가들은 못 가진 자, 빼앗긴 자, 홀대받은 자의 고통들을 경험한 듯이 공감하는 시대적 소명을 표출한 듯하다. 작가는 사회적 병리현상이나 그 환부를 노골적으로 드러내는 껄끄러운 존재이지만 작가가 드러낸 화농 자체가 동시에 치유력을 가지고 있다는 점에서 1970년대 소설에 나타난 산업화 양상 연구는 그 의의가 크다고 본다.

그렇기에 과문한 필자에게 매우 버거운 주제였을 뿐 아니라 선행연구가 거의 이루어지지 않은 분야였기에 더욱 어려움이 가중되었음을 밝힌다.

그럼에도 후기 산업화 시대에 사는 우리들이 보다 다양하고 풍요로운 삶을 누릴 수 있는 방향을 제시할 수 있을 거라는 희망을 놓치고 싶지 않았다.

이 글은 1993년 고 정창범 교수의 지도를 받고 평론가이자 서울대 교수인 조남현 박사의 편달을 받은 박사학위 논문이다.

박사학위 취득 후 소설집필과 국회의원 활동으로 출간할 엄두를 내지 못하다가 박이정 출판사의 따스한 격려로, 부족하더라도 한 시대를 들여다 보려는 작은 흔적을 가감없이 세상에 펼쳐놓기로 했다.

성글고 천단하더라도 다사롭게 살펴주기 청한다.

2010. 봄

초당에서

차례

Ⅰ. 序 論 | 11

1. 문제의 제기 ··· 11

2. 연구 대상과 방법 ··· 21
   (1) '도시화 현상'과 관련된 작품 ·· 23
   (2) '가치관의 변동'과 관련된 작품 ·· 24
   (3) '인간의 소외문제'와 관련된 작품 ··· 25
   (4) '사회계층간의 문제'와 관련된 작품 ···································· 26

3. 산업화와 소설 ··· 31

Ⅱ. 1970년대 소설에 나타난 산업화 양상 | 37

1. 도시화 현상의 소설화 방법 ··· 39
   (1) 都市 移住民을 다룬 소설 ··· 43
   (2) 도시의 生態를 다룬 소설 ··· 56
   (3) 농촌의 변모를 그린 소설 ··· 70

  2. 산업화와 인간 훼손 ·· 79
   (1) 物神 崇拜와 俗物 根性 ·· 81
   (2) 家父長的 權威의 崩壞 ·· 105
   (3) 조직 사회와 자아의 상실 ·· 120
   (4) 고향 상실과 流浪人의 悲哀 ·· 143
  3. 계층간의 葛藤과 노동소설 ·· 150
   (1) 노동 현장의 묘사 ·· 155
   (2) 노사 갈등의 제시 ·· 178

Ⅲ. 結 論ㅣ 195

● SUMMARYㅣ 208

● 參考文獻ㅣ 212

Ⅰ. 序論

1. 문제의 제기

우리나라의 近代化 혹은 産業化가 본격적으로 이루어진 시기를 1960년대 이후로 설정하려는 견해에는 특별한 이견이 제기되고 있지 않은 듯하다. 이 때 근대화의 의의에 대하여 논자마다 상이한 관점에서 개념설정을 할 수 있 겠지만, 이 논문에서는 "서구에서 近代가 시작된 때부터 최초의 국제적인 文化移植the initial acculutulation과 그에 따른 변동의 土着化the subsquent indigenization of change라는 두 가지 상관된 역사적 과정"[1]이라는, 비서구 국가의 주체적 입장을 강조하고 있는 김경동의 탄력적인 관점을 받아들이기로 한다. 이것 은 결국 근대화가 서구의 역사적 발전 과정에 그 연원을 두고 있지만, 비서 구 국가의 근대화 과정은 서구의 근대화와 똑같을 수 없으며, 그 나라의 전

---

1) 金璟東, 「近代化를 둘러싼 爭點들―社會學的 展望」, 『近代化―그 現實과 未來』, 서 울대학교 출판부, 1979, p.30

통적 문화·관습과 유기적으로 결합된 토착화가 전제되어야 함을 뜻한다. 역사적 맥락에서 볼 때 서구사회는 자생적인 근대화 과정을 겪었지만 비서구사회의 근대화는 사회내적 변동에 의한 것이라기보다 외래적 문화의 이식 과정으로서의 성격이 훨씬 강조된다는 점에서 양자의 성격적 차이는 보다 분명해진다.

19세기 말 산업기술을 앞세운 서구 문화가 거세게 문호의 개방을 요구하며 밀려들 무렵, 우리의 위정자들은 전통적 가치관과 문화가 야만적 서양문명에 오염될 것을 염려하는 배타적 자세를 강하게 드러내었다. 지배 엘리트들의 수구적 자세와는 달리 서양의 근대주의를 과감하게 수용해야 한다는 일부 신지식인의 개방적 자세와 노력에도 불구하고, 그들의 순수한 의도와는 상관없이, 자체 역량의 미흡을 외세의 도움에 의존하려 했던 내적 한계성 때문에, 일본 세력이 한반도에 뿌리내리게 되는 결정적인 계기를 제공하는 역사적 아이러니를 초래하였다.

일제는 한반도를 自國의 식민지로 경영하면서 자국의 이익추구에만 골몰하였을 뿐 전근대적 상황에 놓여 있던 한국을 근대화시키려는 적극적인 노력을 보이지 않았다. 그들이 한반도를 지배하는 동안 서양식 교육제도를 도입하고, 철도와 항만을 부설하며, 근대식 공장 등을 설치한 것은 사실이지만, 그것은 어디까지나 그들(식민주의자)의 입장에서 그들이 주도권initiative을 갖고 대륙에 진출하려는 전초화 작업의 일환으로 한반도의 공업화를 획책한 것에 불과했기 때문에, 사회의 주체 세력으로서의 土着成員, 다시 말해 우리 민족 자체의 문제해결 노력과는 엄연히 이질적이다. 이런 관점에서 볼 때, 일제 식민지 기간을 포함하여 1950년대 중반까지 우리에게도 근대화에 대한 내적 필연성과 욕구가 없었던 것이 아니었지만[2] 그것을 실제로 추진하기에

---

2) 金璟東, 「한국의 근대화」, ≪亞細亞≫, 1969. 5. 『한국사회-60년대, 70년대』, 범문사, 1982. p.216에서 재인용. 한국의 근대화에 저항하는 요인으로 (1) 유교의 정신주의, (2) 관료들의 집단저항, (3) 일본의 침략세력과 유착한 친일파에 대한 배타적 감정, (4) 농경문화의 전통 등을 들 수 있다.

는 여러 가지 여건이 우리에게 유리하게 작용하지 못했던 것이다.

근대화·산업화·도시화는 종종 같은 개념으로 이해되고 있으며, 실제로 그렇게 사용되고 있는 듯하다. 그러나 이 세 개념의 의미를 엄격히 규정하자면 적지않은 차이가 발견된다. 먼저 '近代化'가 사회적·문화적 발전과 더불어 경제성장을 포함하는 일반적 과정을 가리키는 개념이라면, '産業化'는 산업발전에 기술을 적용시킴으로써 일어나는 경제성장을 강조하는 개념[3]이며, 현대적 과학기술이 가능하게 한 새로운 기계와 이에 수반되는 생산과정을 활용하기 위해 개발된 사회와 인간을 연결하는 제반 관계[4]를 통칭하는 것으로 이해할 수 있다. 그리고 '都市化'는 인구 및 생태학적 과정 이외에 산업화 과정에서 나타나는 사회, 경제, 정치구조의 分化differentiation와 統合integration, 지배와 복종 및 갈등의 과정, 그리고 都市性urbanism의 일반화 과정으로 정의된다.[5] 이런 관점에서 본다면 근대화·도시화·산업화는 그 개념상 뜻이 겹치는 부분이 결코 적지 않다는 사실을 발견하게 된다. 예컨대 도시화에서 사회조직 및 제도의 변천과정이 곧 산업화 과정으로 이해되는 경우가 대표적이다. 그러나 도시화와 산업화의 근본적 차이는 산업화가 도시 이외의 지역인 농촌이나 어촌에서도 일어날 수 있지만 그렇다고 하여 농촌이나 어촌을 도시라 명명할 수 없다는 점이다. 농촌에서 영농방법을 기계화로 개선하고 몇 개의 공장이 들어선다고 해도 도시가 되기 위해서는 일정한 요건[6]을

---

3) R.H. 라우어 지음/ 정근식·김해식 옮김, 『사회변동의 이론과 전망』, 한울, 1985. p.373

4) 金麗壽, 「産業文明의 危機와 代案的 文明의 摸索」, 『근대화』, p.209

5) 姜大基, 『現代都市論』, 민음사, 1987. p.79

6) 루이스 워스가 말하는 도시의 판별기준은 '인구의 수', '밀도', '주민과 집단생활의 이질성' 등이다. Louis Wirth, Urbanism in World Perspective, ed. Sylvia Felis Feva (Thomas Y Crowell. Co.1968), pp.51 참조. 이 가운데 도시를 특징짓는 가장 중요한 요인은 인구의 이동에 의한 인구의 수와 밀도의 증가이다. 이러한 인구의 이동은 사회 경제적 변화에 의해 이루어지는데, 예컨대 소득과 고용의 기회, 교육의 기회, 문화시설 향유의 기회를 충족하기 쉬운 곳이 바로 그러한 시설이 갖추어져 있는 도시이고, 그 때문에 많은 사람들이 도시로 유입되는 것이다. 석현호는 한국의 근대화 과정 이래의 인구 이동의 요인을 다음과 같이 항목화하고 있어 주목된다.

갖추어야 하기 때문이다. 또한 근대화와 산업화의 관계에 있어서도 근대화는 개인의 가치체계와 산업화에 따른 경제 · 사회 · 정치제도의 합리적 변천 과정을 의미하는 것이므로 도시화와 산업화를 두루 포섭할 수 있는 보다 유연하고 폭넓은 개념으로 사용하기도 한다. 이에 반해 산업화를 생산수단의 기계화로 파악하거나 근대화의 여러 측면들을 포함시키는 광의의 개념으로 이해하는 경우[7]가 있는데, 이를 보더라도 이 세 용어의 차이를 변별해내는 작업이 쉽지 않음을 확인하게 된다. 이상 세 가지 개념의 차이를 요약하여 도표화하면 다음과 같다.[8]

개념	특징	내용
근대화	합리성	개인 가치체계의 변화 제반 사회제도의 변화
도시화	인구 · 지역성	인구집중 도시사회의 구조의 확산 도시문화와 생활양식의 확산
산업화	기술 · 산업구조	기술의 발전 직업의 전문화 공장체계 확대

위 도표를 통해 확인할 수 있는 것처럼, 근대화 · 산업화 · 도시화는 서로 상이한 특징을 드러내는 개념이지만 상호 보완적인 측면이 매우 강한 것 또한 사실이다. 이 논문의 중심 테마인 '산업화'는 경제발전이 다른 무엇보다 우선되고 중요하게 간주되는 개념이기 때문에, 이 논문의 논지 전개 방향이 경제적 문제와 긴밀한 상관관계를 이루면서 전개될 것은 자명한 일이다. 그

---

① 산업발전의 영향, ② 인력의 향상, ③ 교통과 통신의 발전, ④ 사회구조의 분화현 상, ⑤ 사회경제적 근대화의 중심지로의 인구이동. (석현호, 앞의 글, pp.128-130)

7) 석현호, 「한국의 도시화와 사회변동」, 성균관대학교 사회과학연구소 편, 『한국사회 의 변동』, 성균관대학교 출판부, 1986. p.124

8) 위의 책, p.81 (인용된 도표는 원래 도시화, 산업화, 근대화의 순서로 되어 있으나 인용자의 자의에 따라 순서를 바꾸었다.)

러나 인구의 이동이라든지 가치관의 변화와 같은 문제를 다루기 위하여는 근대화 혹은 도시화의 개념에 의존하는 경우도 간혹 있을 것이다.

근대화가 초래한 결과에 대하여 학자마다 약간의 견해 차이를 보이고 있으나, 다음 몇 가지 사항에는 대체로 의견의 접근을 보이고 있다. R.H. 라우어에 따르면 근대화는 필연적으로 수많은 영역에서의 변동을 초래하는데, 그것의 전형적인 양상은 여섯 가지 형태로 나타난다고 한다. 즉 ① 인구학 ② 계층체계 ③ 정치조직 ④ 교육 ⑤ 가족 및 가치, 태도 ⑥ 퍼스낼리티 영역에서의 변동[9] 등이 그것이다.

한편 金璟東은 경제위주의 근대화를 추진한 우리나라의 경우에는 다음과 같은 부정적 양상을 특징적으로 보여준다고 주장한다. 첫째, 삶의 환경의 파괴 둘째, 불공정한 분배정책으로 빈부의 격차 및 갈등의 심화 셋째, 거대한 조직체 내의 일부분으로 전락해버린 인간의 소외문제 넷째, 경제만능이 초래한 전통적 가치관의 붕괴 및 변화.[10]

라우어가 항목화한 근대화에 따른 사회의 변동은 크게 도시화와 관련된 것과 산업화와 밀접한 연관을 맺고 있는 것으로 구분할 수 있다. 인구학이 도시화와 뗄 수 없는 상관관계를 맺는 개념이라면 나머지는 대부분 산업화와 유기적으로 관련되는 사항들이다. 계층체계는 빈부의 격차와 이들 계층 간의 갈등을 의미하는 것이며, 정치조직은 조직과 개인의 문제, 즉 소외의 양상과 연관되는 것으로 해석할 수 있다. 또한 가족, 가치의 문제는 신구세대 간의 가치관의 극심한 편차를 드러내며, 퍼스낼리티의 문제는 극도의 이기주의·개인주의와 연결된다. 이렇게 볼 때 라우어가 서구의 근대화에서 파생된 여러가지 부정적 결과를 항목화한 것은, 우리나라의 근대화 이후에 나타나는 사회변동을 분석한 김경동의 견해와 크게 다르지 않음을 알게 된다. 가장 커다란 차이는 삶의 환경 파괴 문제인데, 이것은 이미 근대화가 이루어져

---

9) R.H. 라우어, 앞의 책, p.390

10) 金璟東, 「근대화의 작은 양달과 큰 응달」, ≪뿌리깊은 나무≫, 1978.4. 앞의 책, pp.232-235 참조.

후기 산업화 사회로 접어든 서구에서도 경험했던 것이다. 근대화 혹은 산업화의 초기단계에 진입한 우리나라에서는 환경오염에 관해 심각하게 고뇌할 여유가 부족했으며, 어느 정도 삶이 윤택해지면서 이 문제에 대해 관심을 기울이게 된 것으로 이해된다. 따라서 근대화 이후에 발생하는 사회적 문제는 서구에서나 우리나라에서나 거의 비슷한 양상으로 나타나며, 그것은 대부분 개인과 사회(조직), 개인과 개인 간의 갈등을 초래하며, 심지어는 가족 간의 반목과 갈등을 조장하기도 한다.

사회학자들의 위와 같은 分析이 우리에게 문제가 되는 까닭은 현대 한국 소설 작품에 이러한 양상이 두드러진 사회병리적 징후의 하나로 형상화되어 나타나기 때문이다. 1970년대는 우리나라의 산업화가 가장 역동적으로 진행되던 시기였으며 그에 따라 삶의 양과 질은 엄청난 지각변동을 맞이하게 되었다. 1960년대에 시작된 산업화의 가장 커다란 공적은 아마도 〈春窮基〉로 일컬어지는 고질적인 가난으로부터의 해방이라 할 수 있을 것이다. 그러나 이것은 산업화가 초래한 부정적인 측면―예컨대 농촌인구의 대도시 이동과 상업자본의 침투에 따른 농촌 공동체의 붕괴, 노동 분화의 신속한 확대 및 인간 소외의 증가, 물질주의적 가치관의 범람과 문화의 상업주의적 퇴화, 빈부 격차의 심화와 그로 인한 노사 갈등의 대두 등―을 얇은 膜의 단맛에 감싸 정작 중요하게 취급되어야 할 문제를 감춘 糖衣錠과 같은 것인지도 모른다.

산업화가 전개되는 과정에서 사회 전분야는 심각한 사회변동을 경험하게 되었고 이 문제에 가장 예민한 반응을 보인 이들 가운데 하나가 작가라 불리우는 계층이라 할 수 있다. 리얼리즘이 문학적 관점에서 매우 중요한 테마로 생각되어 온 이래 작가들은 사회의 어둡고 추악한 일면의 실상을 부각하는 일에 특별한 노력을 기울여 왔으며, 그 결과 그야말로 괄목할 만한 성과를 축적하게 되었다. 이 논문은 우리나라의 산업화가 본격적인 국면에 접어들었던 1970년대 한국 현대소설에 투영된 산업화 양상을 문학 사회학적 측면에서 분석하려는 의도에서 쓴 것이다.[11]

우리나라의 산업화는 경제개발에 최우선의 목적이 주어졌으며 그것이 국가의 주도 하에 일사불란하게 진행되었다는 점에서 매우 특징적이다. 이 논문에서는 당시 한국소설에 투영된 산업화 양상을 다음 네 가지로 유형화하여 논의를 진행시키려 한다.

첫째, '도시화 현상'—우리의 산업화는 서울을 비롯한 대도시 중심의 성격이 매우 강하다. 따라서 도시 이외의 지역(농촌·어촌)은 산업화 과정에서 철저히 소외당한 채 도시 공업생산의 부속물로 전락[12]하게 되었다. 이로 말미암아 농촌에 삶의 근거를 두었던 다수의 사람들이 고향을 버리고 도시로 몰려 든다. 이들 脫鄉民들이 삶의 방식과 사회적 관습이 전혀 생소한 도시에서 겪는 갈등과 좌절은 산업화 초기의 사회적 모순을 가장 첨예하게 드러낸 보기이다. 1970년대 작가들에 의해 관찰된 도시의 이미지는 생명의 박동이 강렬하게 전달되는 밝고 미래지향적인 장소가 아니라, 원초적 생명력이 거세당하고 인간의 개성과 자유가 철저히 구속당하는 음울한 회색 공간이다. 특히 우리나라의 경우 농촌인구와 도시인구의 비율이 역전됨으로써 도시문제

---

11) 문학 사회학적 관점을 채택한 가장 커다란 이유는, 문학을 사회적으로 이해하는 것은 문학이 어떤 형태로 제도화되었는가를 이해하고 또한 그것의 의미를 반성하는 일이라는 생각 때문이다. "훌륭한 소설가는 사회학자로 자처하는 사람들보다 대부분 뛰어난 사회학자"라는 레빈Herry Levin의 말은 문학과 사회의 상호 충격에 관한 탐구가 문학작품의 이해에 보다 뜻 깊은 기여를 할 수 있다는 믿음을 제공한다.

12) 김경동, 「농촌과 도시—그 격차 해소방안」, 《政經研究》, 1967, 6. 앞의 책 p.258에서 재인용.
한국의 도시화의 진전과정을 살펴보면, 도시화율은 1960년의 28%에서 1985년에는 농촌인구를 훨씬 상회하는 65.4%에 이를 정도로 급격한 변화를 보인다. 이러한 급격한 변화는 필연적으로 국가발전의 지역적 불균형 현상을 초래하게 된다. 강대기는 한국의 도시화에 따른 불균형 발전 양상을 다음과 같이 분석하고 있다. 첫째, 도시종주화에 의한 수도와 그 밖의 도시간의 불균형 발전 둘째, 도시와 농촌간의 불균형 발전 셋째, 국제적으로 선진국과 후진국간의 불균형 발전 등이 그것이다. 그러나 이러한 지역적 불균형 발전은 상호 분리된 형태로 이해되는 것이 아니고 세 형태가 하나의 자본주의 체제 속에서 이해된다는 점이 중요한 것이다. (강대기, 앞의 책, p.93 참조)

는 한국 사회 전체의 모순과 부조리를 징표하는 것으로 인식되었다.

둘째, '가치관의 변동'—전통적으로 개인의 물질적·육체적 욕망의 직접적 표현을 禁忌로 생각하거나 최소한 부끄럽게 여기며 가족중심의 화목한 공동체적 삶에 익숙해있던 우리 민족은, 해방 이후 풍요한 물질을 앞세우고 밀려들어온 서구문화에 의해 극심한 가치의 혼란을 겪게 되었다. 개인주의individualism와 '物神化reification'로 특징지어지는 산업화의 물질만능적 사고방식은 정신적인 것에 보다 우월한 가치를 두었던 기존 관념이 국제적 경쟁사회에서 전혀 불필요한 걸림돌일 뿐이라는 부정적 인식을 국민 대다수에게 강하게 심어 주었던 것이다.[13] 내면적 가치보다 외면적 가치를 중요한 것으로 생각하는 신세대의 물신주의적 사고는 과거와의 단절을 비정상적인 것으로 유도하였으며, 그 결과 기성세대가 가정과 사회에서 거의 완벽하게 소외되는 비극적 상황을 연출하였다.

셋째, '인간의 소외문제'—산업사회는 혈연 집단에의 집착을 최대한으로 축소화시키는 사회이며, 아울러 생활 공간의 구조적인 분리가 현저해지는 특징[14]을 보인다. 이를 풀이해서 말하자면 전통적 家父長的 혹은 大家族的 가족제도가 原子化함으로써 기성세대(특히 노년층)는 예전에 당연한 권리로 향유했던 권위를 박탈당하고 가정 대소사를 결정하는 자리에서도 소외될 수밖에 없게 된다. 또한 직장이 가정에 우선하는 산업화 사회에서, 직장인은 자신이 속한 거대한 조직의 일개 부속물로 전락하고 自己 正體性self-identity을 상실하게 된다. 산업화에 따른 물량주의와 교환가치가 사용가치에 우선하는 물신적 성향은 우리의 의식구조를 전면적으로 뒤바꾸어 놓았고, 이로 인한 소외현상은 자식에게 버림받는 노인·부부 사이의 신뢰감과 애정의

---

13) 林熺燮, 「산업화사회의 사회문제와 가치관」, 『사회변동과 가치관』, 정음사, 1986, p.57 참조. "우리나라의 경우에는 인륜과 도덕을 숭상하던 훌륭한 전통문화를 부정적인 시각에서만 보아 왔기 때문에 물질만능주의가 확산되는 것을 잘 막아내지 못했던 것이다."

14) 이재선, 「都市空間의 詩學—도시화 현상과 도시소설」, 『현대 한국소설사—1945-1990』, 민음사, 1991. p.288

증발·부모와 자식 간의 대화 단절·고용자와 노동자의 적대감 심화·삶의 근거를 잃고 떠돌아다니는 유랑인의 급증 등의 다양한 양태로 표출되었다.

넷째, '사회계층 간의 문제'—천연자원이 넉넉하지 못한 우리나라가 경제발전 위주의 산업화를 표방하면서 그 가능성의 하나로 손꼽았던 資産은 값싼 노동력이 풍부하다는 점이었다. 실제로 '한강의 기적'이라 불리울 정도로 성장한 국가경제의 토대를 마련한 것은 열악하기 그지없는 작업 환경과 최소한의 생계비마저 보장되지 않는 低賃金을 감수하면서 묵묵히 산업 현장에서 땀흘린 노동자들의 희생의 결과였다고 해도 과언이 아니다. 그럼에도 불구하고 국가주도형 산업화 정책은 경제발전의 果實을 일부 신흥재벌만 향유하게끔 유도하였다. 1970년대 벽두를 강타한 청계천 노동자 全泰壹의 분신자살 사건은 〈조국 근대화〉라는 당위적 명제의 희생물로 수단화되었던 한 인간의 주체적 자아각성의 분출로 이해할 수 있다. 이렇듯, 산업화로 인해 새로운 계층으로 分化·成長한 도시 빈민노동자와 신흥재벌[15]의 갈등문제는 인간의 기본적 생존권에 대한 일반인의 관심에 불을 지폈고, 급기야 '노동문학'이라는 새로운 소설 장르를 첨가해야할 정도로 많은 작가의 주목을 받았다.

문학적 측면에서 산업화가 문제되는 것은 무엇보다도 산업화로 말미암아 인간 공동체의 삶이 파괴되었다는 비판적 성찰과, 현대인의 불행 의식이 공동체의 상실에 기인한다[16]는 반성적 자각에 근거를 둔 것이다. 산업사회를 특징짓는 요소 중의 하나가 소비문화의 확산이며, 이러한 소비문화는 사람과 사람 사이의 공동체를 파괴시킬 뿐아니라 사람과 사물의 관계까지도 비도덕으로 타락시킨다는 것은 잘 알려진 사실이다. 산업화 시대의 물질문화는 인

---

15) 韓完相, 「새로운 支配勢力과 價値觀」, 『民衆社會學』, 종로서적, 1984, 99, pp.191-211 참조. 이 글에서 한완상은 산업화 이후에 나타난 새로운 상부계층을 '테크너크랫techocrats이라고 불리는 技術官僚', '軍-官-産複合體(군부와 행정관료와 산업경영층의 복합체)', '新興財閥' 등 세 집단으로 유형화하고 있다.
16) 金禹昌, 「산업 시대의 문학—몇 가지 생각」, ≪문학과 지성≫, 1979, 가을, p.829

간의 존재론적 구조를 왜곡시켜 세계의 他者性, 즉 사물이나 사람 또는 세계를 나와는 다른 대상으로 인정하려 들지 않는다. 산업화 과정에서 발생한 도덕적 지상명령의 약화, 공동체적 유대감의 소멸, 사물이나 사람 또는 세계의 他者的 성격의 상실, 그에 따른 관계의 왜곡, 이런 것들은 가장 일반적으로 말하여 초월의 불가능 및 초월적 자연의 소멸 속에 포함시켜 말할 수 있다.17)

산업화가 이미 이루어진 서구 여러 나라의 문학이 경험적 풍부성과 감각적 세련에도 불구하고 근본적으로 '소외와 부정의 문학'으로 취급되는 것도 바로 이러한 사고에서 연유한 것이다. 문학을 비롯한 모든 예술이 일종의 초월적 체험의 기록이며 현실적 모순을 匡正하기 위한 촉발제로서의 기능을 충실히 감당할 수 있다고 한다면, 인간과 인간 혹은 인간과 사물의 관계가 비정상적 궤도를 그려 보이는 산업화 시대의 부정적 삶의 양상을 면밀히 파헤침으로써 보다 나은 삶의 방향을 제시하려 노력했던 1970년대 작가의 진지한 태도와 열망을 보다 쉽게 이해할 수 있을 것이다.

산업화 시대의 소설은 대다수 인간의 삶이 훼손되지 않을 수밖에 없었던 시대사적 분위기 속에서 "화해보다는 불화를, 기쁨보다는 고뇌를, 세련된 아름다움보다는 거친 혼돈의 세계를 다루면서 그러한 고통을 수동적으로 받아들이는 굴욕적 입장에 서지 않고 치열한 극복의 의지와 노력을 보여주었다."18)는 점에서 큰 의미를 부여할 수 있다. 따라서 산업화 시대의 소설을 연구하는 목적이 당시의 사회 경제학적 실상이 어떠했느냐를 살펴보는 데 주어지지 않음은 자명하다. 오히려 우리는 당시 소설작품을 통해 산업화의 부정적 측면을 연역적으로 이끌어 내어 그 진상을 해부하고 나아가 혼돈의 세계를 무너뜨리는 바람직한 삶의 방법론을 암시받을 수 있게 되기를 소망하는 것이다.

---

17) 위의 글, p.832
18) 李東夏, 「70년대의 소설」, 김윤수·백낙청·염무웅 편, 『한국문학의 현단계 Ⅰ』, 창작과 비평사, 1982. p.141 참조.

이 논문을 통해 필자는 한국 현대소설, 좀 더 구체적으로 1970년대에 쓰여진 소설 작품에 투영된 산업화 양상을 유형화하고 작품의 의미화를 규명하고자 한다. 이러한 작업이 갖는 의미는 소설 작품을 통해 사회의 病理現象을 진단한다는 일차적 의미를 넘어서, 산업화의 방향을 인간적 삶을 위한 것으로 유도한다는 본질적 의미를 내포한다.

2. 연구 대상과 방법

이 논문에서 다루어질 소설은 주로 1970년대에 쓰여진 작품으로 한정한다. 시기를 굳이 70년대로 제한한 까닭은, 첫째로 이 시기가 국가주도형 경제개발 5개년계획으로 산업화의 징후가 가장 현저하게 드러난 시기이기 때문이며, 둘째로 70년대 중·후반에 들어서 산업화의 순기능과 역기능에 대한 비판적 문제제기가 대두되었고, 셋째로 당시에 발표된 작품(소설)에서 이 문제가 다각적인 측면에서 심도있게 조명되고 있다는 판단에서이다.

정부의 전폭적인 지지에 힘입어 강력한 추진력으로 전개된 우리나라의 산업화는 미국의 권위있는 時事誌 표지에 "한국인이 몰려 온다"라고 소개될 만큼 서구의 경계 대상으로 인식될 정도의 눈부신 성과를 거두었을지 몰라도 현재의 평가는 다소 유보적이고 비판적이기는 하지만, 대다수 국민들은 경제개발의 결실을 수확하는 현장에서 철저히 소외당하는 경제적 불평등을 초래하였으며, 이것은 결국 계층간의 대립과 갈등을 보다 예각화하는 독소로 기능하게 되었다. 다수의 성실한 국민들은 경제성장에 따른 配分의 정당한 몫을 차지하지 못하였으며, 급속한 서구 물질문명에 휩쓸려 이제까지 소중하게 간직해 왔던 전통적 가치체계를 상실하였고, 심지어는 정신적·물리적 고향을 잃어버린 채 외지에서 유랑해야 하는 고단한 존재로 전락하게 되었다. 70년대 작가들은 바로 이들 뿌리없는 민중들의 고단한 삶에 깊은 연민과 애정을 보인다. 고향을 떠나 도시로 들어간 脫鄕民들이 메마른 도시생활에서 경험하는 고독과 소외, 경쟁과 긴장, 新舊世代 혹은 都農간의 갈등 등이 현장감있게 그려지면서 도시의 非情性·匿名性·失鄕性 등이 예리하게 파헤쳐진다. 그런 한편으로 도덕성을 상실한 일부 상부계층의 탐욕과 비인간성이 하층민의 혹독한 삶의 조건과 날카롭게 대조되면서 계층간의 대립과 갈등을 문제삼은 작품이 다수 출현하게 된다.

이렇듯 1970년대의 소설은 산업화의 부정적 양상들을 부분적으로 혹은 총체적으로 드러내면서 우리 사회를 갈등이론·소외이론·계층론 등 사회과학의 여러 가지 주요 개념을 통로로 하여 접근하고 이해하고자 하는 사람들에게 아직 충분하지 않다고 하더라도 많은 자료를 제공[19]해 주었다. 요컨대 70년대 소설은 당대 사회 경제적 변화의 실상을 그대로 반영하는 충실한 보고서로서 기능하고 있으며 우리로 하여금 이 사회의 구조적 모순을 사회학적 상상력으로 통찰하는 계기를 제공해 주었다.

문학은 당대적 삶을 반영하는 데 있어 다른 예술 장르보다 유리한 조건을 갖는다. 문학은 개인적이고 구체적인 체험과 삶에 대한 느낌을 언어로 드러내는 것이기 때문에 개별성과 보편성을 동시에 지니면서 삶의 총체성을 보여주기에 가장 적합한 장르라 할 수 있다.

소설이 현실의 정직한 반영이라는 문학사회학의 고전적 명제는 이제 상식에 속한다. 발자크Balzac 시대는 부르조아 혁명 이후 이른바 시민사회에서 그 집단에 속해 있는 개인의 전형을 형상화하는 것이 일차적 목적이 되었고 나름대로 현실을 충실히 묘사하는 것이 가능했지만, 현재는 그럴 필요도 없고 그럴 수도 없는 상황으로 변화하였다. 한마디로 말해 작가나 독자의 관심이 발자크 시대와는 현격한 편차를 드러내기 때문인데, 이러한 관심의 변모

---

19) 曺南鉉, 「1970년대 소설의 실상과 의미」, 『우리 소설의 판과 틀』, 서울대학교 출판부, 1991. p.84

는 필연적으로 소설 양식의 변화를 수반한다. 소설 양식의 변화는 작가의 사고 양식의 변화를 가져온 사회 자체의 변화에 근거를 두고 있으며, 동시에 작가의 문학에 대한 태도의 변화·세계관의 변화를 의미하는[20] 것이기도 하다. 70년대 작가는 급변하는 사회 분위기에 가장 예민하게 대응하면서 거기에 적합한 새로운 문학 양식을 개발하는 한편, 산업화 시대를 살아가는 현대인에게 걸맞는 새로운 가치관·세계관을 제시하려는 노력을 게을리 하지 않았다.

새삼스러운 말이 되겠지만, 1960년대 이후 우리나라는 불과 한 世代도 되지 않는 기간에 강산이 완전히 뒤바뀌는 엄청난 변화와 그에 따른 정신적 紅疫을 앓는다. 작가는 사회적 병리현상 및 그 患部를 노골적으로 드러내는 껄끄러운 존재이지만 그들이 터뜨린 化膿 자체가 동시에 치유력을 가지고 있다는 점에서 神弓 필록테테스[21]와 같은 처지에 있는 것이다. 말하자면 70년대 작가가 취급하고 있는 산업화의 모순과 부정적 징후들은 우리 사회의 진면목을 충실히 반영한 것인 동시에 문제 해결의 방향을 시사해주는 이중적 역할을 담당한다는 점에서 그 문학적 의의가 증대되었다.

이 논문에서 다루어질 작품은, 이미 밝힌대로, 1970년대 소설 가운데 산업화의 부정적 양상을 집중적으로 다룬 소설로 제한한다. 이제 산업화의 부산물이 작품의 근간을 이룬다고 판단되는 작품을 유형별—도시화 현상, 가치관의 변동, 인간의 소외문제, 사회계층간의 문제—로 묶어 논의의 범위를 확정할 필요를 느낀다.

(1) '도시화 현상'과 관련된 작품

70년대 이후 한국 작가들이 도시와 도시에서의 삶을 인지하는 양상은 첫

---

20) 김치수, 「문학과 문학사회학」, 『문학사회학을 위하여』, 문학과 지성사, 1979. p.15
21) Edmund Wilson, *The Wound and the Bow*, New York, 1965, p.240

째, 도시가 移住의 지향처라는 장소의 개념과 직결되어 있다는 현상 둘째, 사회구조론적인 관점으로 도시의 삶의 조건을 폭로하는 양상 셋째, 도시나 그 속에서의 삶이 지니고 있는 문화적·심리적 양상과 성격을 주시하는 양상 넷째, 생태학적 관심의 투사 다섯째, 도시를 어떤 이미지의 틀로서 규정하거나 도시 탈출 의식을 드러내는 양상22)으로 유형화된다. 이런 유형분류에 적합한 작품으로는『서울은 만원이다(이호철)』,「이웃 사람」·「壯士의 꿈(황석영)」,「他人의 房(최인호)」,「닮은 房들(박완서)」,「哄笑(李東河)」,「沈燠(한수산)」,「거룩한 밤(이청준)」등이 대표적이다. 또한 도시 중심의 산업화에서 소외된 농촌의 상대적 빈곤과 질적 변화를 다룬 작품으로는『관촌수필』연작과『우리동네』연작(이문구), 김주영의「칼과 뿌리」및 金廷漢의 소설을 예로 들 수 있다.

(2) '가치관의 변동'과 관련된 작품

"개인이나 집단이 특징적으로 가지고 있는 바람직한 것에 대한 관념"23)으로서의 가치(관)에 대해 우리들이 관심을 기울이는 부분은 개인 또는 집단이 가지고 있는 가치들의 집단적 특성에 관한 것이다.「70년대를 전후로 한 한국사회에 있어서의 가치관의 변화」라는 논문에서 정창수는 산업화로 인한 가치관의 변화를 다섯가지로 유형화하고 있는데,24) 이 논문에서는 주로 가족제도 및 개인의 인생관에 관련된 가치관의 변화양상에 주목하게 될 것이다. 가족간의 갈등은 가부장적 권위 붕괴에서 비롯되며, 이것은 대부분 노인의 소외문제와 직접적인 연관을 맺는다.「高麗葬(전상국)」,「돌의 肖像(최인

---

22) 이재선, 앞의 책, p.247

23) Kluckhohn, Clyde & Others, "Value-Orientations in the Theory of Action", Toward a General Theory of Action, (eds. Tacott Parsons & Edward A.Shills) Cambridge (Mass.) : Havard uni. Press, 1951, p.395 정창수,「70년대를 전후로 한 한국사회에 있어서의 가치관의 변화」,『한국사회의 변동』, 성균관대학교 사회과학연구소, 1986, p.86에서 재인용.

24) 정창수, 위의 글, p.91 참조

호)」,「黃昏」・「泉邊風景(박완서)」,「대마실 노인의 따뜻한 날(박경수)」,「멀어져 가는 소리(안장환)」와 같은 작품은 현대 산업사회의 중심부에서 벗어나 주변으로 떠돌거나 자식들에 의해 遺棄된 노인의 초라한 모습을 통해 전통적 가치관이 괴멸되는 현상을 고발하고 있다. 개인의 가치관의 변화는 자본주의 경제제도의 파행적 진행과 비례되어 나타난다.「둘째 사위」・「너무 큰 나무」・「춘자의 사계(최일남)」와『도시의 흉년』・『휘청거리는 오후(박완서)』,「圖舞(서정인)」,「貳章童話(김주영)」,「조국의 어른들(박경수)」등의 작품은 허세와 위선으로 뭉쳐진 현대인의 물신적 가치관의 실상을 풍속화처럼 묘사해 낸 작품들이다.

(3) '인간의 소외문제'와 관련된 작품

현대사회를 규정짓는 가장 두드러진 특성 중의 하나가 소외alienation현상이다. 이것은 여러 가지 복합적인 문제에서 개인의 고립화, 집단화 내지는 산업화 속에서의 부적응과 인간성의 상실 등에서 나타나는 인간성의 회복 등의 양태로 표출된다. 노동의 분화현상이 현저한 도시는 그 사회구조나 삶의 특질에 있어서 시골의 단일성과는 달리 이질성・익명성・표면성・비인격성 등의 사회적・경제적・심리적 요소가 서로 복잡하게 혼합되어 있기 때문에 인간관계가 이기주의와 경쟁・약탈・무관심으로 지배되는 특유한 성질을 가진 세계이다. 따라서 공동사회로서의 연대적 기반보다는 개체간의 분열이 도드라지고 긴장과 소외, 고립이 강조되며, 조직의 표준적인 지배력에 의해서 개체의 대응의지가 위축되거나 무시되기도 한다.[25] 이러한 사회적 분열・긴장 현상은 직장과 개인, 개인과 개인, 심지어는 사회적 관계의 기본을 형성하는 가족관계에서도 예외가 아닐 정도로 다양한 스펙트럼을 형성한다. 이동하의 「돌」・「상전 길들이기」, 한남철의 「길들이기」, 호영송의 「겨울의 나비」, 이

---

25) 이제선, 앞의 글, p.304 참조

청준의 「예언자」, 홍성원의 「도깨비 웃음」·「怪疾」 등은 제도적 폭력에 의해 자아가 말살당하는 과정을 다룬 대표적 작품들이다.

한편, 70년대 민중들은 흔히 '뿌리뽑힌 자'로 불리운다. 그들은 고향에서 쫓겨난 뒤 도시의 막벌잇군으로 전전하지만 어느 한 군데 정착하지 못하고 떠돌아 다닌다. 「삼포 가는 길(황석영)」은 고향을 잃고 영원히 浮浪하는 노동자의 비극적 삶을 가장 성공적으로 소설화한 작품으로 일컬어진다.

(4) '사회계층간의 문제'와 관련된 작품

산업화는 필연적으로 전통적 계급의식의 소멸을 가져왔으며, 새로운 상부계층과 하부계층이 발생하는 동인으로 작용하였다. 새로운 상부계층 중에서 신흥재벌은 약자에겐 강하고 강자에겐 약한 전형적인 약육강식의 생존원리에 따라 自己 正體性을 상실한다. 그들은 자신의 부의 형성 원인을 누구보다 잘 알고 있기 때문에 남다른 콤플렉스를 가지게 마련이고 그런 보상심리로써 물질적 욕망에 젖어든다. 반면, 산업화 초기에는 일거리가 주어진 것 자체에 만족하고 감사하던 하부계층이 자신에게 돌아와야 할 부의 정당한 몫이 형편없이 적다는 것을 깨닫게 되면서 개인적 혹은 집단적 쟁의를 일으키기에 이른다. 황석영의 「客地」에서 그 전형적 모습을 보인 의식화된 노동자의 인간다운 삶을 위한 생존권 확보의 투쟁 기록은 『아홉켤레의 구두로 남은 사내』 연작(윤흥길)·『난장이가 쏘아올린 작은 공(조세희)』 연작으로 이어지면서 우리 소설문학의 새로운 가능성을 제시하였다.

위에서 간략히 살펴본 각 유형별 작품은 꼬집어 전형적 작품이라 할 수 없는 경우도 있지만 나름대로 필자가 선정한 유형의 특성을 충실히 반영하고 있다는 판단에서 선택했다. 비슷한 주제를 다룬 작품일 경우에는 장편을 텍스트로 삼았으며, 산업화의 부정적 양상이 복잡하게 얽혀있는 작품—예컨대 가치관의 변화, 소외, 계층간의 갈등이 混淆된 작품—은 어떤 문제가 가장 심각하게 다루어지고 있는가에 따라 유형분류를 한 뒤 부차적인 문제도 함께 논의에 포함시키게 될 것이다.

이 논문에서는 위의 네 가지 사항을 다시 (1) '도시화 현상'의 유형, (2) 산업화와 인간 훼손, (3) 계층간의 갈등과 노동 소설이란 항목으로 묶어 논의를 전개하려 한다. 제1장 '도시화 현상'의 유형은 다시 ① 도시 이주민을 다룬 소설, ② 도시의 생태를 다룬 소설, ③ 농촌에 나타난 산업화 현상을 다룬 소설로 세분되며, 제2장은 ① 물신 숭배와 속물 근성, ② 가부장적 권위의 붕괴, ③ 조직 사회와 자아의 상실, ④ 고향 상실과 유랑인의 비애로, 제3장은 ① 노동 현장의 묘사, ② 노사 갈등의 제시로 소항목화하여 논의를 전개할 것이다. 그리고 결론 부분에 이르러 산업화 소설의 소설사적 의미를 종합적으로 검토함으로써, 이 논문의 의의를 분명히 밝히려 한다.

이 논문의 제목이 이미 암시하고 있지만, 사회학의 이론적 틀과 그것이 이룩해 놓은 학문적 성과는 필자가 논지를 전개해 나가는 데 매우 중요한 논거를 제공해 줄 것이다. 그러나 분명한 사실은, 사회학이 문학에 반영된 사회적 혹은 문학적 현상을 설명해주는 보조적 수단일 뿐 그 자체가 논의의 중심을 이루거나 문학을 지배하는 절대적 원리가 아니라는 인식의 확인이다. 필자가 선택한 테마가 사회학에서 오랫동안 문제삼고 있는 매우 중요한 주제 가운데 하나임은 사실이지만, 이 논문의 본령은 어디까지나 문학의 차원에서 탐색하는 사회 현상의 문제점과 대응방안에 관한 것이기 때문이다.

문학과 사회의 상관관계에 대한 논의는, 그 논의의 방향이나 다루어지는 작품의 시대적 공간적 배경이 어떤 것이건, 오늘 우리가 살고 있는 사회에 대한 관심과 일정한 태도를 전제로 한다.[26] 또한 문학과 사회에 대한 일체의 논의는 그것이 문학을 사회와 연결시켜 보고자 하는 입장인 만큼, 문학의 脫社會化란 신화에 대해 공격적인 입장에 선다고 할 수 있다. 이 논문에서 현대소설에 나타난 산업화 양상을 검토하려는 본래적 의도는 일차적으로 산

---

26) 李東烈, 「大學과 社會에 대한 논의」, 김윤수·백낙청·염무웅 편. 『韓國文學의 現段階』. 창작과 비평사, 1982. p.264

Ⅰ. 序論 ┃ 27

업화의 부징직 징후들이 우리의 전통저 가치와 인간다운 삶을 얼마나 왜곡된 방향으로 잘못 유도하고 있는가를 점검하는 일이며, 나아가 산업화 시대에서 상실된 공동체적 삶을 회복하기 위한 최선의 방책을 작가들은 어떤 시각에서 파악하고 있는가를 살펴보고자 한다.

이 논문의 주제와 직접적으로 상응하는 선행연구는 찾아보기 힘들다. 70년대를 산업화 시기로 파악하고 그에 대한 문학적 대응과 진로에 대하여 생산적 의견을 개진한 논자가 전혀 없는 것은 아니지만, 그것도 대부분 70년대 혹은 7,80년대의 현실상황을 문제삼고 있거나 특정 작가(혹은 작품)에 대한 비평적 성향의 글이어서 이 논문의 주제와는 다소의 거리가 발견된다.

≪문학과 지성≫(1979. 가을)의 특집[27]은 산업화 시대의 제반 문제를 다각적으로 조명한 최초의 글이 아닌가 한다. 김우창은 산업사회가 생산성 증가에 따른 물질 생활의 향상으로 이윤과 소비를 추구하는 나머지 개인주의화, 私人化 현상을 초래하여 인간 공동체를 파괴했다고 지적한다. 그리고 모든 사물이 교환가치만을 가진 소비재로 전락함으로써 사물의 독자성 내지는 세계의 타자성 인식이 불가능하게 되어 사물과 인간의 유대관계가 왜곡되고, 세계 공동체의 파괴를 초래하게 되었다고 주장한다. 따라서 이런 왜곡되고 굴절된 상황을 바로 잡기 위한 문학의 기능은 도덕성의 회복에서 가능하다고 말한다.

도시소설에 대한 선행연구는, 다른 분야와는 달리, 어느 정도 성과를 거두고 있는 듯하다. 그러나 대부분의 연구가 1930년대 혹은 1950년대로 한정되어 있어[28] 이 논문에서 다루고자 하는 것과는 거리가 있다. 그러나 강인숙은

---

27) 소흥열, 「산업화와 가치관의 문제」
　　박영신, 「사회 변동의 구조와 문화 현상」
　　김우창, 「산업 시대의 문학」
　　(위 세 가지 주제에 대한 기조논문을 위 필자들이 발표하고 각 주제에 대한 토론이 있었다. 그리고 「산업 사회와 문학」라는 주제로 종합 토의가 있었다.)
　　김치수, 「산업 사회에 있어서 소설의 변화」
28) 이재선, 「도시적 삶의 체계와 자연 또는 농촌의 삶의 양식, 『한국현대소설사』, 홍

70년대의 대표적 작가 가운데 하나라 할 수 있는 박완서의 소설을 집중적으로 분석하고 있어 주목된다. 또한 이재선은 해방 이후부터 1990년까지 발표된 도시 소설을 소설사적 차원에서 조명하고 있어, 이 방면의 선두적 작업으로 평가된다.

　농촌소설에 관한 연구는 매우 많은 양을 차지하는데, 이 경우 역시 1930년대의 농촌 소설에 관한 연구가 절대다수를 차지한다. 그러나 1970년대 문학계의 커다란 관심사로 부상된 농촌소설에 관한 논쟁은 주목할 만하다.[29]

　이밖에 노동문학에 관한 논의가 1980년대에 들어 많은 관심을 불러 모았다.[30] 이것은 다분히 시대적 상황의 영향을 받은 것으로 보이는데, 산업화

성사, 1979.

_____, 「도시공간의 시학, 『현대한국소설사』, 민음사, 1991.

이은정, 「한국 현대 소설에 나타난 도시적 삶에 대한 연구」, 이화여대 대학원, 1980.

최진우, 「1930년대 도시소설의 전개」, 서강대 대학원, 1981.

김우종, 「한국 도시문학에 반영된 도시의 증상」, 한국P.E.N. Spring, 1983.

임헌영, 「한국문학에서 도시의 의의」, ≪문학과 역사≫, 한길사, 1987.

김재용, 「1930년대 도시소설의 변모양상」, 연세대 대학원, 1987.

나병철, 「1930년대 후반기 도시소설 연구」, 연세대 대학원, 1989.

성현자, 「도시적 삶의 양식과 소설의 구조」, ≪開新語文硏究≫, 충북대 개신어문연구회, 1990.5.

강인숙, 「박완서의 소설에 나타난 도시의 양상(1)―「엄마의 말뚝(1)」의 경우」, 『청파문학』 제14집, 숙명여자대학교 국어국문학과, 1984.

_____, 「박완서의 소설에 나타난 도시의 양상(3)」―『도시의 흉년에 나타난 70년대의 서울』, 『인문과학논총』 제16집, 건국대학교 인문과학연구소, 1984.

29) 김치수, 「농촌소설은 가능한가」, ≪知性≫ 창간호, 1971. 11.

신경림, 「농촌현실과 농민문학」, ≪창작과 비평≫, 1972. 여름

염무웅·김치수, 「농촌문학론―그 是와 非」, ≪중앙일보≫, 1973.6.9.

홍기삼, 「농촌문학론」, ≪동대신문≫, 1973.6.19.

김우종, 「소재주의와 역사주의의 대립」, 『문학논쟁사』, 태극출판사, 1976.

천이두, 「추억과 역사―하근찬과 이문구」, ≪세계의 문학≫, 1978. 봄.

金鍾澈, 「작가의 진실성과 문학적 감동―이문구론」『한국문학의 현단계』, 창작과비평사, 1982.

30) 노동문학에 관한 80년대의 논의 가운데 비교적 참고할 만한 가치가 있는 글들은 다음과 같은 것들이다.

과정에서 소외된 노동자 계층의 의식을 대변하였다는 점에서 큰 의의가
있다.

이 외에도 김주연의 「소외와 현대문학」[31], 염무웅의 「도시-산업화 시대의
문학」[32], 이동하의 「70년대의 소설」[33] 조남현의 「1970년대의 소설의 실상과
의미」[34] 등이 산업화 시대의 소설을 다각적으로 분석, 의미화하고 있어 주목
된다.

매우 거칠게 살펴 본 선행 연구의 개관을 통해 확인할 수 있었던 것은,
우리나라가 후기 산업화로 진입하게 되었다는 판단에도 불구하고, 산업화
시대의 소설문학을 전체적으로 조감한 연구물이 거의 없다는 사실의 확인이
었다. 앞에서 살펴본 선행 연구들이 산업화의 두드러진 특징을 집중적으로
다룬 소설에 대한 주목할 만한 논의임에는 틀림이 없다. 그러나 그것은 70년
대 소설의 한 부분을 예각적으로 강조한 것에 만족해야 하는 한계를 애초부
터 가지고 출발한 것이다. 이 논문에서 다루게 될 주제는 1970년대 소설 전반
에 나타난 산업화 양상에 관한 것이다. 이제까지 부분적으로 연구가 진행되
었던 산업화 시대의 문학적 대응방식에 관한 것을 통체적으로 조명하고자

이재현, 「문학의 노동화와 노동의 문학화」, ≪실천문학≫ 제4권, 1983.
황광수, 「노동문제의 소설적 표현」, 백낙청·염무웅 편, 『한국문학의 현단계Ⅲ』,
　　　창작과 비평사, 1985.
임헌영, 「노동문학의 새 방향」, 자유실천문인협의회 편, 『노동의 문학 문학의 새
　　　벽』, 이삭, 1985.
조남현, 「노동문학, 어떻게 볼 것인가」, ≪新東亞≫, 1985. 7.
홍정선, 「노동문학의 정립을 위하여」, ≪외국문학≫, 1985. 가을
홍기삼, 「산업시대의 노동운동과 노동문학」, ≪한국문학연구≫ 제10집, 동국대학교
　　　한국문학연구소, 1987.
31) 김주연, 「疎外와 現代文學」, ≪문학사상≫, 1976. 4
32) 염무웅, 「도시-산업화 시대의 문학」, 『민중시대의 문학』, 창작과 비평사, 1979.
33) 李東夏, 「70년대의 소설」, 김윤수·백낙청·염무웅 편, 『한국문학의 현단계Ⅰ』, 창
　　　작과 비평사, 1982.
34) 조남현, 「1970년대 소설의 실상과 의미」, 『우리 소설의 판과 틀』, 서울대학교 출
　　　판부, 1991.

하는, 필자로서도 다소 버거운 주제를 설정하고 있다. 필자의 어깨를 무겁게 짓누르는 것은 주제의 중량감 만이 아니다. 이 분야의 선행 연구가 거의 이루어지지 않았다는 사실이 더욱 필자의 어려움을 가중시킨다.

이러한 여러 가지 장애에도 불구하고 필자가 이 논문의 주제를 선택한 까닭은, 산업화가 가장 역동적으로 진행되었던 1970년대의 우리 실정을 문학적 차원에서나마 점검해 보아야 하겠다는 절대적 필요성 때문이었다. 더군다나 후기 산업화 시대에 들어서 예전과 다른 문학적 현상이 대두되고 있는 지금, 바로 앞 시대의 작가들이 어떤 문제를 가지고 고뇌했으며, 그러한 고민과 갈등에 어떤 방식으로 대응했는가를 알아보는 작업은 매우 요긴한 일이라 생각된다. 당시는 표현의 자유마저 일정 부분 구속을 받았던 시대였음을 감안할 때, 보다 풍요한 표현의 자유를 획득한 현 시점에서, 고난의 시대를 감내하며 문학의 자율성을 수호하려 했던 작가들의 성실한 노력에 시사받을 점도 적지 않으리라 믿는다. 앞서 밝힌대로, 이 논문이 산업화 시대의 병리적 현상을 표피적으로 점검하는 차원을 벗어나, 후기 산업화 시대를 살고 있는 우리들에게 인간적 삶을 보다 다양하고 풍요롭게 자극하는 산업화의 바람직한 방향을 제시할 수 있게 되기를 희망한다.

3. 산업화와 소설

소설이 매우 짧은 역사를 가지고 있음에도 불구하고 오늘날 가장 대중적이고 성공적인 문학 장르로 대두된 배경에는 서구의 산업화가 자리하고 있다. 서구의 산업사회가 부르조아 혁명과 더불어 대두되고 번창하였다면, 소설도 그와 비슷한 조건과 배경에서 성장하여 왔던 것이다. 이것은 서구의 산업화가 일어나기 이전에 운문 문학이 대종을 이루었던 사실과 대조하면

소설의 성격과 특성이 보다 분명해진다. 소설이 서구 산업화의 전개과정과 밀접한 연관관계를 맺고 있음은 대부분의 이론가들이 동의를 표하고 있는 사실이기에 우리는 먼저 소설의 발생 및 발달상의 특징을 살펴봄으로써 소설 장르에 대한 이해의 폭을 넓힐 필요가 있다.

루카치가 『소설의 이론』에서 밝히고 있는 것처럼, 소설은 "신에게서 버림받은 세계의 서사시"[35]인 동시에, 재정적 후원자partron에게서 버림받은 시대의 문학 장르라 할 수 있다. 작가가 어느 특정한 계층이나 개인의 취향을 염두에 두지 않고, 불특정 다수를 대상으로 그들의 비위를 맞추기 위하여 작품을 쓰는 일은 보통 어려운 일이 아니다. 재정적 후원자의 도움을 받아 생활을 하며 그들의 귀족적 취미를 만족시키는 일이 비교적 관습적이고 숙련화된 작업에 속했다면, 불특정 다수인 대중의 기호를 충족시키는 일은 몇 배나 까다롭고 성가신 일이었을 것이기 때문이다. 따라서 작가는 그들 대다수 대중의 취향과 기호를 알아내어 그것을 만족시키려 노력하게 된다. 그 결과 초기 근대소설은 인물 심리의 생생한 묘사와 삶의 여실한 묘사를 그 특징으로 하게 되었던 것이다.[36] 또한 소설은 활판 인쇄술이 발명된 이후에 등장한 문학장르라는 특징이 있다. 그것은 과거 서사시처럼 낭송될 필요가 없으며, 연극과 같이 관객 앞에서 상연되는 일이 없이 한 개인의 내밀한 독서를 통해 수용된다. 말하자면 소설을 읽기 위해서는 일정 정도의 교양이 요구되고 경제적 안정이 요청되는 것이다. 소설은 중류계층의 쾌적하고 조용한 독방이나 서재에 썩 잘 어울리는 예술 장르인 것이다. 또한 가장 중요한 소설의 특징은, 그것이 "봉건질서 아래서의 신분의 고정성이 무너지고 지리적 이동과 함께 수직적 신분이동이 극히 유연해진 활발한 사회적 유동social mobility의 세대의 문학형태"[37]라는 사실이다.

---

35) G. Lukács, *The Theory of the Novel*, Trans. Bostok, Cambridge, The MIT Press, 1971, p.88
36) 柳宗鎬, 「영국소설과 사회―그 端初를 중심으로」, 한국사회과학연구소 편, 『예술과 사회』, 민음사, 1979, p.124

18세기 말에서 19세기 초에 걸쳐 서구의 사회구조는 운명의 변화에 각별히 어울렸다. 아니, 변화에 알맞도록 꾸며졌다고도 할 수 있는데, 이 변화는 마치 요술과도 같고 낭만적인 것이었다. 상류계급의 기풍이 매우 강해서 젊은이가 그 경계를 뛰어넘는 것을 두드러진 행동으로 보이게 하기도 했지만, 어떤 경우에는 그 경계선 넘기를 허용할 정도로 허약한 면을 보이기도 했다. 제대로 먹지도 못해 야위고 비천한 생각을 가진 제네바 태생의 무기력한 소년이 일약 프랑스 귀족사회의 총아가 되고, 삶의 모든 분야에서 그들을 조정하는 것이 유럽에서는 허용되었다. 루소는 코르시카 태생의 젊은이를 포함한 모든 시골 태생 젊은이들의 아버지이다.[38]

트릴링이 적절히 언급하고 있는 것처럼, 서구의 산업화는 수직적 신분 이동과 사회적 유동을 가능하게 해주었으며, 소설은 그러한 변동기에 독자의 신분상승 욕구를 대리만족 시켜주면서 발전한 장르인 것이다.

근대소설의 맹아가 영국에서 그 싹을 드러낸 것은 지극히 당연한 현상이라 할 수 있다. 그리고 그것은 산업화로 인해 새로운 중산층으로 부상한 사람들의 의식이나 세계관을 반영하고 있다.[39] 가령 중간계층의 신분으로 태어난 주인공을 무인도로 쫓아 보낸 뒤 다시 성공한 중산계층으로 신분의 상승 이동 과정을 재미있게 묘사한 다니엘 데포우의『로빈슨 크루소』는 "중산계급의 미덕의 찬가이며 중간신분의 형성소설"[40]이며, 최초의 본격적 근대소설이라 규정되는「파밀라」역시 性과 결혼을 중심으로 수직적 신분상승이 가능하다는 줄거리를 담고 있다.

---

37) 유종호, 앞의 글, p.125
38) Lionel Trilling, The Liberal Imagination, New York, Viking Press, 1951, p.64
39) "처음부터 소설이 보여주었던 계급의식, 사회적 그리고 재정적 신분의 중요성, 한 계급에서 다른 계급으로의 상승이나 전락을 성격이나 재산상의 위기적인 발전을 반영하는 것으로 취급하는 일, 이 모든 것이 이 문학 형태가 중산계급에 기원을 두고 있음을 보여준다."(David Daiches, A Critical History of English Literature, New York, Ronal Press, 1960, vol.1, p.700 참조)
40) 유종호, 앞의 책, p.136

이런 관점에서, "고전소설의 구조와 자유주의 경제 시대에서의 교환구조 사이에는 엄격한 상동관계homologie"[41]가 존재한다고 갈파한 골드만의 견해는 타당한 것이라 생각된다. 그는 소설을 가리켜, "타락한 세계에서 진정한 가치를 추구하는 타락한 과정"으로 정의한다. 이때 진정한 가치란, "비평가나 독자들이 진정한 것이라고 평가하는 가치를 의미하는 것이 아니라 소설 속에 명백히 제시되지 않으면서도 내재적인 양태로 소설 세계의 체제를 구성하는 그런 가치"[42]로서, 각각의 소설마다 상이하고 특수한 가치인 것이다. 루카치G. Lukács와 지라르R. Girard의 이론을 바탕으로 자신의 가설을 〈발생론적 구조주의 문학사회학〉으로 체계화한 골드만의 이론이 갖는 최대의 독창성은, 작품 세계의 구조와 어떤 사회 집단의 의식 구조와의 관계를 문제삼는 데 있으며, 그것은 그 집단의 의식 구조가 작품의 구조를 결정하기 때문이라는 것이다.[43] 골드만이 명명한 소설의 문제적 주인공(루카치는 이 주인공을 '악마적 주인공'이라 명명한다.)은 타락된 사회의 가치관에 상치되는 진정한 가치를 추구함에 있어서, 그 적대적인 사회를 정면으로 공격하여 수직적인 초월로써 그리려 하지 않고, 오히려 그 사회를 온존시킨 채로, 그 사회에서 허용되는 방식으로써만 간접적으로 그리려 한다.

다시 말해 문제적 주인공은 타락된 사회에서 자신의 진정한 가치를 인정받지 못함으로써 사회에 공공연한 모습으로 드러나지 못하고, 사회의 밑에 숨어 지내면서 그 역시 타락한 방식으로 자신의 의도를 드러낸다는 것이다. 따라서 진정한 가치는 소설 가운데 명징한 의식의 주인공이나 구체적인 현실의 형태로 나타나지 못하고, 다만 작가의 의식 속에서 추상적이고 관념적인 형태로, 윤리적인 성격을 띠고 존재하게 된다. 소설의 주인공이 겪는 갈등은 개인과 집단 사이에 있는 의식의 차이, 자신의 이상과 집단이 요구하는 것 사이에 있는 단절에서 기인한다. 주인공은 당연하게 그러한 단절을 넘어

---

41) L.골드만, 『소설사회학을 위하여』, 조경숙 역, 청하, 1982, p.12
42) 위와 같음
43) 郭光秀, 「골드만의 小說理論—小說의 構造發生論的 分析」, 『예술과 사회』, p.174

서려 하게 되는데, 이때 그가 진정한 욕망의 지배를 받는가, 간접화된 욕망의 지배를 받는가 하는 심각한 문제에 직면하게 된다.

산업사회는 인간의 소유의 욕망을 개발시키고 소비 정신을 고양시키면서 부의 편중현상을 증가시키기 때문에 개인의 의식의 사물화réification와 자원의 고갈을 초래한다. 그리고 그 사회는 인간의 노동이나 상품이 사용가치에 의해서가 아니라 교환가치에 의해 평가된다. 이런 사회에서 소설의 주인공이 간접화된 욕망의 지배를 받게 되는 것은 당연한 현상이라 할 수 있다.

> 소설이라는 문학 형식과, 시장사회 내에서 일반적으로 인간과 상품 간의 일상적 관계, 나아가서는 인간들과 다른 인간들 간의 일상적 관계 사이에는 엄격한 상동관계가 존재한다.
> 인간과 상품 사이의 자연적이고 건전한 관계는 생산이 미래의 소비와 물건의 구체적 자질, 즉 그 물건의 사용가치valuer d'usage에 의해 의식적으로 지배될 때 맺어진다.
> 반면에 지금의 시장생산을 특징짓는 것은 교환가치valuer d'échange라는 생산형태에 의해 만들어진 새로운 경제 현실의 매개화 현상 때문에 인간의 의식과 생산이 맺고 있던 관계가 배제되거나 혹은 내재적인 것으로 되어버린다.[44]

현대 산업사회에서 인간과 상품의 가치가 교환가치로만 인식되는가에 대하여는 이론이 제기될 수 있지만, 〈사물화〉·〈상품의 물신숭배fétichieme de la marchandise〉·〈사용가치〉·〈교환가치〉 등의 용어는 산업화를 특징짓는 매우 중요한 개념들이라 할 수 있다. 실제로 산업화 이후 인간의 의식이 사물화되거나 물신의 노예로 전락한 예는 쉽게 찾아볼 수 있기 때문이다. 예컨대, 〈의식의 사물화〉만 하더라도 그것이 자본주의 사회에서의 개인 및 집단 의식의 근본적인 변화를 말해주는 것으로, 인간의 명징하고도 건전한 의식이

---

44) L.골드만, 앞의 책, p.21

사라진 자리에 사물의 성질이 대치되고 그리하여 "인간의 적극적인 기능의 어떤 것이 사물에 이양되어 버리는 환각적인 현상"을 지칭하는 것이라 할 때, 그것은 결국 산업화가 초래한 과도한 물량주의 혹은 물질주의에 오염된 인간의 정신을 설명해주는 것이다.

우리나라의 경우, 1960년대 이후의 산업화 과정에서 배태된 여러 가지 사회적 징후를 설명하는 개념들의 대부분이 위와 같은 관점에서 채택된 것도 당연하다. 과거의 고질적인 가난에서 벗어나고, 각종의 가전제품을 비롯한 문명의 이기를 도시는 말할 것도 없고 농어촌에서 사용할 수 있게 되었으며, 해외여행도 자유롭게 할 수 있을만큼 경제적 여유를 누리는 지금, 우리는 물질적인 풍요함은 얻었을지 몰라도 그보다 소중한 그 무엇을 상실했다는 정신적 박탈감에서 자유롭지 못하다. 이것은 우리가 교환가치만을 생각하면서 가짜 욕망에 함몰되었기 때문에 빚어진 현상이라 여겨진다.

한국 현대소설은 바로 이러한 산업화의 부정적 징후를 집요하게 문제삼으면서, 주인공으로 하여금 타락한 사회에서 타락한 방식으로나마 진정한 가치를 추구하는 과정을 생생하게 그려 보이고 있다.

II. 1970년대 소설에 나타난 산업화 양상

주지하다시피, 오늘날 한국 사회는 성숙한 산업사회와 시민사회를 지향하면서 그에 따른 필연적인 사회구조적 변동을 경험하고 있다. 여기서 말하는 산업사회는 산업화 이전의 사회, 또는 前산업사회와 근본적으로 구별되는 사회[45]이며, 기술합리성과 조직 합리성의 원리를 도입하여 대량생산과 대량소비의 시장 경제체제를 중심으로 사회구조가 조직화된다.

한국의 산업화가 본격적으로 진행되기 시작한 것은, 이미 밝힌대로, 1962

---

45) 전산업사회와 산업사회의 특징을 요약하여 도표화하면 다음과 같다.

특징 단계	前 산 업 사 회	산 업 사 회
사회단위	소규모 : 가족 또는 자연부락	대규모 : 거대한 분업체계로 조직, 전문화
공동체성원	동질적 집단 : 혈연, 지연	이질성 : 직업, 사회적 지위, 생활양식, 가치관
인간관계	원초적 : 면접적, 인격적, 情誼的	이차적 : 비인격적, 비정의적, 공식적
사회적지위	정체성, 폐쇄성 : 사회이동 없음	개인의 능력, 성취에 따라 획득, 이동 빈번
가치지향	전통주의적, 집합주의적, 특수주의적, 권위주의적	합리주의, 보편주의, 평등주의

임희섭, 『사회변동과 가치관』, 정음사, 1986, pp.40-41 참조.

년 1차 경제개발 5개년계획이 착수되면서부터였다. 제3·4공화국이 저돌적으로 밀어붙인 경제 정책의 기본 방향은 ① 경제 제일주의, ② 정부주도형의 원리, ③ 先成長 後分配의 원칙, ④ 공업 우선의 원칙, ⑤ 외자도입과 수출주도형 개발 전략의 채택46) 등으로 요약된다. 이것은 전시대부터 고질적으로 내려온 가난으로부터의 탈피, 부존자원의 절대적 부족 등과 같은 불리한 외적 조건을 극복하기 위한 전략이었으며, 그 성과는 예견하였던 것보다 훨씬 눈부신 것이었다고도 할 수 있다. 예를 들어 경제개발계획이 시행되던 1960년대 초반과 1981년 사이의 경제총량 규모를 대조해 보면 한국의 산업화가 얼마나 괄목할 만한 성장을 기록했는가는 쉽게 인지된다.

1962년을 기준으로 경상 GNP 2,940억 달러였던 것이 1971년에는 32,840억 달러로 급증하였고, 1981년에는 다시 457,750억 달러로 급신장하였다. 또한 실질 GNP의 성장은 1961년에 비해 1971년에는 약 10배 이상이 증가했고, 1981년에는 15배 이상의 놀라운 성장을 기록하였다. 국민 1인당 GNP의 경우에 있어서도 1961년에는 불과 82달러 수준이었던 것이 1971년에는 278달러로 껑충 뛰고, 1981년에는 1,735달러로 비약하게 되었던 것이다.47)

이러한 통계 수치를 통해 확인할 수 있는 것처럼, 우리나라의 경제 성장은 비약적인 발전을 가져왔지만, 고도성장만을 강조한 나머지 넓은 의미에서의 사회발전이란 측면에서는 다소 미흡한 점이 없지 않았다. 특히 효과적인 산업재투자를 위해 정책적으로 시행한 사회 각 부문 간의 불균등한 자원분배는 계층간, 지역간 구조적 빈부 격차를 증대시켰으며, 이로 말미암아 사회 구성원 사이의 갈등과 반목이 더욱 격화되었다. 또한 급격한 사회변동을 뒷받침하는 새로운 가치관이 정립되지 못함으로써 신구 세대의 가치관에 커다

---

46) 조순, 「경제 발전의 방향」, 조순 外, 『한국사회의 발전논리』, 흥사단 출판부, 1984, pp.72-73
47) 자료 : 한국은행, 『경제통계연보』
　　　재무부, 『재정금융통계』
　　　金基台, 「경제규모의 확대와 독과점구조의 심화」, 『한국사회의 변동』, p.23에서 재인용.

란 혼란이 야기되었으며, 물질만능주의 사고가 팽배하고 개인주의가 전통적 공통체의 긴밀한 유대관계를 깨뜨리는 결과가 발생하였다.

산업화가 어느 정도 진행된 70년대 한국의 사회적 상황을 간략하게 요약하면, 물질주의적 성장의 와류 속에서 빈부의 격차가 심화되었다는 점, 불안한 국내외 정치상황 때문에 야기될 수 있는 자유의 한계가 끊임없이 거론된다는 점, 개인의 윤리가 확립되지 않은 풍토에서 독버섯처럼 퍼지고 있는 안일한 이기주의와 인간 상호간의 불신의 풍조, 이러한 현실에서 민주주의에 대한 반성과 검토가 진행되고 있는 심층적 상황 등으로 압축할 수 있다.[48]

1970년대 작가들의 주요한 관심사로 떠오른 쟁점은 가진 자와 못가진 자의 대립과 갈등, 도시 중심의 산업화에 의해 상대적으로 소외된 농어촌의 피폐상, 신구 세대간의 갈등 및 노인문제의 대두, 황금만능주의와 개인주의의 창궐로 인한 인정주의의 소멸, 대중문화의 급속한 보급과 상업소설의 범람, 분단 상처의 심화와 그 극복을 위한 분단소설의 성행 등으로 거칠게 유형화할 수 있을 것이다. 이 논문에서는 상업화 양상의 특징으로 인식되는 도시화 현상, 물신숭배와 가치관의 혼돈, 소외적 양상, 계층간의 갈등 등을 다루려고 한다.

1. 도시화 현상의 소설화 방법

경제개발을 목적의 최우선 순위로 삼는 산업화는 주로 도시 지역에서 급진적으로 전개되었기 때문에 전통적 농촌이 점차 몰락의 과정을 겪는 것은 필연적 현상이라 할 수 있다. 실제로 공업화를 주축으로 하는 자본주의의 발달과정에서의 離農은 가장 일반적인 산업화의 징후[49] 가운데 하나라 할

---

48) 오생근, 「타인의식의 극복」, 《문학과 지성》, 1974. 여름. p.413

수 있다. 이른바 도시화urbanization의 가장 현저한 특징은 인구의 이동에 따른 수의 증가이다. 도시에서의 삶의 양식이란 의미로서 '도시성urbanism'의 개념을 창안한 워스Louis Wirth가 도시의 판별기준으로 인구의 수, 밀도, 주민과 집단생활의 이질성[50] 등을 꼽고 있는 것만으로도 도시와 농촌의 차이가 무엇에서 비롯되는가는 분명해진다.

또한 시카고 학파의 생태학적 접근에서는 도시화를 인구의 도시집중 과정을 중심으로 생각하고, 정치 경제학적 접근에서는 기업과 자본, 산업시설의 도시집중을 주요 내용으로 삼는다.[51] 결국 도시화란 물리적 요인의 변화에 따라 급속하게 인구의 변동(증가)이 발생한 것을 지칭한다고 할 수 있는데, 문제는 이러한 동인이 무엇인가 하는 점이다.

우리나라의 도시화는 (1) 일제 하의 식민도시의 발전과 인구이동 (2) 해방 후 귀환이동과 도시인구의 성장 (3) 6.25동란과 실지인구의 재정착과정 (4) 고도성장기의 인구 이동과 도시화[52]라는 네 가지 측변에서 살펴볼 수 있다. 이 가운데 산업화가 본격적인 움직임을 보이던 1960·70년대의 인구이동의 변모를 移入率과 移出率을 비교하여 살펴보면 서울·부산 등 대도시의 인구 증가율이 연평균 15% 이상이 된다는 사실을 알게 된다. 이것을 좀 더 자세히 분석하면 1960·70년대 전 기간을 통해 이입율이 지속적인 증가추세를 보였던 지역은 현대산업과 고등교육 발전의 중심지였던 서울·부산 등 대도시였고, 제주도의 지역적 특성을 감안하여 내륙지방으로 범위를 한정할 때 산업화의 주변부에 놓여있던 호남지방의 이입율이 가장 낮다. 이러한 사실은 결국 지역간의 불균형적 발전에 따른 사회경제적 기회의 변화에 대한 반응[53]을 설명해주는 것이다.

---

49) 김경동, 「離農上京의 사회학적 분석」, ≪世代≫, 1967.12. 앞의 책, p.280에서 재인용.
50) Louis Wirth, "Urbanism as a Way of Life", Urbanism in World Perspecyives, ed. Sylvia Felis Fava(Thomas Y Crowell.Co.1968), pp.51-54
51) 강대기, 앞의 책, p.77
52) 石賢浩, 「한국의 도시화와 사회변동」, 『한국사회의 변동』, 성균관대학교 출판부, 1986. pp.130-143 참조.

〈표 1〉 도별 인구 이입율과 이출율

1961~1980(%)

	移入率				移出率			
	61-66	65-70	70-75	75-80	61-66	65-70	70-75	75-80
서 울	20.7	19.4	17.4	16.4	4.5	4.8	9.5	10.7
부 산	14.3	15.9	17.6	19.1	11.1	7.2	8.8	8.8
경 기 도	6.1	9.7	16.6	20.5	6.8	9.1	10.1	11.1
강 원 도	6.7	6.4	5.2	6.5	5.6	10.7	11.3	15.5
충 청 북 도	3.2	4.1	5.1	5.6	7.9	11.3	9.7	14.6
충 청 남 도	2.7	3.7	4.7	6.2	7.8	10.8	10.2	11.7
전 라 북 도	1.9	2.5	3.1	3.2	5.1	9.0	8.6	12.1
전 라 남 도	1.2	1.6	1.8	2.6	3.7	7.5	8.5	11.5
경 상 북 도	1.9	3.3	4.7	5.9	4.8	7.0	6.7	8.7
경 상 남 도	2.2	2.7	5.1	9.8	7.1	9.9	9.8	12.6
제 주 도	4.5	4.1	5.6	4.8	1.9	3.4	9.3	5.9

※ 여기서 이입과 이출은 5년 전 거주지가 현거주도와 다른 경우로 규정.
※ 자료 : 1966년 특별인구조사 및 70, 75, 80년 인구센서스 보고서

겔판트Blanche Houston Gelfand는 "도시소설이란 도시생활의 전형적인 특성인 〈도시성〉을 반영하는 문학, 즉 도시의 복잡다기한 생활의 사회적 의미에 대해서 날카로운 통찰력을 갖고 그 본질적인 의미를 표현하는 상상력이 풍부한 언어를 사용해서 도시생활을 재현하는 형식"[54]으로 규정한 후 이를 다시 세 가지 유형으로 나누어 설명한다. 즉 '肖像소설portrait novel', '總覽소설synoptic novel', '生態學的 소설ecological novel' 이 그것인데, 이재선은 이를 보다 세분하여 (1) 도시 입성의 경험소설 (2) 노년학적 소설gerontological novel (3) 생태학적 소설 (4) 분열형schizoid 소설 (5) 이미지 소설 (6) 總括型 소설 등 여섯가지 형태로 유형화한다.[55]

문학 공간에서 도시는 동경과 지향의 대상인 동시에 무관심, 비인간성, 긴장, 소외, 익명성 등으로 상징되는 파괴적 대상으로 투영된다. 팽거D.Fanger의

---

53) 석현호, 앞의 글, p.146
54) B.H.Gelfand, the American City Novel, Uni. of Oklahomapress, 1970, p.11
55) 이재선, 앞의 책, pp.276-317 참조.

말처럼 "소설의 형태와 대도시의 형태간에는 친화력이 존재"[56]하기 때문에 도시소설에 대한 이해는 당연히 현대 도시의 본질적 성격을 이해하는 첩경이 될 수 있다. 따라서 산업화 이후의 도시소설을 분석하는 것은 바로 우리나라의 산업화가 어떤 방향으로 전개되었는가를 살피는 일인 동시에 그것의 문제점을 정확히 인식하여 바람직한 삶의 방향을 제시하기 위한 전제작업이 되리라 생각한다.

우리나의 경우 1970년대 후반부터 농촌과 도시의 사회구성 및 인구비가 역전함으로써 도시문제는 도시만의 문제가 아니라 한국사회 전체의 모순과 부조리를 인식하는 측면으로 연결된다.

도시소설에 대한 선행연구는 1930년대 작품에 집중되는 경향을 보이는 데[57], 그것은 도시 생태학 혹은 정치 경제학적 이론을 원용한 것들이다. 1960년대 산업화 이후의 도시소설에 대한 논의는 이재선에 의해 체계가 잡혀졌다고 보인다. 그의 「도시공간의 시학—도시화 현상과 도시소설」은 특히 산업화 이후의 도시소설을 6가지 유형으로 대별하여 도시공간에 대한 인식, 도시의 이미지 및 도시공간 의식의 윤곽을 제시하였다는 점에서 큰 의의가 있다. 이 장에서 필자는 도시 소설을 '도시 입사식형 소설'과 '생태학적 도시

---

56) Donald Fanger, Dostoevsky and Romantic Realism, Harvard University Press, 1967, p.26
57) 필자가 확인한 도시소설 연구 자료는 아래와 같다.
　　이재선, 「도시적 삶의 체계와 자연 또는 농촌의 삶의 양식」, 『한국현대소설사』, 홍성사, 1979.
　　＿＿＿, 「도시 공간의 시학」, 『현대한국소설사』, 민음사, 1991.
　　이은정, 「한국 현대소설에 나타난 도시적 삶에 대한 연구」, 이화여대 대학원, 1980.
　　최진우, 「1930년대 도시소설의 전개」, 서강대 대학원, 1981.
　　김우종, 「한국 도시문학에 반영된 도시의 증상」, 한국P.E.N. Spring, 1983.
　　임헌영, 「한국문학에서 도시의 의의」, ≪문학과 역사≫, 한길사, 1987.
　　김재용, 「1930년대 도시소설의 변모양상」, 연세대 대학원, 1987.
　　나병철, 「1930년대 후반기 도시소설 연구」, 연세대 대학원, 1989.
　　성현자, 「도시적 삶의 양식과 소설의 구조」, ≪開新語文研究≫, 충북대 개신어문연구회, 1990.5

소설'로 대별하려 하며 이런 유형분류는 이재선의 작업에서 시사받았음을 밝혀 둔다.

산업화가 도시를 중심으로 한 지역적 편중성을 강하게 드러내었기 때문에 상대적으로 가장 큰 피해를 입은 지역은 농촌이라 할 수 있다. 때문에 도시소설만 취급하는 것은 산업화로 인해 야기된 다양한 사회 정치적 현상의 일부 분밖에 파악하지 못하게 되는 어리석음을 범하게 될 것이다. 따라서 농촌소설을 다루는 것은 단지 소재주의적 특이성에 근거를 둔 것이 아니라, 산업화 양상을 보다 심층적이고 총체적으로 투시하고자 하는 태도라 할 수 있다. 특히 산업화 이후의 농촌문제는 농촌이라는 지역성을 떠나 한국 사회가 떠안고 있는 모든 문제를 내포하고 있다는 판단에서도 농촌소설을 다루어야 할 타당성이 생긴다.

(1) 都市 移住民을 다룬 소설

도시 이주민을 다룬 소설이란 시골 태생의 순진하고 감수성 있는, 어리거나 혹은 젊은 주인공이 익명·소외 그리고 혼잡·고독 등의 표상을 지닌 도시 입성과 그 도시에서의 삶에 대한 개인적인 경험과정을 통해서 도시의 삶의 특성과 그 실제를 발견하거나 동화됨을 드러내는 과정을 그리는, 〈도시 입성형 소설〉[58]을 말한다. 이때 도시는 바로 욕망의 지향처인 동시에 통과점이 되는데, 이런 맥락에서 이 유형의 소설은 일종의 이니시에이션 스토리 initiation story[59]에 속한다.

---

58) Diane W.Levy, "City Signs-Toward a Definition of Urban Literature", Modern Fiction Studies, Vol.24. No.1. 1987. 봄, p.66 참조. 이재선, 위의 책, p.278에서 재인용

59) Modecai Marcus, What is an initiation story?, Critical Approaches to Fiction, ed. Shiv K.Kumar/Keith McKean, Mcgraw-Hill Book Company, New York, 1968, pp.201 -213 참조. 이 글에서 마르커스는 주인공에 미친 외부적 충격과 효과에 따라 잠정적 tentative, 미완적uncompleted, 결정적decisive 이니시에이션 스토리로 유형화한다. 잠정 적인 이니시에이션 스토리는 주인공이 성숙과 자아 이해의 문턱에 이르기는 하지 만 명확히 그를 극복하지 못하는 경우를 지칭하며, 미완적 이니시에이션 스토리

입사식담initiation story이란 자아와 세계에 대해 무지하거나 미성숙기의 주인공이 일련의 경험과 시련을 통해 성숙한 인간으로 변화하는 모습을 그린 소설을 말한다. 이 용어는 원래 인류학적 용어로 통과제의의 문턱에 들어선다는 의미로 사용된 것이지만, 이 논문에서는 농(어)촌 출신의 젊은이가 도시의 새로운 환경에 접하면서 도시사회의 금기와 집단적 신념에 대한 육체적·정신적 시련과 고통을 통과함으로써 비로소 도시사회의 한 구성원으로서의 자격을 부여되며 그 사회에 편입하게 되는 과정을 그린 소설에 대한 명칭으로 의미를 한정하고자 한다.

비도시 거주자가 도시로 유입되는 동기는 일반적으로 촌락 자체의 내적 요인과 도시가 지닌 흡인력을 들 수 있다.[60] 자본주의적 생산이 지배적인 체계하에서 생산력이 낮은 농업이 상대적으로 불리한 위치에 놓이게 될 것은 자명하며 이로 말미암아 농촌경제는 더욱 곤핍한 상태로 전락하게 된다. 이와 함께 도시는 '살만한 곳'이라는 의식[61]이 팽배해짐으로써 너나없이 도시로 몰려들게 되는 것이다. 농촌을 떠나 서울로 입성한 사람들이 대부분

는 주인공이 성숙과 자아의 발견이라는 문턱을 넘어서기는 하지만 아직까지 세계의 확실성에 대한 확신이 결여된 상태, 결정적 이니시에이션 스토리는 주인공이 자아 발견을 이루어 성숙한 세계의 일원으로 편입되는 과정을 그린 소설을 지칭한다.

60) 도시로의 인구집중의 원인에 대해서는, 도시가 인구를 끌어 들이는 흡인요인pull factor과 농촌에서 인구를 밀어내는 배출요인push factor으로 나누어 파악한다. 배출요인으로는 ① 농촌에서의 생활수준의 저하 및 단조로움, ② 인구압력, ③농촌자원의 한계성, ④ 만성적 식량부족, ⑤ 고용기회의 희소와 저임금, ⑥ 농업노동의 계절성, ⑦ 농업구조 개선의 부진, ⑧ 자연적 기후적 악조건, ⑨ 장래에 대한 불안 들을 들 수 있다. 이에 반해 흡인요인으로는 ① 도시의 매력, ② 높은 생활수준, ③ 광범한 취업기회, ④ 높은 문화수준과 편리한 문화생활, ⑤ 교육기회, ⑥ 권력으로의 접근 가능성, ⑦ 전통적 규범으로부터의 자유로움, ⑧ 정보의 속도 및 양의 풍부함, ⑨ 상대적 고임금 등이 거론된다. (고영복, 「한국도시화의 과정 분석」, 《논문집》 16집, 서울대학교, 1970. p.77)

61) 농촌과 도시의 격차를 인식하게 되는 과정은 情動的 志向cathestic orientation의 단계와 가치평가의 단계를 거쳐 이루어진다.(김경동, 「농촌과 도시—그 격차해소 방향」, 《정경연구》, 1967.6 참조)

영세한 농가이거나 농업노동에 종사하는 빈농계층이라는 사실은 이들의 기대수준의 상승을 잘 말해주는 요인이라 할 수 있다. 그러나 도시는 이들의 기대를 철저히 배반한다. 배운 것 부족하고 가진 것 없는 이들은 주로 잡역노동자가 되거나 서비스업 종사자로 생계를 유지하는 한편, 여성의 경우는 식모, 창녀 등 사회의 가장 밑바닥을 전전하며 도시의 비정한 생활양식에 젖어든다.[62] 『서울은 만원이다(이호철)』와 「이웃 사람」·「장사의 꿈(황석영)」, 등은 창녀, 목욕탕 때밀이, 날품팔이 막노동자와 같은 기층민들의 시선을 통해 6,70년대 서울의 풍속도를 그려내고 있다.

『서울은 만원이다』[63]는 독자들의 흥미에 봉사하는 것을 목적으로 삼는 신

---

62) 김진균은 소·영세농층이 도시로 이주하면 주로 제조업 근로자, 서비스직 종사자(청소년층), 영세업체 근로자, 하위 서비스직, 하위 판매직, 단순 임시노동자, 단순 자영자(장년층)의 직업을 얻게 된다고 추정한다. (김진균, 현대 한국의 계급구조와 노동자계급, 『한국사회의 변동』, p.68-69)

〈이농인구의 취업경로〉

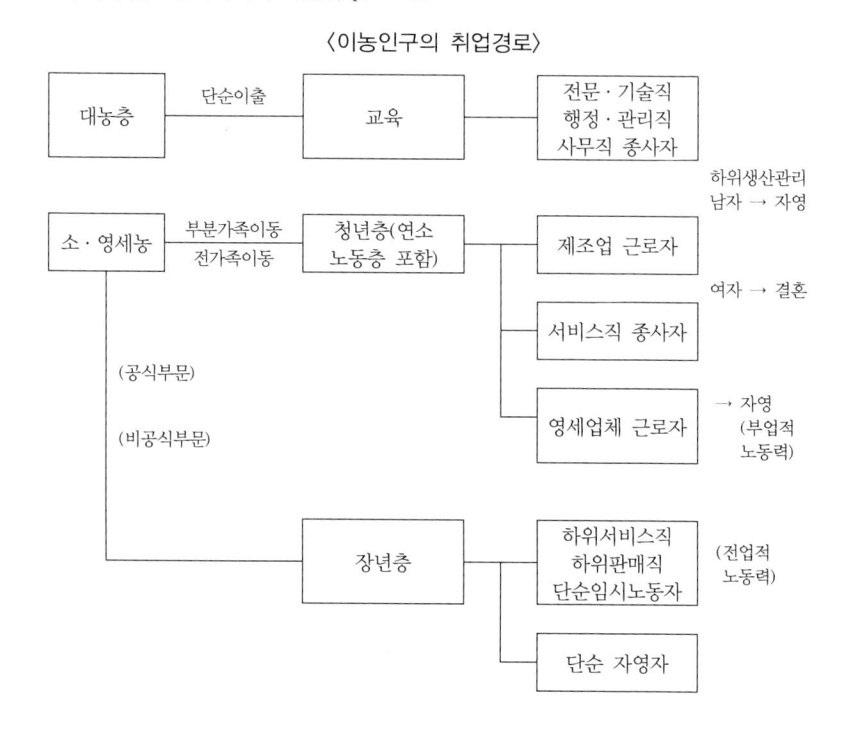

문연재소설의 특성을 최대한 살려 당시(1996년)의 서울 정경을 풍속화처럼 그려낸 작품이다. 경제적 이유로 고향을 떠나 끝내 창녀가 된 길녀와 그녀의 주변에 모여든 남동표, 기상현, 서린동집 노인, 비뇨기과 의사 등이 서로 얽섞이는 관계를 맺으면서 스토리가 전개되는 이 소설은 한마디로 뜨내기 群像들의 초상화라 할 만하다.

이 소설에 등장하는 대부분의 인물은 서울에 뿌리를 내리지 못하는 공통인자로 묶여진다. 경상도 출신의 창녀 길녀와 미경, 전라도 출신의 월부책장수 기상현, 이북에서 피난 내려온 어리숙한 사기꾼 남동표, 평양출신의 월남민 금호동집 일가 등은 하나같이 도시의 변두리에서 남에게 기대어 사는 인간상들이다. 유일한 서울 토박이인 서린동집 일가는 자기 재산마저 제대로 지키지 못하고 복실엄마나 금호동 일가에게 조금씩 갈취당하는 무능한 인간상으로 그려지고 있는데, 이런 점에서 그들 역시 정신적 뿌리를 상실한 부류라 할 수 있다. 결국 『서울은 만원이다』는 서울에 거주하는 잡다한 군상들이 어떤 의미에서 건 뜨내기라는 사실을 역설적으로 지적하는 것이다. 그것은 고향의 곤혹스러운 가난을 이기지 못해 상경했건, 남북분단의 민족적 비극의 희생물로 서울에 올라왔건 간에 도시(서울)라는 공간이 인간끼리의 정상적인 유대관계를 가로막는 곳임을 고발하려는 작가의 의도를 효과적으로 전달하기 위한 전략적 장치라 이해된다. 이들은 서울생활을 통해 "서울은 싸움터다. 성실보다는 요령, 일관한 신념보다도 눈치, 진실한 우정보다도 잇속, 협동보다도 적의가 온 서울하늘을 덮고 있다"는 사실을 깨닫는 한편 "사오 년을 살아봐도 마찬가지, 서울이란 알고보니 쌕쌕이판"이므로 서울에서 "살아간다는 일 자체를 개차반으로 여기"는 처세술을 일찌감치 습득하게 된다. 특히 가진 것 없이 막연한 기대감에 가슴 졸이며 올라온 이들에게 서울이란 곳은 "끼리끼리 똘똘 뭉쳐 있어서 혼자 몸으로는 뚫고 들어갈 틈이라곤 없는", 이

---

63) 이호철, 『서울은 만원이다』, 《동아일보》, 1966.2.8-10.31. 여기에서는 청계연구소 刊 『이호철전집7·서울은 만원이다』(1991)를 텍스트로 취했다.

른바 '缺格 개인주의individualrism by default'64)가 판치는 폐쇄된 공간일 뿐이다.

> 사는 놈은 형편 무인지경으로 잘살고, 못사는 놈은 형편 무인지경으로 못살고 있었다. 게다가 정작 못사는 놈보다 맥주잔이나 마시며 잘사는 놈들이 더 못살겠다 못살겠다 아우성이고 불평이었다. (……) 서로가 아옹다옹하면서도 어떻든 정치인은 정치인끼리, 법관은 법관끼리, 교수는 교수끼리, 공무원은 공무원끼리, 의사는 의사끼리, 방송국 사람은 방송국 사람끼리, 장사꾼은 장사꾼끼리, 하다못해 운전수, 지겟꾼, 구두닦이에 이르기까지 제 잇속을 중심으로 똘똘 뭉쳐 있었다.
>
> (『서울은 만원이다』, p.101)

도시적 삶의 특징은 지위·신분·빈부의 격차와 상관없이 각각의 이해집단끼리 철저히 뭉치는 한편, 타집단에 대해서는 노골적인 적의를 숨기지 않는다는 점이다. 도시는 예전의 공동체 상호간의 相扶相助·患難相恤의 도타운 인정의 솜옷을 벗어던지고 개인적 이익만을 강조하는 싸늘한 철갑으로 무장한 인간들의 생존 투쟁의 현장이다. 가까스로 도시에 정착한 운전수, 지겟꾼, 구두닦이마저 제 몫을 빼앗기지 않으려고 핏발 선 눈으로 감시하는 아귀다툼의 현장에서 그들 도시유입민들은 도시의 최하층 계급으로 전락할 수밖에 없게 된다. 실제로 길녀나 미경, 기상현 남동표 등은 허황된 말재간으로 어리숙한 사람들을 속이는 브로커로 연명하거나, 직업이랄 수도 없는 서

---

64) 레비Diane W. Levy는 개인주의를 두가지 형태로 구별하여 설명한다. 그 하나는 '이상적 개인주의individualism by ideal'이고 다른 하나는 '결격 개인주의'이다. 전자는 개인이 행동하는 사회구조 속에 어느 정도 명백하게 제도화된 것으로 개인이 자기 자신의 기준과 판단에 입각해서 결정을 내리도록 요청당하거나 그렇다고 느끼는 경우를 말한다. 이에 반해 후자에 있어서는 개인이 자신의 기준에 입각해서 행동한다 할지라도 거기에는 선택가능한 사회적으로 가대된(제도화된) 기준과 판단이 존재하지 않거나 주어지지 않는다. 우리나라의 도시화 현상을 두고 볼 때 분명히 갖가지 대소규모의 조직이 번창하여 기능분화가 활발히 전개되며 인구의 高度移動에 자극받아 가족도 그 규모에 있어 핵가족화 되어가고 있는데 이를 레비식으로 표현하면 '결격 개인주의'라 할 수 있다.(김경동. 「도시화와 도시인의 의식구조」, 《신동아》, 1968.2 참조할 것)

적 외판원 혹은 창녀의 신분으로 살아가고 있다.

그러나 이들 작중인물이 서울의 중심부에서 그리 떳떳하지 못한 방식으로 삶을 영위해가는 인물들이면서도 인간 본연의 따뜻한 심성을 상실하지 않은 사람들이라는 사실은 매우 주목할 만한 현상이 아닐 수 없다. 예컨대 이 작품의 실질적 주인공에 해당하는 길녀가 서린동 노인을 속이고 비뇨기과 의사에게서 20만원이란 거금을 훔치면서도 정작 남동표의 돈을 훔치려다가 도로 제자리에 놓는 것이라든지, 남동표에게 8만원을 도둑맞고도 끝내 그를 미워하지 않는 기상현, 돈을 훔쳐간 길녀를 원망하기보다 "기왕 그렇게 된 것, 요긴하게나 써준다면 좋겠는데"라며 체념하는 비뇨기과 의사 등은 그들이 산업화에 길들여지기 이전의 전통적 질박성의 세계에 머물러 있던 사람[65]임을 단적으로 드러내준다.

실제로 이 작품에서 도시인 특유의 영악스러움과 매몰찬 성격을 가진 인물을 만나는 일은 쉽지 않다. 복실엄마나 금호동 일가의 두 형제가 그런 유형의 특징적 성격을 다소 보여주고 있을 뿐이다. 그러나 길녀를 비롯하여 미경, 기상현, 남동표 등은 하나같이 도시적 삶에 적응하지 못하고 뜨내기로 떠돌아 다니는 운명에 처한다. 경쟁과 긴장, 무관심과 비연대성, 비인간성 등을 그 특징으로 하는 도시적 삶의 양상에 비추어 볼 때 이들 작중인물의 행동이나 성격은 전혀 비도시적인 것이다. 그들은 경쟁과 긴장의 관계를 유지하기보다는 화해의 따스한 손길을 건네며 서로 속고 속이는 순간에도 인간성마저 배신하는 비인간적 행위에 까지 나아가기를 거부한다.

도시화·산업화가 현대사회에 끼친 가장 커다란 해독이 공동체적 삶을 파괴한 데 있다면, 『서울은 만원이다』의 작중인물이 지향하는 삶의 방향이나 고집스럽게 간직하는 가치관은 산업화 이전의 유교적 정신주의와 맞닿아 있다. 따라서 『서울은 만원이다』의 문학적 의미는 근대화의 소외지역의 잡다

---

65) 김병익, 「60년대적 순진성과 그 풍속의 상실─이호철의 『서울은 만원이다』」, 『서울은 만원이다』, 청계, 1991. p.391

한 인간상을 부각시켜 인간 본연의 가치 옹호라는 측면에서 이해할 수 있으며, 이것은 작가가 "인간의 본성에 대한 신뢰"[66]를 가지고 있다는 한 평자의 말대로 이호철 문학이 가지고 있는 긍정적·생산적 가치를 증명해주는 요소이다.

시골 출신의 젊은 남녀가 서울에 진입해서 겪는 삶의 우여곡절을 해학적인 문체로 그린『서울은 만원이다』는 재래적인 것들이 산업화·도시화에 의해 서서히 마멸되어 가는 과정을 형상화하는 데 비교적 성공한 것으로 보인다. 특히 서린동집 일가의 정신적·물질적 퇴락은 가진 자들의 속물성과 몰주체성을 선명하게 보여주는 예에 속하는 것이다. 그들은 고향을 잃지 않았다는 점에서 다른 인물과 변별되지만, 가부장적 질서가 와해되고 정신적 가치마저 혼탁해져 사리를 분명히 가릴 수 없이 정신적 뿌리를 상실했다는 측면에서는 다른 인물과 같은 부류로 이해할 수 있다.

흔히 '뿌리 뽑힌 자Bodenlose' 혹은 '限界人marginal man'이라 명명되는 이들 故鄕喪失者가 도시 생활에 적응하지 못하는 가장 큰 원인은, 그들의 의식이나 행동이 산업화의 변화에 길들여져 있지 못하기 때문이다. 산업화로 인해 거대도시로 팽창한 서울은 도시적인 것과 농촌적인 것, 전근대적인 것과 근대적인 것들이 마구 뒤섞인 혼합사회mixed society의 특성이 편재되어 있는 공간이다. 전통적 가치관의 영향하에서 성장한 이들은 꿈과 기대의 지평으로의 도시(서울)로 무작정 진입하지만 그곳에서의 생활 적응에 실패하거나 자신을 망치기 일쑤이다. 왜냐하면 그들의 의식을 지배하고 있는 가치 지향점은 아무래도 전통적 유교의 도덕관념인데, 숨가쁘게 돌아가는 도시생활이 요구하는 것은 극히 개인적이고 이기적인 가치기준이기 때문이다. 결국 그들은 재래적인 것과 서구적인 것이 마구 뒤섞인 가치 부재의 상황에서 그 어느 쪽에도 밀착하지 못한 채 서서히 파멸되고 있다.

---

66) 김치수,「독특한 세계의 구축」,『한국현대문학전집 30』, 삼성출판사, 1978, p.449
_____,「관조자의 세계—이호철론」, 김병익 외,『현대한국문학의 이론』, 민음사, 1972. pp.349-359 참조.

『서울은 만원이다』가 문제삼고 있는 뿌리 뽑힌 자의 浮薄한 삶과 가진 자의 물신숭배주의는 산업화 초기의 왜곡된 사회구조를 현장감있게 묘파했다는 데서 그 의미를 찾을 수 있다. 그러나 70년대 소설에 나타나는 산업화의 부정적 양태는 이보다 훨씬 심각하고 복잡할뿐 아니라 물질에 의해 인간의 존엄성이 여지없이 유린당하는 현실의 생생한 모습이다. 가령 황석영의 「이웃 사람」·「壯士의 꿈」은 도시의 휘황한 겉모습에 홀려 상경한 청년이 살인을 저지르거나 남성을 去勢castration 당한 채 서울을 벗어나는 자기파멸의 과정을 사실적으로 보여준다.

「이웃 사람」[67]은 월남전에 참전한 경력의 시골 청년이 "자수성가해서 남부럽잖은 사람이 되어 식구들을 호강시키리라"는 결심으로 서울에 올라오지만 날품팔이 노동자에서 상습 매혈자로의 전락과정을 거쳐 마침내 아무 원한감정도 없는 방범대원을 살해하게 된 동기가 1인칭 화자의 독백형식으로 서술된 작품이다.

작품의 화자가 월남전 참전용사라는 사실은 그의 상경동기를 해명해 주는 단서가 되기에 충분하다. 한 청년이 적령기가 되어 병역의무를 치루어야 하는 것은 대한민국의 정상적인 남자라면 누구나가 겪어야 할 통과의례이지만, 농촌 청년의 경우는 이제까지와는 전혀 다른 세계와 교섭한다는 특별한 의미를 내포한다. 군대에서의 인간관계란 대개 실제 이상으로 부풀린 자기 자랑을 매개로 이루어지는 것이 통례이며, 따라서 남을 속이거나 자기를 실제 이상으로 과장하는 경험에 별반 익숙하지 못한 농촌출신의 사병은 항상 주눅들게 마련이다. 이들은 제대 후에도 도시의 거짓된 삶에 대한 동경과 미련을 버리지 못한 채 야광등에 함몰하는 부나비처럼 도시로 뛰어든다. 도시의 마력과 흡인력은 매우 집요하고 끈질긴 것이어서 농촌출신의 젊은이는 의식하지도 못하는 사이에 거대한 도시의 吸盤에 걸려 헤어나지 못하게 된다.

---

67) 황석영, 「이웃 사람」, 《창작과 비평》, 1972, 겨울

「이웃 사람」의 화자는 월남전까지 경험한 "세상의 쓴 맛 단 맛을 다 안다는 놈"이면서도 결국 도시와의 싸움에서 처절한 패배를 맛보게 된다. 어느 부유한 노인의 보약으로 자신의 피를 제공한 그는 그 대가마저 쉬파리라 불리는 악한 인간에게 사분의 일이나 강탈당한 뒤 막연한 살의를 느낀다. "누구든지 아무나 걸리기만 해봐라. 사정없이 쑤셔버릴 테다.—하는 생각으로 가득차서 내 온몸에 활기가 넘치는 기분"으로 도시를 떠돌다 비로소 자신의 참모습을 발견한다.

> 수많은 사람들 속에서 나를 봤다 그겁니다. 그 녀석은 호주머니에다 두 손을 찌르고 넝마 같은 차림으로 비틀대며 걸어갑디다. 나는 분명히 버스에 타구 있었는데, 내가 여전히 거기서 걸어가구 있더란 말입니다. 나는 그 날에야 어렴풋이 서울을 알았다구나 할 수 있을 겁니다. 내 처지를 이해했다 그거죠.
> (「이웃사람」, p.208)

도시의 유령처럼 떠도는 수다한 群像이 다름아닌 자신의 분신이라는 사실을 확인한 화자는 스스로 통제할 수 없는 강한 살인에의 욕망에 휩싸인다. 그가 변두리 종점에서 하차하여 발견한 것은 밑바닥 인생끼리 벌이는 참혹한 아귀다툼의 현장이었지만, 그곳에서 비로소 서울이 자신의 상상 속에만 존재하는 곳이라는 점을 절실히 자각하게 된다. 그는 서울의 허상에 속아 그 속에서 갖은 수모를 견디면서 살아가다가 마지막 순간 자신이 도시의 마력에 홀려 있었음을 인식하기에 이른다. 그 이후 화자가 취한 일련의 행동, 즉 어느 집 앞에 놓여있는 자전거를 훔쳐타고 그것을 맡겨 놓은 채 창녀와 동침을 하며 돈 문제 때문에 시비를 벌이다가 방범대원을 살해한 행동은 거의 무의식의 상태에서 이루어진다. "전장에서, 시골서, 서울 노동판에서, 또 피 병원에서까지 끈질기게 참아냈던" 그가 아무 원한감정도 없는 방법대원을 亂刺한 행위는 못가진 자끼리의 끈끈한 同類愛마저 상실한 채 극심한 생존투쟁을 벌이는 도시의 비정함에 대한 보복인 동시에, 같은 부류의 인간에게 보내는 최후의 애정과도 같다.

　　그렇죠. 너까지 그러기냐, 하는 마음이 잠깐 지나갔는지두 모르겠어요.
　　나는 칼 끝이 어디루 향해야 할지두 모른 채 칼을 품고 다녔으니까. 그놈
　　은 나한테 죽은 게 분명하지만 어쩌면 나한테 죽지는 않았는지두 모르겠
　　구, 나는 내가 찌르지 않은 것 같단 말입니다. 저 딴 나라의 전장에서 휘두
　　른 내 총부리가 그랬던 것처럼요. 죄를 짓구 나서 내가 배운 게 있다구 그
　　랬지요. 우리는 언제까지 우리끼리 이래야 하는 건지 답답합니다.

(「이웃사람」, p.211)

　화자의 건강한 야성과 생명력을 조금씩 갉아먹는 주체는 도시 혹은 부유
한 노인의 이기주의이다. 이 노인은 자신의 노쇠한 기력을 회복하고 젊음을
되찾기 위해 젊은이의 건강한 피를 돈으로 산다. 노인은 자연의 순리마저
황금으로 역행하려는 물질만능주의자이며, 그러한 비인간적 행위를 아무런
죄의식도 없이 저지르는 반도덕가이다. 화자가 부유한 노인에 대해 직접적
인 원한감정을 표시하지 않고, 거꾸로 자기가 피 판 댓가를 착취하거나 같은
부랑아 신세이면서 고압적 자세를 드러내는 방범대원에게 그동안 쌓였던 분
노를 폭발시킨다. 이것은 그가 정작 보복을 해야 할 대상을 혼동했기 때문이
라기보다 도시와 상류계층에 직접 맞대항 할 수 없는 자신의 보잘것없음을
인식한 결과이며, 동시에 도시에 기생하면서 나름대로의 이기적 집단을 형성
하고 있는 뜨내기들에 대한 분노와 애정의 왜곡된 표현이다. 화자의 칼 끝은
모든 이기적 집단의 심장부를 겨냥한 것이지만 실제 행위는 전혀 다르게 표
출됨으로써 그의 행동은 일개 우범자의 일탈행위로밖에 인식되지 않는다.
　그러나 화자가 자신을 가리켜 "당신네가 싸지른 똥이라 그겁니다. 컴컴한
구덩이에 뚝 떨어져서 고약한 냄새를 풍기며 썩는… 조금 전까지도 선생님네
뱃속에 들어앉았던 뜨끈뜨끈한 온기가 남은 똥"이라 비하하는 것은 가진 자/
못가진 자, 배운 자/못배운 자의 대립적 구분의 허위성을 통찰력있게 설파한

것으로 보인다. 그의 행위와 발언은 도시 상류계층의 내부구조가 더욱 심한 악취를 풍기며 썩어가고 있음에도 불구하고 도시빈민이 오물 취급당하는 왜곡된 현실을 고발하고 있다.

도시에서의 경제행위의 주체이며 삶과 욕망의 대상인 돈을 좇아 서울에 올라온 화자가 결국 돈 때문에 흉악범으로 전락하는 것은 산업화된 물질사회의 치부를 극명하게 표출한 것이라 할 수 있다. 화자의 전락과정의 구조 속에는 '막노동-買血者/호화주택-賣血者'이라는 대조적 관계가 내포되어 있음으로써 빈부의 양극화, 윤리관의 실종, 자기중심주의self-senteredness 사고의 팽배 등 산업화가 야기하는 부정적 문제들이 모두 포함되어 있다.

설화 속의 壯士, 즉 영웅 모티프hero motif를 차용한 「장사의 꿈」[68]은 산업화된 사회에서의 재래적 의미의 장사가 포르노 영화의 주연 혹은 유한부인의 성적 노리개로 전락함으로써 양성을 상실하는 이야기를 담고 있다. 이 작품 역시 타락한 세계에 대한 타락한 문체의 반어적 의도를 드러내는 1인칭 독백체 서술형식[69]을 띠고 있다.

"일찍이 멧돼지를 맨손으로 때려잡은" 할아버지와, "철도 레일을 한 손으로 서너번 꼬눌 수 있는" 아버지의 혈통을 이어받아 읍내 씨름판에서 황소를 도맡아 차지할 정도의 괴력을 소유한 화자는 현대판 씨름장사인 레슬러가 되려는 꿈을 안고 상경한다. 그에게 있어 서울은 꿈과 욕망의 지향처이지만 정작 그가 서울에서 마주친 것은 꿈과 욕망의 참담한 좌절이었으며 남성의 상실castration이었다. 목욕탕 때밀이, 포르노 영화배우, 떠돌이 약장수를 거쳐 男娼으로까지 전락하는 그의 서울생활의 궤적은 물질만능주의와 육체적 쾌락주의의 늪에 빠진 대도시의 환부를 여실히 드러내고 있다. 이것은 설화 속의 장사가 영웅적 이미지의 표상임에 반해 현대 산업사회에서의 건장한

---

68) 활석영, 「壯士의 꿈」, ≪문학사상≫, 1974. 『객지』, 창작과 비평사, 1974에서 재인용.
69) 金柱演, 「발전의 허구와 삶의 질」, 『문학과 정신의 힘』, 문학과 지성사, 1990. p.291

체격과 야성적 힘은 성의 노예가 되어버린 현대인의 일회용 소모품에 지나지 않는다는 사실을 풍자한다.

요컨대 현대 산업화 사회에서 영웅(장사)은 그 존재가치가 예전과 전혀 다를 뿐 아니라 더 이상 대중의 숭배대상으로 받아들여지지 않는다. 그들은 오직 남과 다른 육체적 조건에 걸맞게 타락한 성 풍속도의 상품으로만 인식되고 있다. 화자가 서울에 입성하여 얻어낸 일거리는 하나같이 자신의 신체적 조건과 연관된 것들이며 또한 그것이 모두 타락한 性 풍속과 매개된다는 점에서 도시는 욕정의 용광로로 표징된다. 화자는 비릿한 정액 냄새로 가득찬 서울에서 약간의 돈을 벌지만 점차 자기의 남성이 제기능을 발휘하지 못하는 절망적인 상황에 빠지게 된다. 포르노 영화배우 시절 자신의 상대역이었던 애자와 재회할 시간이 다가오면서 생긴 이 증세를 통해 그는 "마음도, 이제는 몸마저 잃어버린 것"이라는 사실을 절감하며, 애자가 약속 시간에 나타나지 않자 "나는 거세되어 버렸다는 걸 알았고, 내가 노예였다는 사실을 깨달았어. 나는 몇 근의 살덩이에 지나지 않았"음을 확인한다. 결국 서울이라는 거대한 도시는 인간의 자연적이고 야성적인 활력을 마비시키고 거세시켜 버림은 물론 성취의 욕구를 무력화시키고 상처를 주어 불모화시켜 버리는 장소[70]이다. 야심찬 서울 입성에의 꿈이 산산이 부서지는 순간 그는 할아버지와 아버지 그리고 형들의 건강한 넋이 잠들어 있는 바다를 동경한다.

> 내 살이여 되살아나라. 그래서 적을 모조리 쓸어뜨리고 늠름한 황소의 뿔마저 잡아 꺾고, 가을 날의 잔치 속에 자랑스럽게 서보고 싶다. 햇말의 돌담과 묘심사의 새기둥을 쓸어 만져 보고 싶다.
> 무엇보다도 성나서 뒤집혀진 바다 가운데 서 있고 싶었지. 그 때에 기적이 일어났어. 내 자지가 호랑이의 앞발처럼 억세게 일어났어. 그것은 뿌듯하게 바지춤을 비집고 곤두섰어.
> 나는 다리를 건너고 철뚝을 가로지르고 걸어갔지. 동네의 집집마다 불

---

70) 이재선, 앞의 책, p.285

이 하나 둘씩 켜지데. 걷기가 불편해진 나는 조금씩 절뚝이면서 눈물을 철철 흘리면서 이 도시를 떠나기 시작했지.　　　　　　　　　（「장사의 꿈」, p.325）

　원초적 힘의 상징이자 자신의 母胎랄 수 있는 바다를 생각하자 거세된 남성이 호랑이의 앞발처럼 억센 힘을 되찾은 역설적으로 도시의 비생명화, 무능력화를 강조하는 것으로 풀이된다. 그는 비록 서울에의 입성에는 실패했지만 인간다움과 강건한 생명력은 끝내 잃지 않은 채 귀향길에 오르게 된다.

　황석영이 해부하여 보여 준 서울은 욕정의 불길이 거세게 타오르는 狂亂의 현장이고, 못 가진 자 끼리의 끈끈한 연대감마저 상실된 비정한 세계이며, 인간의 자연적이고 야성적인 활력이 거세당하는 불모지이다. 「이웃 사람」이나 「장사의 꿈」에 묘파된 서울의 타락상은 산업화의 진전에 따라 더욱 심각한 양상을 띠는 사회적 모순의 징후를 내포하고 있으며, 그것은 앞서 살펴본 『서울은 만원이다』의 비리상에 비해 훨씬 강한 울림을 갖는다.

　지금까지 보아온 도시 이주민을 다룬 소설의 특징은 물질적 욕망을 충족시키고자 서울로 올라온 젊은이들이 도시가 요구하는 비인간적·반도덕적 행태에 적절히 대응하지 못함으로써 참담한 실패를 경험한다는 점이다. 그들의 실패는 상경하는 순간 이미 예견되는 것인데, 왜냐하면 그들이 인간의 순수한 본성과 왕성한 생명력에 상처 입지 않은 건강한 의식의 소유자이기 때문이다. 도시 밑바닥 생활의 충격적 경험을 통해 그들이 확인하는 것은 도시의 본질적 특질이지만, 그들 자신은 거기에 동화되지 않는다. 오히려 그들은 자기가 버리고 떠나 온 고향을 끝없이 동경하거나 마침내 귀향을 결행함으로써 마멸되어가는 자아를 회복한다.

　황석영의 작품이 도시로 이주한 젊은이가 부정과 불륜에 가득 찬 도시적 삶에 적응하지 못하고 사회에서 격리되거나 낙향하는 구도를 보임으로써 산업화된 도시의 불건강함을 폭로한 반면에, 최일남은 도시적 삶에 어느 정도 길든 화자의 비판적 시선에 투영된 도시인(현대인)의 허세와 위선을 해학적으로 묘파하고 있다. 특히 최일남은 시골 출신 식모의 시선에 투영된 도시인의 위선적 행동을 예리하게 포착한 작품을 다수 생산하고 있는데, 이 유형의 작품들은 다음 장('물신숭배와 속물근성')에서 본격적으로 다루게 될 것이다.

(2) 도시의 生態를 다룬 소설

도시의 생태를 다룬 소설이란, 특정한 지역단위에 있어서의 독특한 생활양식 내지 어떤 주거지대의 인간·사회·환경의 상호관계를 생태학적으로 묘사하는 소설을 말한다. 우리 현대소설에서 다루어지는 도시의 형태론적 구조는 주로 산업화 이후 도시공간의 상징으로 부각되는 아파트 단지의 획일화된 삶이라든지 도시 중심부에서 벗어난 변두리 혹은 철거민 지역의 빈곤한 삶이 주종을 이룬다.[71] 이 가운데 현대소설에서 인식되는 아파트 단지는 획일성·익명성·비정성·무관심·비연대성 등과 같이 도시지역의 부정적 특성을 가장 현저하게 간직하고 있는 공간으로서의 상징적 의미를 갖는다. 현대 작가들에게 있어서 아파트는 삶의 편리함을 제공해주는 주거공간으로 인식되기보다 이웃끼리의 도타운 인간관계가 상실되고 가족과 부부 사이의 관계마저도 변질되어 버린 삭막한 회색공간으로 인지되고 있다. 따라서 이 節에서는 주로 아파트 단지의, 鑄物에서 빚어낸 듯한 획일화된 삶의 양태를 비판적 시각으로 해부한 작품―「他人의 房(최인호)」, 「닮은 房들(박완서)」, 「哄笑(이동하)」, 「沈燦(한수산)」 등―을 살펴보려 한다.

도시의 생태를 다룬 소설의 또 다른 양상, 즉 도시 변두리 지역이나 철거민의 窮乏한 삶을 다룬 작품은 계층간의 갈등을 다룬 節에서 취급하게 될 것이다.

현대 작가들이 아파트를 단지 '방'의 개념으로만 인식하는 것은 매우 흥미로운 일이라 할 수 있다. '집'은 삶의 안락함과 평안함을 보장해주는 곳인 동시에 가족간에 더불어 사는 존재로서 사랑을 확인시켜주는 공간이기도 하

---

71) 이재선, 앞의 책, p.293 참조.

다. 바슐라르가 집을 가리켜 〈행복한 공간〉이라 명명한 것이나 볼노프가 〈被護性Geborgenheit의 공간〉[72]이라 이름 붙인 것은 모두 집이 갖고 있는 보호적 특성을 강조한다. 이에 반해 '방'은 인물이 대결하고 있는 물리적 환경 중에서 가장 축소된 공간이며 폐쇄된 고립공간의 극한 상황을 의미한다.[73] 최인호의 「타인의 방」이나 박완서의 「닮은 방들」의 표제가 시사하는 것처럼, 현대 작가들에게 아파트는 인간의 정상적인 삶이 영위되는 공간이며 삶의 구심 혹은 상징적인 중심으로서의 '집'이 아니라 작고 닫혀진 세계로서의 '방'으로 인식된다. 완전히 닫혀진 공간으로서의 '방'은 가족 공동체의 인간적인 교감과 사랑이 증발되어 버리고, "차가움, 견고함, 메마름, 쇳내"[74]만 물씬 풍기는 살벌한 세계일 따름이다. 따라서 '방' 혹은 아파트에서의 삶이 소외 혹은 절대 고독의 형태로 나타나는 것은 어쩌면 당연한 일인 지도 모른다.

최인호의 「타인의 방」[75]은 아내의 부재를 통해 부부간의 신뢰 상실 혹은 아파트 생활자의 소외와 고독을 문제삼은 작품이다. 작중 화자의 환상적인 체험이 주는 충격은 절대적인 고립감에서 탈피하고자 하는 현대인의 노력이 결국은 수포로 돌아갈 수밖에 없다는 사실을 확인시킴으로써 더욱 증폭된다. 아내의 부재로 인해 이웃들에게 마치 도둑놈이나 강도로 취급당하는 데 분개하는 화자는 텅 빈 방안에서 심한 고독감을 느낀다. 그의 고독은 "제기랄. 겨우 돌아왔어, 제기랄. 그런데두 아무도 없다니"라는 독백에서 볼 수 있듯이, 한 집안의 가장으로서 당연히 누려야 할 가정에서의 평안과 위로를 누리지 못하는 데서 연유하는 불만과 고독이다. 더군다나 아내는 한 장의 편지만 남겨놓은 채 부재중이고 집안은 엉망인 상태로 내버려져 있다. 식탁 위의 빵은 종이처럼 딱딱하게 굳어 있으며, 신문은 아무 데서도 찾을 수 없고, 시

---

72) 이재선, 「집의 空間詩學」, 『우리 문학은 어디에서 왔는가』, 소설문학사, 1986. p.347
73) 성현자, 앞의 글, p.239
74) 이동하, 「哄笑」, 『李洞河文學選 : 밝고 따뜻한 날』, 나남, 1987에서 재인용.
75) 최인호, 「他人의 房」, ≪문학과 지성≫ 1972 『나남문학선 15 : 다시 만날 때까지』, 나남, 1987에서 재인용

계는 일주일 전의 날짜로 죽어 있다. 그는 아내가 자신을 속였다는 사실을 깨닫지만 그 일에 대해 크게 분노하지 않는다. 왜냐하면 아내는 다른 여인과 다른 성기를 지니고 있고 그것을 화자에게 자랑해 보이기를 좋아하는 여인이어서 그녀의 외도는 예정된 것이기 때문이다. 말하자면 「타인의 방」의 부부는 명목상의 남편과 아내일 뿐, 정신적인 차원에서는 서로 등을 돌린 남과 같은 존재이다.

화자가 아파트 현관에서 이웃들에게 낯선 사람으로 인식되는 것도 결국 모든 현대인이 서로에게 완전한 타인일 뿐이라는 삭막한 현실을 새삼 확인시키는 사건에 지나지 않는다. 이것은 이른바 타자성의 개념과 전혀 상반되는 현상이기도 하다. 앞서 밝혔듯이 타자성은 이 세상과 사물 혹은 타인을 나와 동등한 개체(인격체)로 받아들이는 개방적 세계관의 표현임에 반해, 아파트 주민의 적대적이기까지 한 타인 의식은 지극히 폐쇄된 개인주의적 사고의 소산이기 때문이다.

그는 텅 빈 공간에서 "엄청난 고독감"과 "자신이 갇혀 있음"을 느낀다. 그리고 느닷없이 事物이 살아 움직이는 "중대한 쿠테타"의 음모를 예감한다. 그것들은 어둠 속에서 음험하게 움직이고 소란을 피우다가 전등을 켜면 "놀라웁게도 뻔뻔스러운 낯짝으로 제자리에 가라앉아 있다." 화자는 이웃과 아내에게서 소외된 채 방안의 사물들이 살아 움직이는 환상체험을 겪게 되는데, 이것은 靜物의 인격 획득이라는 비현실적 체험이 아니라 거꾸로 인간이 사물화[76]되고 고립되어 가는 현실의 역설적 표현이라 할 수 있다. 그는 점차 격렬한 움직임을 보이는 정물들의 騷擾와 謀叛에 "공범자가 되고 싶은 욕망"을 느끼는 순간, 몸이 경직되어 靜物化한다.

그때였다. 그는 서서히 다리 부분이 경직해 오는 것을 느꼈다. 그것은 우연히 느낀 것이었다. 처음에 그는 이 방에서 도망가리라 생각했었기 때

---

76) 성민엽, 「不和와 虛僞의 世界의 悲劇性」, 위의 책, p.418

문에, 될 수 있는 한 소리를 내지 않고 살금살금 움직이리라고 마음 먹고 천천히 몸을 움직이려 했을 때였다. 그러나 그는 다리를 움직일 수가 없었다. 이상한 일이었다. 그래서 그는 손을 내려 다리를 만져 보았는데 다리는 이미 굳어 석고처럼 딱딱하고 감촉이 없었으므로 별 수 없이 손에 힘을 주어 기어서라도 스위치 있는 쪽으로 가리라고 결심했다. 그는 손을 뻗쳐 무거워진 다리, 그리고 더욱더 굳어져 오는 다리를 끌고 스위치 있는 곳까지 가려고 안간힘을 썼다. 그러나 그는 채 못미처 이미 온몸이 굳어져 오는 것을 느꼈다. 그래서 그는 숫제 체념해 버렸다. 참 이상한 일이라고 생각하면서 그는 조용히 다리를 모으고 직립하였다. 그는 마치 부활하는 것처럼 보였다.

(「타인의 방」, p.94)

밝음의 세계에서는 제자리를 지키던 사물들이 어둠의 세계에서 반란을 시도하는 것은 인간의 양면적 의식세계를 폭로하려는 전략적 장치로 이해된다. 화자의 출장은 아내의 감추어진 욕망, 어둠의 세계를 향한 강렬한 유혹을 촉발시킨다. 그녀는 남편에게 거짓된 메모지를 남기고 외도를 함으로써 어둠의 세계로 빠져들고 화자는 아내의 부재를 통해 어둠의 실체를 경험한다. 아내의 부재(외도)가 도덕적 규범에서의 일탈이라면 화자의 고독은 일상적 삶에서 가족과 이웃으로부터 철저히 소외됨으로써 야기되는 실존적 위기의식이다.

화자가 다소 권위적이고 가부장적 가치를 고집하는 완고한 성격의 소유자라면, 아내는 게으르고 분방한 성의식을 가지고 있는 개방적 성격의 소유자이다. 따라서 이 부부의 갈등은 내면적인 것으로서 진실한 사랑과 대화가 소멸된 명목적인 부부 관계에서 비롯된 것이라 할 수 있다. 그것은 아내와 화자의 의사소통이 메모지라는 비정한 종이쪽지에 의해 이루어진다는 점에서 확인된다. 밝음/어둠, 自己/他人의 대립 구조를 보이는 이 작품은 부부간의 소외와 격절의식을 문제삼고 있으면서 동시에 어떤 화해의 방법론을 제시하고 있는 듯하다. 그러나 그 방법론은 밝음의 세계에 대한 회복이 아니라, 역설적이게도 어둠의 세계에 대한 환상적인 경험을 통해야 한다는 것을 강조하면서 끝내 화해의 뜨거운 손잡음은 이루어지지 않을 것임을 명백히 시사하고 있어 충격적이다. 화자는 어둠의 세계의 반란을 감당하지 못해 밝음의 세계로 복귀하려 하나 마침내 실패하고 체념한다. 그리고 자신이 사물로 경직되는 것을 느끼는데, 작가는 이를 "마치 부활하는 것처럼 보였다"라는 역설적 언표로 의미부여하고 있다. 부활이 죽음을 전제로 이루어지는 새로운 삶의 상승적 표현이라면 화자의 지금까지의 삶은 무의미한 것으로서 부정될 수밖에 없다. 그는 죽음을 통해 새로운 삶을 획득하기를 소망하지만 아내의 귀가와 또 다른 가출의 시도에 의해 좌절당한다. 아내에게서 남편의 권리를 향유받기만을 강요하는 화자와, 남편이 집안의 가구(靜物)로 밖에는 인식되지 않는 아내 사이의 정신적 間隙은 深淵과도 같아서 메워지지 않는다. 이것은 아파트('방')라는 폐쇄된 공간에서의 삶으로 인한 부부관계의 파멸의 비극적 모습이며, 현대인이 일상적으로 경험하는 소외와 고독의 부분적 현상이다.

아파트 공간은 폐쇄적이기도 하지만 획일적 삶의 방식을 강요하는 곳이기도 하다. 그곳은 외형만 규격화되어 있는 것이 아니라 삶의 방식마저도 군집적 동일화·획일화를 요구하는 부박한 유행성의 욕망이 전염병처럼 지배하는 〈끔찍한〉 공간이다. 「닮은 방들」77)의 화자가 아파트에서 느끼는 일차적 감정이 "끔찍하다"는 것은 인공화·획일화 내지 표준화된 삶의 양식이 개인을 집단 속에 획일·동일화시켜 버림으로써 개인을 왜소화·익명화시키고 중성화시켜78) 버린 것에 대한 거부반응이다.

"끔찍하다"라는 표현이 너무 잦아 그 강도와 충격이 반감되기도 하는 이 작품에서 화자는 습관적인 일, 혹은 닮아가는 일에 대해 진저리를 치며 끔찍해 한다. 그녀는 친정에서 남편의 초인종 소리를 구별해야 하는 일이 끔찍하다고 여기다가, 아파트로 와서는 옆집과 똑같은 요리법으로 만들어진 똑같은

---

77) 朴婉緒 「닮은 방들」, 1974. 『나남문학선 8 : 그 가을의 사흘동안』, 나남, 1985에서 재인용.
78) 이재선, 「도시공간의 시학」, 앞의 책, p.297

밥상을 대하는 일에 끔찍함을 느끼고, 심지어는 쌍둥이 아들의 닮은 모습까지도 끔찍해 한다. 그러나 그녀는 이런 닮은 삶의 양식에 끔찍함을 느끼면서도 닮은 꼴에서 벗어나지 못할 뿐아니라 오히려 철이엄마가 자기가 모르는 일에 몰두하고 있을 때 그녀는 당혹감을 느낀다.

> 우리가 어느 날 거울 앞에 섰을 때 허구헌날 거울에서 낯익은 자기 얼굴이 아닌 전연 생소한 얼굴이 비친다거나 자기는 분명히 찡그렸을 터인데 거울 속에선 웃어 보인다거나 할 때 우리는 얼마나 놀라고 기분이 나쁠 것인가. 내가 바로 그렇게 기분이 나빴고, 더 나쁜 것은 그런 그 여자(철이엄마 - 인용자)를 볼 때 느껴야 하는 굴욕감이었다.
>
> (「닮은 방들」, p.352)

경쟁하듯 서로 닮아가는 아파트단지의 획일적 삶에 끔찍함을 느끼면서 동시에 거기에서 고립되어서는 안된다는 강박관념이 그녀를 굴욕적이게 만든다. 철이엄마의 개인적 비밀을 일종의 姦淫으로 받아들이는 그녀는 마침내 그 비밀(주택복권을 사는 일)을 찾아내고 그 일에 동참함으로써 또다시 시들하기만 한 삶의 늪으로 빠져든다. 그러나 이 사건을 통해 그녀는 "이곳으로부터, 이곳의 무수한 닮은 방으로부터, 놓여날 수 있는 가능성"을 발견하는데, 그것은 다름아닌 간음에의 유혹이었다. 간음에의 강한 충동은 인공화되고 획일화된 아파트에서의 삶에서 벗어나 야성적이고 생명력이 충만한 자연적인 삶을 구가하려는 본연적 욕망의 일탈적 표현이다. 그리고 그것은 "남보다 잘 살기 위해, 그러나 결과적으론 겨우 남과 닮기 위해 하루하루를 잃어버린" 부드러움과 따뜻함을 되찾으려는 자기회복의 선언이다. 따라서 철이엄마가 친정에 간 날 밤 그녀가 "짐승같은" 이웃집 남자와 간음하는 것을 도적적 차원에서 해석할 수 없음은 자명하다. 그것은 도시의 획일적 삶의 단조함과 권태 그리고 제약으로부터 벗어나려는, 그리하여 거세되어 버린 자연의 야성의 세계로 돌아가려는 여성의 자기회복적인 욕망의 내면으로 통하는 출구를 상징하는 것[79])이며, 그렇기 때문에 그녀는 아무런 죄책감도 없이 부정을 저지른 자신의 裸身을 냉정하게 관찰할 수 있다. 그녀는 타락한 방법을 통해서라도 이 세계의 타락을 지적하고 그것에 항의하고자 하는 인물이라 할 수 있다.

> 나는 욕실에 들어가 불을 켠다. 눈이 부시게 환하다. 간음한 여자를 똑똑히 보고 싶다. 거울 앞에 선다. 거울 속에 내가 있다. 생전 아무하고도 얘기해 본 적도 관계를 맺어 본 적도 없는 것같이 절망적인 무구(無垢)를 풍기는 여자가 거기 있다.
> 나는 이상하리만큼 해맑고 절망적인 기분으로 나를 처녀처럼 느낀다. 십년 가까이 남의 아내 노릇에 두 아이까지 있고 방금 간음까지 저지른 주제에 나는 나를 처녀처럼 느낀다. 그런 처녀는 끔찍하지만 그렇게 느낀다.
>
> (「닮은 방들」, p.361)

간음을 통해 원시적 생명력이 充溢한 처녀로 다시 태어난다. 그러면서도 그녀는 해맑은 無垢의 감정과 절망적이고 끔찍한 감정을 동시에 느낀다. 그것은 정숙한 아내와 어머니로서의 생명이 끝난 데서 느끼는 절망감이며, 자기 정체성을 회복하여 타인과 닮지 않은 새로운 삶을 시작할 수 있다는 기대감에서 연유하는 해맑음이다. 전통적 가치를 파괴해 가면서까지 자신을 회복하려는 화자의 충격적 행동은 완벽한 질서나 화려한 문명보다 삶의 근원적인 활력 내지 야성을 존중하고, 첨단적인 기술이나 기계보다 인간의 생명과 성적 활력을 오히려 신뢰하는 작가의 생명주의[80])에 연원을 둔 것으로, 도시의 규격화·획일화된 삶의 양식에 대한 가장 강렬한 반발의식의 표출로 이해할 수 있다. 오랫동안 결혼생활을 하면서 두 아이를 둔 유부녀가 스스로 정절을 포기하는 극단적 자기파멸의 고통을 거쳐 정신적 처녀로 다시 태어

---

79) 이재선, 앞의 책, p.297
80) 이선영, 「세파 속의 생명주의와 비판의식」, 『그 가을의 사흘동안』, p.412

난 그녀는 도시 속의 이방인이라 할 수 있다. 그녀는 일종의 원죄에 해당하는 고통을 감내하면서까지 인간 본연의 순수성을 수호하려 했다.

「哄笑」[81]가 보여주는 아파트 단지의 메마르고 견고한 폐쇄성은 도시 생태학적 소설의 한 전범[82]이 되기에 충분하다. 오랜 기간의 셋방살이를 청산하고 아파트에 입주한 화자는 거대한 규모의 아파트촌과 대면하면서 인정이 거세된 기하학적 공간의 속성인 "차가움, 견고함, 메마름, 쇳내" 따위를 의식하면서 실없는 웃음을 흘린다. 그 실없는 웃음은 "일종의 형언키 어려운 계면쩍음 → 모호한 부끄러움"에서 시작되어 "냉엄한 질서와 유약한 삶 ─ 결코 동질적일 수 없는 이 양자의 만남이 무언가 엄청난 현상을 불러 일으키리라는 것을 무겁게 예감"하면서 일종의 습관으로 자리잡는다. 현대적 주거공간으로서 삶의 편리함과 안락성을 보장해주리라 믿었던 아파트는 이웃과 더불어 사는 존재의 공간성의 대상으로 인지되는 것이 아니라, 거꾸로 속악한 유행과 닮아가기의 병균이 들끓는 동굴이었다.

너무도 달라진 생활환경에 두려워하던 아내가 쉽사리 아파트 단지의 생태학적 특성에 광적으로 감염되는 것에 화자는 두려움을 느낀다. 가구 사들이기로 시작된 아파트 주부들의 경쟁과 유행심리는 차츰 가정을 벗어나 개인의 사치와 悅樂을 추구하는 지경으로 옮아간다. 가구 사들이기 경쟁이 시들해질 무렵 아내의 도톰하게 복스러워 보이던 두 쪽의 귓밥이 뚫린 것을 발단으로 "1주일 꼴로 헤어 스타일이 바뀌고, 한 달 꼴로 의상이 바뀌"다가 마침내 아내는 집밖으로 나돌게 된다. 내 집을 마련했다는 화자의 황홀한 꿈은 아파트 입주 당시부터 균열되기 시작하여 아내의 가출로 요란한 파열음을 내며 해체된다. 아내는 아파트의 닫힌 공간 속에서 획일화, 평준화된 문화에 만족하다가 풍선처럼 부풀어 오르는 열린 호기심을 자제하지 못하고 가정을

---

81) 이동하, 「哄笑」, 앞의 책.
82) 이재선, 「도시공간의 시학」, 앞의 책, p.294

버린다. 아내는 아파트 단지의 대중사회 속에서 완전히 타인 지향적other -orientation 성격으로 변신할 뿐 아니라, 사회적 동조conformity에만 신경을 곤두 세우는 몰주체적 인간으로 전락한다. 따라서 그녀는 도시 대중사회가 만들어 내는 전형적인 공허한 인간상이라 할 수 있다. 집단 속의 개인은 무한히 자유로운 존재인 것 같지만 사실은 내재적인 방향타를 상실한 소외된 인간이며 인격을 박탈당한 채 형체만 남은 그림자에 불과한 존재이다. 개인의 의사 결정이나 의사 소통이 이른바 〈擬似 環境pseudo-environment〉83)에 의해 지배되는 아파트에서의 삶은 타락한 삶이며 거짓된 삶이다. 그러기에 화자는 인구 6만이 산다는 대 아파트 단지의 열 서너 평짜리 자기만의 공간을 지키고 오두마니 앉아 있을 지도 모를 누군가를 생각하면서 비어져 나오는 웃음을 억지로 참는다. 그의 실실거리는 웃음은 획일화, 균일화된 아파트 단지의 거짓된 삶이 언젠가는 폭로되고 말 것 같은 예감에 대한 생리적 반응이다.

> ① 어느 순간엔가 일제히 내장을 열고 구석구석마다 박혀있는 인간들을, 자질구레한 세간들과 함께 길바닥으로 훌훌 털어 내놓을 듯한, 혹은 일제히 함성을 지르면서 덩치 큰 아이들의 운동회라도 한바탕 벌일 듯한, 또 혹은 지금까지 결코 들어본 적이 없는 그런 목소리로 마구 낄낄 거릴 것같은……, 도무지 종잡을 수 없는 그런 느낌이 내 두쪽의 허파를 못 견딜 만큼 군시럽게 만들고 마는 것이었다. 어딘가 덜 떨어진 사내처럼 내가 대중 없이 비실비실 웃음을 흘리게 되는 순간도 대체로 그런 때인 셈이었다.
>
> (「홍소」, p.285)

② 문득 고개를 쳐들자 외벽 창 너머로 앞 건물의 창들이 내려다 보였다. 더러는 불이 꺼지고 더러는 불이 켜진 상태인 그 창들을 나는 꼼꼼히 내려다 보았다. 2층 어느 집은 열려진 창을 통해 방안 광경이 환히 들여다 보

---

83) 김경동, 「도시에서의 자유와 소외문제」, ≪基督敎思想≫, 1969.3 『韓國社會—60년대 70년대』, 汎文社, p.314에서 재인용.

였다. 잠옷 바람의 여인이 막 소등을 하는 찰라였다. 시야가 금새 검은 막
으로 차단되면서 어느 순간엔가 흔쾌하게 터져 나오는 거창한 홍소를 나
는 들었다. 그 소리는 흡사 수백 수천의 거인 군단이 일시에 터뜨리는 웃
음소리와 같았다. (「홍소」, p.294)

화자는 도시인의 삶을 생태적으로 획일화시키고 천박한 유행을 좇아 자아
를 상실하며 家長의 권위마저 여지없이 약화시키는 아파트의 거짓된 삶의
실체를 확인하는 순간, 거대한 哄笑를 환청으로 듣는다. 그것은 걷잡을 수
없이 변모하는 아내의 俗惡한 삶을 인지하면서 허파를 간질이던 비실 웃음
이 마침내 내부에서 굉음과 함께 폭발하는 것인데, 조직의 거대하고도 파괴
적인 힘에 압도당한 개인의 분노의 표현이며 타락하고 거짓된 삶이 편재한
도시를 향한 통렬한 야유의 웃음이다.

한수산의 「침묵」[84]은 아파트 단지 내의 아이들이 어른들의 무분별하고 사려
깊지 못한 자기중심적 행동에 의해 천진한 본성을 상실하며 집단의 횡포를 습
득해가는 과정을 충격적 사건을 통해 고발한 작품이다. 특히 이 작품은 아이들
을 중요 작중인물로 설정하여 그들의 어린애답지 못하고 잔인하기까지 한 놀이
를 사실적으로 보여줌으로써 성인들의 타락상을 역설적으로 드러내고 있다.

도시의 중심부에서 다소 벗어난 아파트 단지는, 처음에 그 흔적이나마 간
직하고 있던 농촌의 분위기를 시시각각 잃어버리면서, 아이들도 환경에 걸맞
는 새로운 놀이를 찾아 헤맨다. "벌판도 지평선도 사라진" 삭막한 아파트 단
지에서 아이들이 찾아낸 놀이는 TV가 창조해 낸 현대적 영웅을 모방하는
것이다. TV와 스포츠가 지나친 선정주의 · 상업주의와 결탁함으로써 원래의
기능이 변질되었다는 것은 주지의 사실이거니와, 그것의 해독을 경계하고
자기 것으로 소화할 만한 정신적 능력을 갖지 못한 아이들은 결사적으로 그
것을 모방하고, 따라서 서서히 아이들만의 천진한 본성을 잃게된다.

---

84) 한수산, 「沈默」, 《문학사상》, 1977.7. 『제삼세대 한국문학』 19, 삼성출판사, 1983
에서 재인용.

코마네치 놀이에 어느 정도 싫증을 느낄 무렵, 한 아이가 기막힌 놀이감을 찾아낸다. 그것은 "남자 여자 똥꼬 사진", 즉 어른들이 아이들 몰래 숨겨놓고 보던 포르노 사진이었다. 건전하지 않은 놀이와 섹스는 현대인의 건전한 의식의 성장을 저해할 뿐 아니라, 이들로 하여금 말초적이 쾌락에 탐닉하도록 부추긴다. 따라서 그것은 문제의식을 가지고 현대를 고뇌하는 지식인들의 비판적 의식을 경계하는 지배자가 그들을 쇄뇌시키기 위하여 정치적으로 악용하는 가장 편리하면서도 그 효과에 있어서 놀랄만한 성과를 거두는 현대적 최음제이다. 그러나 아이들은 포르노 사진 속의 벌거벗은 남자와 교회 안의 마른 남자를 비교하면서 부끄러움을 느낀다.

> 우리는 그 미국 여자의 아무리 보아도 우리 엄마들 것보다 너무나 커서 무거워 보이는 젖통을 보았고 발가벗은 긴 다리와 그 사이의 머리칼을 보았다. 그리곤 똥꼬를 손가락으로 찌르면서 히죽거렸다. 그 미국 사람 중의 한 남자에게서 우리는 문득 주일날 교회 안에서 바라보는 한 벌거벗은 남자를 떠올렸다. 그러나 사진 속의 남자는 언제나 묶여 있는 남자보다는 많이 살쪄 있었다. 그리고 흘러 떨어질듯한 천마저 감고 있지 않았다. 그렇게 생각되자 우리는 교회 안의 그 마른 남자에게 부끄러웠다. (「침묵」, p.349)

아이들이 교회 안에서 보았던 예수의 聖像과 포르노 사진의 인물을 비교하면서 부끄러워 하는 것은, 그들의 본성이 아직까지 완전히 훼손되지 않았음을 의미한다. 그들은 그저 아파트 단지 내의 삭막하고 건조한 환경 때문에 아이다운 놀이감을 찾지 못해 방황하다, 우연히 포르노 사진을 보았을 뿐이다. 그러나 이런 경험을 반복하면서 아이들은 서서히 광폭해지고 잔인해진다. 아이들은 무언가 억눌려 있는 것같은 감정을 해소시키기 위하여 보다 강렬하고 짜릿한 쾌락과 충격을 갈망한다. 그런 아이들에게 갓 부화된 어린 병아리의 놀라운 생명력과 눈이 시게 아픔다운 노란 빛깔은 그들의 호기심과 소유적 욕망을 극대치로 끌어 올린다.

어린 생명의 신비함에 몰두해버린 아이들의 순진한 본성에 마지막 잔인한 칼질을 하는 것은 어른들의 얄팍한 상혼이었다. 처음부터 장난감으로 팔린 병아리가 사흘 만에 숨을 거두거나 쥐에게 잡아 먹히자, 아이들은 병아리가 새로운 놀이감에 지나지 않는다는 생각을 하게 된다. 그리하여 아이들은 병아리를 아파트 옥상에서 떨어 뜨린다. 한 번의 시도가 실패로 돌아가자, 아이들은 시내로 나가 병아리를 사오고 그것을 옥상에서 재차 떨어뜨리지만 그들의 기대대로 병아리는 멀리 날아가기는 커녕 "하나같이 길게 기지개를 켜거나 혹은 허공으로 뛰어오르려고 했던 것처럼 다리를 곧게 뻗고 죽어 있었다." 그때 아이들의 놀이에 반기를 든 여자애가 나타나고, 그 여자애는 병아리를 기르겠노라고 선언한다. 아이들은 예기치 않았던 반란에 잠시 머뭇거리다가 이제까지 조금씩 축적되어 온 집단의 횡포와 파괴력을 소녀와 병아리에게 행사한다.

그때였다. 누가 먼저였는지 모른다. 우리는 눈빛을 번들거리며 계집애를 향해 뛰어갔고 그녀의 머리채를 나꿔챘다. 우리들은 계집애의 팔을 비틀어 잡았고 그 손에서 병아리를 빼앗으려 했다. 계집애의 몸이 나뒹구는 것과 함께 손에서 떨어져나간 병아리는 뒤뚱거리며 몸을 일으키더니 그 작은 날개를 하늘 높이 쳐들며 뛰어 달아나기 시작했다. 우리들에게는 이제 계집애가 문제가 아니었다. 우리는 새로운 사냥감을 보았고 그 뒤뚱거리며 달아나는 병아리를 쫓아서 달려갔다.

계집애가 악을 쓰며 울어 대는 울음소리도 들려오지 않았다. 우리는 다만 이제는 누구도 가지지 못한 그 노오란 한 덩이의 움직이는 털에게 갑자기 온갖 적의를 번득이며 누가 먼저일 것도 없이 발길질을 쏟아 붓기 시작했다. 아무 소리도 들려 오지 않았다. 계집애가 악을 쓰는 울부짖음도, 우리들의 날뛰는 모습을 보고 달려오며 질러 대는 6동 아주머니의 목소리도, 무슨 일인가 싶어 이쪽을 기웃거리며 걸어오는 수위 아저씨의 말도 들려오지 않았다. 이미 배가 터져 버린 한 마리의 병아리를 향해 우리는 끊임없이 발길질을 계속하고 있었다.　　　　　　　　　　　　　(「침묵」, p.357)

「침묵」에 전개되는 사건도 그렇지만 위 인용부의 결말 부분은 대단히 충격적이다. 아이들이 놀이를 통해 서서히 성인으로 변모해가는 것은 매우 당연하면서도 정상적인 통과의식이지만, 아파트에서의 놀이는 아이들을 집단화·획일화시키면서 그들을 잔인한 현대인으로 성장하게 한다. 더군다나 이 작품의 결말이 암시하는 것은, 한 개인의 자유의사를 여지없이 유린하는 집단의 가공할 만한 횡포와 파괴력은 산업화 이후 심각한 사회문제로 대두되는 집단과 개인의 갈등이다. 아이들은 병아리 놀이를 하면서 어느 새 〈편〉을 가르게 되었고, 자기 〈편〉에 서지 않은 계집애에게 집단의 힘으로 가혹한 린치를 가한다. TV와 스포츠, 그리고 포르노 사진을 보며 자라는 아이들은 자기도 모르는 사이에 폭력적이고 잔인한 도회인이 되었으며, 그 당연한 결과로 생명을 가진 것에 보호 본능을 보이는 계집애에게 잔인한 복수를 한다. 여기서 계집애가 병아리를 키우겠다고 반기를 들고 나선 것은, 작가의 따뜻한 휴머니즘적 세계관을 대변해주는 것으로 여겨진다. 작가는 살벌한 도시 공간에서도 모성적 사랑은 상실되지 않으며 그것이 결국 도회인의 개인주의적이고 집단화된 폭력을 중화시켜 줄 수 있으리라 기대하고 있는 듯하다. 그러나 한 여성의 힘으로 집단의 무자비한 폭력에 맞서기란 매우 어려운 일임을 이 작품의 결말은 상징적으로 보여주고 있다.

이청준의 「거룩한 밤」[85]은 "불알 깐 마을"의 일상적 보편성을 떠나서 낮이면 사무소의 방송 소리에 고통을 겪고, 밤이면 너무 일찍 찾아오는 정적을 이기지 못해 자신도 불임수술을 받기로 결심하게 되는 한 사내의 이야기를 그리고 있다. 이 작품의 화자는 아파트 단지의 획일화되고 규격화된 삶에 전혀 어울리지 않는 인물로, 아파트 주민들에게는 너무도 당연하고 일상적인 일을 고통스러워 한다. 화자가 고통을 당하는 궁극적 원인은, 그가 집단의 생리와 의식에 동참하기를 거부하고 개인의 자유스러운 활동과 사고를 보호

---

85) 이청준, 『예언자』, 문학과 지성사, 1978.

하려 하기 때문이다. 이 작품은 대규모 집단에서 개성을 상실하지 않으려는 한 개인의 의지와 노력이 무참하게 좌절당하는 사건을 담고 있다. 이와 비슷하게 서영은의 「웃음은 거품처럼」 · 「침식」[86]도 아파트라는 반자연적 생활환경과 가족 생활의 부재가 초래하는 정상적인 삶의 파탄을 그린 작품으로 주목된다.

지금까지 살펴 본 도시의 생태를 다룬 소설은 양식마저도 획일화 · 균일화가 강요되는 아파트 공간의 비속하고 타락한 삶의 모습을 그리고 있다. 현대 도시 주거생활을 상징적으로 압축해주는 장소로서의 아파트는 현대 소설에서 주로 익명성 · 획일성 · 가족의 핵화 · 인간관계의 공백 및 近隣의식이 없는 군거적 고립의 공간[87]으로 인식된다. 공동체적 삶의 현장으로서의 '집'의 의미를 상실한 아파트는 개체로서의 고립된 삶이 보다 강조되고 浮薄한 유행과 모방의 병균이 창궐하는 비인간적인 공간으로서의 '방'으로 인지되는 것이다. 「타인의 방」과 「홍소」에서 현저히 드러나는 현대 도시인의 소외의식은 被護性의 공간이며 행복한 공간으로서의 집을 상실한 데서 빚어지는 사회적 병리현상이다. 이런 사회적 병리현상에서 자유롭고자 계획적인 간음을 시도하는 「닮은 방들」의 화자나, 남편을 속이고 가출과 외도를 하는 「타인의 방」과 「홍소」의 아내들은 모두 도시적 삶의 희생자들이다. 따라서 그들의 일탈 행위는 소외된 자연을 회복하고 건강하고 야성적인 생명력을 되찾으려는 역설적 행위로 이해할 수 있다. 무엇보다 충격적인 것은 아이들마저 아파트 단지의 비인간적 획일화에 동화되어 순수한 본성을 잃어버렸다는 한수산의 고발이다. 그는 병아리를 아파트 옥상에서 떨어뜨리는 놀이를 하는 아이들의 집단행동과 그에 맞서는 연약한 소녀의 대립적 갈등을 문제삼으면서, 도시의 생태적 환경이 인간성을 얼마나 가혹하고 잔인하게 마멸시키고 있는가를 고발하고 있다.

---

86) 徐永恩, 『사막을 건너는 법』, 문학예술사, 1978.
87) 이재선, 앞의 책, p.294

(3) 농촌의 변모를 그린 소설[88]

농촌 혹은 농민을 그리되 한 시대의 전모를 진지하게 파악하고자 노력하는(도시와 농촌의 긴밀한 관계 파악으로써) 문학[89]으로서의 농촌소설이 갖는 문학(사)적 의미는 결코 낮추어 평가될 성질의 것이 아니다. 문학이 넓은 의미에서 문화 전반에 대한 비판적 성찰이란 명제를 별다른 거부감없이 받아들인다면, 한국 사회 전체의 변화에 따른 농촌과 농민의 현실을 작가가 주목한 것은 너무도 당연한 일이기 때문이다.

1920년대 초반[90]에 맹아를 보인 농촌문학에 대한 관심은 1930년대 이르러 본격적인 작품이 생산되지만[91] 해방 후에는 한동안 관심밖으로 돌려졌다가 60년대 후반에 접어들면서 산업화·도시화 과정에서 소외되고 황폐화된 농촌의 현실을 비판적 시각으로 파헤친 작품이 다수 쓰여진다. 그러나 1930년

---

88) 이 유형의 소설은 일반적으로 농민소설의 범주에 포함된다. 그러나 농촌소설과 농민소설의 용어상의 문제는 70년대 쟁점이 되었다가 뚜렷한 결론을 맺지 못한 상태이다. 농촌소설이 서정적이며 목가적인 삶의 공간으로서의 농촌을 배경으로 하여 〈농자천하지대본〉이라는 중농주의적 세계관을 자족적으로 수락한 사람들의 소박하면서도 따뜻한 삶의 얽힘을 주된 이야기의 골격으로 삼는 소설을 지칭한다면, 농민소설은 당대의 농촌이 안고 있는 구조적 모순이나 갈등 및 농민의식의 성장 등보다 본질적인 문제를 다룬다는 점에서 명백히 구별된다. 이러한 구분은 엄정한 비평적 준거에 의한 것이라기보다 다분히 편의적인 것으로 볼 수 있으나, 최근에는 농민소설이란 술어를 보다 많이 사용하는 것이 일반적 추세인 듯하다. 그럼에도 이 논문에서는 〈농촌소설〉이란 술어를 사용하려 하는데, 그 까닭은 앞 장에서 다룬 〈도시소설〉과 대립되는 개념임을 밝히기 위한 것이다. 따라서 여기서 농촌소설이 갖는 함의는 농민을 주체로하는, 농민의 생활 반영에 충실한 문학, 농민에게 현실극복을 위한 일정한 방향을 제시하는 문학으로서의 농민문학을 말한다.

　홍기삼, 「농촌문학론」, ≪東大新聞≫, 1973.6.19.

　이주형, 「농민문학의 실체」, 『한국문학사의 爭點』, 집문당, 1986.

　한용환, 『소설학사전』, 고려원, 1992. 등을 참조 바람

89) 홍기삼, 위의 글.

90) 黃錫禹, 「新年文壇에 바람」, ≪동아일보≫, 1923.1.1

91) 이른바 〈브 나로드〉 운동에 자극받은 『흙』, 『상록수』 등 농촌계몽소설을 위시하여 『고향』(이기영), 「만무방(김유정)」등의 작품이 1930년대에 집중적으로 쓰여졌다.

대의 농촌문학은 김유정 등 극히 소수의 예외적 작가를 제외하고는, 지극히 관념적인 가공의 세계를 그림으로써 복고적인 향수만 불러 일으켰다는 비판을 받는다.[92] 해방 후에 쓰여진 작품도 대개 치열한 시대정신의 부재와 진정한 의미의 농촌의 부재, 농민의 부재[93]를 드러냄으로써 토속주의적 혹은 인정주의적 경향에서 크게 벗어나지 못하고 말았다.

그러나 이런 상황은 60년대 후반에 접어들면서 그 양상이 괄목할만하게 변모된다. 국가의 주도 하에 진행되어 온 산업화가 어느 정도 가시적 성과를 보이면서 상대적으로 낙후되고 소외된 농촌의 현실이 작가의 주목을 받게 되었다. 이제 농촌은 더 이상 복고적인 향수나 관념적 지식인의 계몽운동의 현장으로서가 아니라 복잡다기한 세력들이 얽혀이며 갈등을 유발하는 삶의 생생한 현장으로 인식되기에 이른 것이다. 60년대 이후 작가들은 농촌의 문제를 지엽적인 시각에서 바라보기를 멈추고 사회 구조적인 접근을 시도하게 되었던 것인데, 그 첫머리에서 확연한 자기세계를 구축한 작가가 김정한이다.

김정한의 문학적 관심은 데뷔작 「寺下村」을 비롯하여 일관되게 농촌의 현실문제에 집중된다. 그는 농민을 가난하고 무지한 군중으로 비하하지 않으면서, 또한 마냥 순박하고 인정스러운 인간상으로 부각시키지도 않는다. 그는 농촌 내부의 모순을 정확히 보고 이를 농민 자신의 눈으로 가차없이 묘사한다.[94] 김정한의 농촌소설은 으슥하고 구석진 촌락에 달라붙어 그 내부적 실상을 파헤쳐 보일 뿐아니라, 그것을 자기 현실로 수용하고 自己同化의 차원까지 끌어 올린다.[95] 김정한은 이제까지의 관념적이고도 소영웅주의에 입각한 농촌소설의 모순을 탈피하여 농촌의 실상을 리얼리즘의 관점에서

92) 金鍾哲, 「社會變化와 傳統的 價値—이문구의 『관촌수필』을 중심으로」, ≪문학과 지성≫, 1978. 봄. p.263
93) 홍기삼, 앞의 글.
94) 廉武雄, 「金廷漢小論」, 『民衆時代의 文學』, 창작과 비평사, 1979. p.283
95) 金炳傑, 「김정한 문학과 리얼리즘」, ≪창작과 비평≫, 1972. 봄. 신경림 편, 『농민문학론』, 온누리, 1983. p.255에서 재인용.

냉정하게 묘파함으로써 소재주의적 차원에 머물러 있던 농촌소설의 단계를 한 단계 격상시켜 놓았다. 70년대에 출간된『자랏골의 悲歌(송기숙)』,『쌈짓골(김춘복)』,『갯바람(백우암)』등 문제작들이 모두 김정한의 영향권 안에 들어 있다[96]고 해도 지나치지 않을 정도로 그의 작품은 농촌소설의 영역에서 뚜렷한 자취를 남기고 있다. 그러나 산업화 이후 날로 황폐화 혹은 擬似 도시화해가는 농촌의 문제에 어느 누구보다 집요하게 매달린 작가 중 하나로 이문구를 꼽는 데는 별다른 이견이 없으리라 보인다.

창작활동 초기부터 농촌을 소재로 한 작품을 즐겨 써온 이문구는『관촌수필』연작과『우리동네』연작을 통해 "오늘날의 농촌에 대한 가장 자세한 보고서"[97]를 제출하였다. 일종의 귀향소설로 분류할 수 있는『관촌수필』은, 모두 8편으로 이루어진 연작소설[98]로, 작가의 어릴 적 추억과 체험이 진하게 반영된 작품이다. 한 비평가에 의해 "이 작가가 그의 잃어진 육친과 쫓겨난 고향에 대해 바치는 최대의 문학적 獻詞요 낳아 길러준 땅에 되돌리는 가장 귀한 갚음"[99]이라는 최고의 찬사를 받은 이 작품은, 그러나 소설의 형식적인 요건이나 배려를 애써 탈피하려는 작가의식으로 인해 소설에 내재한 서사성의 약화가 문제점으로 지적되기도 한다.[100] 실제로『관촌수필』연작 가운데 절반 이상은 작가의 유, 소년적 추억이 중심을 이루고 있으며, 그 추억을 지탱하여 주는 것은 조부를 중심으로 공동체적 삶을 영위할 수 있었던 따뜻한

---

96) 실제로 金春福은 김정한의 「모래톱 이야기」를 읽고 오랜 방황에서 벗어나 다시 글을 쓰게 되었으며, 장편「쌈짓골」을 완성한 것도 "이것은 과거의 농촌소설에서 흔히 볼 수 있었던 패배주의 또는 소비문학이 아니라 생산문학"이라는 김정한의 격려에 힘입은 것이라는 점을 고백한 바 있다.(염무웅 외, 「농촌소설과 농민생활」, ≪창작과 비평≫, 1979. 겨울호 좌담 참조.)

97) 金禹昌, 「근대화 속의 농촌—李文求의 농촌소식」, ≪세계의 문학≫, 1981. 겨울, p.309

98) 이문구, 『冠村隨筆』, 문학과 지성사, 1977. 이 연작소설을 발표순으로 나열하면 다음과 같다. 「日落西山」, 「花無十日」, 「行雲流水」, 「綠水靑山」, 「空山吐月」, 「關山芻丁」, 「與謠註序」, 「月谷後野」.

99) 염무웅, 「도시-산업화 시대의 문학」, 앞의 책, p.330

100) 김만수, 「전래적 농촌에 대한 회고적 시각」, ≪작가세계≫, 1992. 겨울, pp.76-77 참조.

인간애를 지닌 사람들에 대한 생리적 친밀감이다. 물론 「월곡후야」처럼 산업화(근대화)가 초래할 수 있는 부작용을 직접적으로 문제삼은 작품이 없는 것은 아니지만, 「행운유수」의 옹점이, 「녹수청산」의 대복이, 「공산토월」의 석공에 대한 장황한 懷憶은 지나치게 복고적이며 반시대적인 감상에 지나지 않아 보인다는 비판을 초래하기도 한다. 이런 관점에서 산업화 이후 눈에 띄게 달라진 농촌의 현실을 다각적으로 조명한『우리동네』연작의 문학적 성과는 괄목할만한 발전이라 할 수 있다.

『우리동네』[101] 연작은 한국 농촌 어느 구석에서나 벌어지는 잡다한, 그러나 매우 심각하고 근원적인 현실을 문제삼고 있다. 이 작품에서 주로 다루어지는 사건을 조합과 농민간의 갈등, 관공리의 억압적인 자세와 부조리 실태, 보리수매와 入庫를 둘러싼 官·商 야합, 농가소득과 부채 등 농촌적인 것이 주종을 이루지만, 부동산 투기바람·치맛바람 및 노사갈등 등 도시적인 문제도 제법 눈에 띈다. 이런 점들로 미루어 보아『우리동네』연작에 묘파된 70년대 농촌은 더 이상 예전의 자족적이고 인간적인 공동체적 삶이 영위되는 행복한 공간이 아님을 분명히 알 수 있다. 그것은 마을 구성원 대부분이 "거의가 여기를 떠나 너른 바닥에 붙어 보려고 몇 해씩 버둥거린 끝에 힘이 부쳐 제발로 기어들어 온 이"들이며 따라서 "그들은 도시 사람들의 풍속을 대강은 어림하고 있었으며 부럽다 못해 시늉까지 하려"[102]드는 半도시인으로 이루어졌기 때문에 벌어진 현상이다. 그들은 막걸리보다는 영양제(청량음료)를 탄 소주나 맥주에 입맛 다시고, 영농자금을 얻어서라도 TV는 들여놓아야 사람구실하는 줄 알았으며, 이쁜이 수술을 받아야 비로소 문화인 축에 든다고 여긴다. 결국 70년대 농촌은 인간의 삶을 보다 풍요하고 자유스러운 것으로 개선하는 산업화의 긍정적 기능이 발현된 곳이라기보다 거꾸로 인간 욕망의

---

101) 이문구, 『우리동네』, ≪민음사≫, 1981. 총 9편의 연작으로 이루어진 이 소설은 1977-1981년간에 쓰여진 것이다. 그러나 이 작품의 시대적 배경이 70년대 농촌이므로 시기적으로 약간의 상거가 있지만 함께 다루기로 한다.
102) 이문구, 「우리동네 李氏」, 앞의 책, p.48

무절제한 타락과 인간관계의 왜곡현상이 심화된 불신과 갈등의 현장으로 그려지고 있다.

『우리동네』의 작중 화자들이 너나없이 문제삼고 있는 가장 핵심적인 주제는 官에 대한 뿌리깊은 불신이다. 작가의 의도적 전략에 의한 것이기도 하겠지만, 『우리동네』 연작에 등장하는 관변인사의 어투는 대단히 고압적이고 권위적이다. 그들의 어투가 일반 농민들과 대조되는 것은 '-적'이란 접미어를 즐겨 쓴다는 점과 아무에게나 반말조로 대응한다는 점이다.

> ① 『사람이라는 것이 종자를 받으면 주둥이에 쳐놓는 것 허구 배알는 것 버텀 우선적으루 가르치는 벱이건만, 이 친구는 워치기 컸길래 남으 말에 찌그렝이 붙는 것버텀 배웠는구…불법적으로 쓰다 들켰으면 사괏적으루 나오는 게 아니구, 됩세 큰소리 쳐? 나봐, 워따 대구 큰소리여? 당신 하는 짓이 보통 사건인 중 알어? 시대적으루 볼 것 같으면 안보적인 문젠겨.』
> (p.24)

> ② 『…그리구 지난 번 반상회 석상에서두 대략적인 측면으루다가 말씀드린 바와 같이(……) 가령, 가상적인 측면으루다가 내가 부산이나 제주도나 그타 다방면으루 가설랑은이 취직을 허거나 장사를 해 먹구 살더라두,(…) 아울러, 추곡 수매 자금이 나오면 나는 우선적인 측면으루다가, 내가 보증슨 조합 부채부터 싹까제끼구설랑은이, 그 나머지만 돌려드릴 각오를 다시 한 번 이 자리를 빌어설랑은이 주민 여러분께 공표허는 것입니다. 이 점, 협조적인 측면으루다가 널리 이해가 있으시리라구 믿습니다.』
> (p.42)

①은 논에 물을 대기 위해 별 생각없이 盜電을 한 김승두를 닦달하는 한전 직원의 어투이고, ②는 이장 변차섭의 안내방송의 한 구절이다. 한전 직원이 사용하는 언어는 일반 농민의 그것과 분명히 구별되며, 이장의 어투도 동네 사람들이 常用하는 말과 다르다. 이것은 그들 모두가 관존민비의 전근대적 사고의 유습에 젖어 있음을 증명해준다. 가령, 강만성이 보리 입고를 할 때

터무니없이 고압적인 자세를 보이는 창고지기의 심리 또한 이런 범주에서 크게 벗어나지 않는 것이며(「우리동네 강씨」). 폐타이어를 용도에 맞게 쓰는지 살피러 온 산업계장의 첫마디가 동네사람의 비윗장을 긁는 것도 마찬가지 경우에 해당한다.(「우리동네 황씨」).

그러나 이제 농민들도 관공리의 고압적 자세를 직수긋하게 참고 견디려 하지 않는다. 그들은 "자세허지 말유. 사는 건 같잖게 살아두 관공리 구박받을 사람은 여기 안왔유."(p.298)하며 관공리의 어쭙잖은 자세에 맞대항하고 나서거나 "우리네헌티 농약을 팔어두 특정회사 것만 팔은 건 뭐구, 우리네헌티 소금, 새우젓을 이자까장 붙여서 외상 놓은 건 뭐여? 장사를 해두 꼭 딸라 장사를 허야 조합이 되겠더라 이거여?"(p.56)라며 몇몇 개인의 사욕을 충족시켜주는 조합의 문제점을 직접 따져 묻는다. 이런 것들은 현대의 농민들이 문제와의 대결을 회피하는 소극적 자세에서 벗어나 직접 문제와 부닥쳐 극복해나가는 변증법적 과정을 보여준다. 「우리동네 황씨」에서 마을 사람들이 합심하여 황선주의 利己慾을 여지없이 들추어내 그를 성토하다가 황이 화를 내자 "알어들을 만큼 타일렀는디두 아직 정황을 모르는 모냥인디, 정신좀 들어야 되겠어. 암만 해두 저기 좀 댕겨와야 정신이 들랑개벼…자 뭣이 들어갈려? 당신을 쳐놓으까, 오도바이를 던져버릴까?"(p.315)하며 은근한 협박까지 하는 것은 그들이 비판과 갈등의 과정을 거쳐 새로운 주체로 정립되었음을 시사한다.

농촌소설의 주제가 가난의 문제와 함수관계를 이루는 것은 주지의 사실이지만, 70년대 농촌의 실상 역시 벼 수매가격이 "중견사원 두 달 월급"(p.56)에 불과할 정도의 뿌리깊은 가난에서 벗어나지 못했다. 가난의 일차적 원인은 농민만 일방적으로 희생하도록 강요하는 잘못된 농업정책에 있지만, "농민들의 뒤틀린 살림규모와 설익은 정신"(p.45)도 문제시 된다. "生豚 한 근에 담배 한 갑"(p.196), "일고여덟 달동안 보리농사를 지어 처음으로 만져본 돈이 천 사백이십 원"(p.209)인 형편에 가전제품 외상이 전체 영농 빚의 4할에 달하는 그릇된 소비풍조103)가 그들의 가난을 더욱 심화시킨다.

이렇듯 안팎으로 곪아가는 농촌은 더 이상 도시와 동떨어진 고장이 아니다. 그곳은 이제 도시의 한 축도로서 한국 사회 전체의 구조적 모순을 총체적으로 드러내 보여주는 곳으로 표징된다. 그럼에도 불구하고 농촌의 전망 perspective이 완전히 가로막힌 고장이 아니라 최소한도 복합적인 가능성을 포유한 곳으로 인식되는 것은 농민들을 근대화의 희생자로 삼은 관권 및 불합리한 농업정책에 기생하는 이기적 집단과의 정직한 대결을 통해서 농민들이 주체적 세력으로 스스로의 건강성을 회복할 가능성이 암시되기 때문이다. 그 가능성은 비록 인정적 차원에서 완전히 탈각하지 못하는 약점이 없지 않아도, 자신의 소비적 삶에 대한 반성과 자기실현 의지가 강하게 표출된다는 점에서 긍정적인 요소로 기능하고 있다. 이문구가 현실의 농촌문제를 타개하기 위해 제시하는 방안은 문제를 숨기기보다 직접 드러냄으로써 갈등의 근원을 해소시키는 전략이다.

이문구는『관촌수필』의 고색창연한 농촌의 산수화에서『우리동네』의 비판적 리얼리즘으로 화풍을 바꾸면서 농촌 현실의 문제―급격한 산업화로 인한 전통적인 농촌공동체의 파괴, 인권의 문제, 농가 수입과 부채의 대조, 관변의 고압적 자세와 그 주변에 기생하는 무리들의 이기적 삶 등―를 점착적

---

103) 「우리 동네 李氏」에는 농가의 영농 빚이 상세하게 제시되어 있다. (p.45)
　　○하이닥크입제, 모게산도입제, 아비로산입제―제초제대금　계 9,500원
　　○다찌가렌, 바리다마신, 호리치온, 다이야지논유제,
　　　엘산 다이야지논입제―병충해방제대금　　　　　　　　　계 12,000원
　　○복합비료, 규산질, 용성인비―비료대금　　　　　　　　 계 57,000원
　　○불도우저 사용료　　　　　　　　　　　　　　　　　　 200,000원
　　○텔레비, 전자자, 선풍기, 전기밥솥대금　　　　　　　　　계 187,000원
　　○총계　　　　　　　　　　　　　　　　　　　　　　　 465,500원
　　위에서 보다시피, 한 농가의 영농빚의 40% 이상을 차지하는 것이 다름 아닌 전기·전자 제품을 구입한 빚이다. 농촌사람도 문명의 이기를 향유할 권리가 있음은 자명한 사실이지만, 농가 빚의 4할 이상을 영농과 직접적으로 관련없는 물품 구입에 사용하고 있는 데서 이들의 뒤틀린 살림구조와 설익은 정신을 엿볼 수 있는 것이다.

이면서 질깃한 만연체 같은 문체[104]를 통해 해학적으로 그려 보이고 있다. 그가 파악한 농촌 현실은 국가주도 아래 일사분란하고 폭압적으로 진행된 근대화(산업화)에서 철저히 소외당하고 희생만을 강요당한 "농민들의 언어와 의식 내부로부터 파악된 현실"[105]이다. 때때로 지나칠 정도로 회고적 취향을 드러내고 있기는 해도 속악한 농촌 현실을 바라보는 그의 예리한 비판 의식은 『우리동네』를 본격적인 농촌소설의 정상에 올려놓아도 좋을 장점이라 할 수 있다.

김주영의 「칼과 뿌리」[106] 역시 점차 도시화 되어가는 농촌을 그리고 있는 작품이다. 일년 내내 잎담배를 경작하며 살아가는 秋峴이란 마을을 중심으로 전개되는 이 작품은, 잎담배 수매와 그를 둘러싼 농민과 관공리의 구조적 부조리를 신랄하게 풍자하고 있다. 잎담배 수납기가 닥쳐 오면 "쌩판 낯선 타관붙이들이, 허술한 닭장에 족제비 드나들듯이" 드나드는데, 그들이 한적한 농촌을 한바탕 휘저으면서 농민들의 허영심을 부추긴다. 그러나 정작 마을 사람들을 뒤흔드는 것이 외지 사람들만이 아니라는 데 문제의 심각성이 있다. 추현 마을 아낙네들은 "쟁빛을 내서라도" 남들 다 사보는 텔레비전을 들여 놓아야 직성이 풀리고, 텔레비전이 선전하는 기차표 신발이 아니면 발목에 끼려 하지 않으며, 고무신 대신에 샌들을 끌기 좋아하고, 삼만원 짜리 "빠이루 오바"쯤은 걸쳐야 사람다와 보인다고 생각한다. 이런 묘사는 이미 살핀 이문구의 그것과 대단히 흡사한데, 결국 이문구와 김주영은 도시화의 물결 속에서 병들어 가는 농촌의 정신적 물질적 파탄상을 날카롭게 풍자하고 있다.

'도시화 현상'에 대한 문학적 대응은 크게 두 가지 방향으로 구분할 수 있을 듯하다. 그 하나는 도시문제를 직접적으로 거론하면서 구조적 모순이나

---

104) 김상태, 「이문구 소설의 문체」, ≪작가세계≫, p.82
105) 황종연, 「도시화·산업화시대의 방외인」, 위의 책, p.55
106) 金周榮, 『칼과 뿌리』, 悅話堂, 1977.

부정적 양상을 드러내 보이는 것이고, 다른 하나는 농촌의 변화된 모습을 통해 도시화·산업화의 폐해를 간접적으로 고발하는 것이다. 지금까지 살펴 본대로 도시화·산업화에 대한 작가들의 인식 태도는 매우 비판적인 것이었다. 그들은 도시를 익명성·비정성·비연대성의 상징 공간으로 이해하면서, 그곳의 물질적·향락적 삶의 추구가 인간의 본성을 가차없이 파괴한다는 사실에 주목한다. 사물화되고 획일화 되어가는 인간이 가출을 하거나(「타인의 방」·「흉소」) 간음을 꿈꾸는 것(「닮은 방들」)은 도시가 더 이상 게마인샤프트적 공동사회가 아니라는 사실의 반증이다. 그것은 현실의 속악한 삶에 회의를 느낀 도시인이 폐쇄된 회색 공간을 박차고 자유를 회복하고자 하는 충동의 일탈적 표현이다. 농촌이 〈擬似 都市化〉 되어가는 현실을 다룬 이문구의 소설은 시대의 급격한 변화를 새삼 인식케 하는 충격적 보고서이다. 이제 농촌은 예전의 자족적이고 인간적인 공동체적 삶이 영위되는 행복한 공간이 아니라 인간의 저급한 욕망의 무절제한 타락과 인간관계의 왜곡 현상이 심화된 불신과 갈등의 현장일 뿐임을 이문구는 걸쭉한 입담으로 증언하고 있다. 그러나 농촌이 도시와 변별되는 것은, 그곳이 도시의 한 축도로서 한국 사회 전체의 구조적 모순을 총체적으로 드러내는 곳으로 표징되고 있음에도 불구하고, 농민 스스로가 자체적 역량으로 건강성을 회복할 수 있는 가능성을 포유하고 있다는 것이 암시되고 있기 때문이다. 도시인의 소외된 자연을 회복하고 건강하고 야성적인 생명력을 되찾으려는 행위의 역설적 표현인 일탈적 행동이나, 농민의 자기성찰적 태도와 부조리에 대한 거센 항의는 그동안 파행적으로 전개된 산업화의 모순을 핵심적으로 지적한 것이다.

2. 산업화와 인간 훼손

우리나라의 산업화는 전통적 가치와 규범체계가 산업화에 따른 사회의 구조적 변동을 수반하고 변화에 적응하면서 서서히 변화하는 과정을 거쳐 새로운 가치나 규범체제로 재정립하는 과정과 더불어 진행되지 못하고 서구 산업사회의 가치나 규범체제를 물리적으로 이식하는 일과 더불어 진행됨으로써 아노미Anomie 현상을 초래한다.[107] 서구 산업사회의 자본주의 경제제도와 함께 유입된 물량주의에 따른 物神 숭배사상은 靑貧을 미덕으로 여겼던 전통적 가치체계를 근본적으로 뒤흔들어 놓았고, 그 당연한 결과로서 극단적 이기주의와 쾌락주의가 사회 전체에 만연하게 되었다. 금세기에 들어서면서부터 급격히 나타난 과학 기술의 발달은 전통적으로 인간이 추구해 왔던 기본가치의 저변을 흔들어놓아 정신적인 측면을 중시하는 가치관에서 물질주의적 가치관으로, 즉 절제와 금욕주의적 윤리관이 지나친 개인주의와 욕구개발에 의한 무제한의 물질지향적인 인생관으로 대치되고 말았다.[108]

흔히 〈春窮期〉라 불리우는 건국 이래의 고질적 가난에서 탈피하는 것을 최우선의 목적으로 삼았던 경제개발 정책은 우리의 삶의 양상을 현저히 향상시켜 주었지만, 경제성장에 따르는 새로운 가치관의 정립에 실패함으로써 과거의 폐습을 버리고 산업사회에 적합한 윤리관을 확립하는 작업이 정상적으로 이루어지지 않아 여러가지 문제가 파생된다. 고도경제성장과 사회구성원들의 의식수준 간에 불균형이 발생함으로써 각종 사회 규범과 가치관의 일탈현상이 초래되었던 것이다.

엄격한 성리학적 가치관에 따라 욕망의 자제를 강요당했던 과거와는 달리 현대인들은 외면적 가치를 보다 중요하게 여기는 성향이 강하다. 외면적 가

---

107) 유재천, 「사회변동의 구조와 문화현상」, ≪문학과 지성≫, 1979, 가을 p.854
108) 경희대학교부설 인류사회재건연구원 편, 『現代社會의 危機와 思潮』, 경희대 출판부, 1984, p.151

치의 대표적 예로 금전과 재물, 권력과 지위, 관능적 쾌락[109] 등을 들 수 있는데, 산업화 이후 우리나라의 도덕적 위기와 사회 혼란은 모두 외면적 가치에 집착함으로써 야기된 것들이다. 외면적 가치에 대한 선호가 정도를 지나치거나 속물 근성과 결합되는 경우에는 여러 가지 사회적 폐단이 생긴다. 현대의 자본주의 산업사회에서는 외형의 존중이 소비성향과 결합함으로써 사치와 낭비 풍조를 조성하게 되며, 이것은 결국 인간의 물질적 욕망을 무한대로 상승시키게 되어 인간을 물질의 허상만 좇는 무인격적 존재로 끌어내리게 된다.

이 시기에 특별히 산업화의 부정적 양상을 문제삼은 작품이 양산되었던 이유는 60년대 초반부터 전개된 산업화 정책의 후유증이 지식인들의 의식에 충격을 가하기 시작했기 때문으로 보인다. 가난을 물리치기 위해 앞만 보고 달리던 대다수 국민들이 자신에게 닥쳐온 급격한 변화를 올바르게 인식하지 못하고 있을 때, 일부 지식인들은 산업화의 긍정적 측면 못지않게 그것의 역기능에 주목하게 되었다. GNP의 상승과 경제적 안정, 만성적 실업의 탈피 등 산업화 정책이 가져다 준 경제적·물리적 풍요 이면에 도사린 배금사상과 가치관의 혼란에 대하여 70년대 작가들은 특별한 관심을 보였다.

70년대 소설은 산업화가 초래한 문제점들을 집요하게 추적하고 종합적으로 포착하여 그 진상을 해부하는 한편, 그러한 상황의 질곡을 넘어선 바람직한 삶에의 열망을 뜨겁게 이야기하고 그리로 나아갈 출구를 모색함으로써 한 시대의 문제를 정면에서 떠맡아 증언하고 비판하는[110] 역할을 성실히 수행했다는 점에 문학사적 의의를 부여할 수 있다. 70년대 소설가 가운데 물질주의적 가치관과 속물적인 허영에 의해 무참히 훼손된 삶의 양상을 비판하는데 주력한 작가로 최일남·박완서·최인호·전상국 등을 들 수 있다. 이들

---

109) 金泰吉, 「한국인의 의식구조」, 『변혁시대의 사회 철학』, 철학과 현실사, 1990, p.340

110) 이동하, 「70년대의 소설」, 김윤수·백낙청·염무웅 편, 『한국문학의 현단계 I 』, 창작과 비평사, 1982. p.142

은 주로 도시 상류계층의 속물적 삶을 비난하거나 와해된 가부장적 제도의 실상을 예리하게 파헤쳐 보여준다.

(1) 物神 崇拜와 俗物 根性

자본주의사회에서는 모든 물품이 매매 대상이 된다. 뿐만 아니라 인간의 노동력과 그 외의 능력조차 상품화됨에 따라 인간관계가 물건과 물건의 관계처럼 삭막해진다.

예를 들어 소비자와 생산자의 관계가 감춰지고 화폐와 물건의 관계로 나타나는 것이 대표적인 사례에 속한다. 이런 현상을 〈物象化éreification〉111)라고 하는데, 이것은 경제 부분이 다른 부분을 압도하는 자본주의 사회 안에 살고 있는 사람들의 의식구조를 가리키는 용어이다. 이런 사회에서 교환가치112)로 특징화되는 생산관계는 인간끼리의 관계까지 지배하기에 이르고,

---

111) réification : '물상화, (의식의) 사물화' 등으로 번역된다. 이 용어는 자본주의 사회에서 개인 및 집단의식의 근본적인 변화를 말해주는 것으로, 인간의 의식이 교환 가치에만 지배되어 일체의 독자적이고 명징한 태도를 잃어버리는 것을 나타낸다. 쉽게 말하면, 자본주의 사회의 구성원들의 의식은, 교환가치로 특징지어지는 자본주의 사회의 경제생활의 단순한 반영이 되어 버리는 것이다. 결국 '물상화(사물화)'란 사용가치를 구축한 교환가치가 횡행하는 자본주의 사회는 타락한 사회라는 것을 강조하기 위한 개념이라 할 수 있다.

112) 교환가치valeur d'échange는 사용가치valeur d'usage와 대립되는 용어이다. 골드만은 "인간과 상품 사이의 자연적이고 건전한 관계는 생산이 미래의 소비와 물건의 구체적 자질, 즉 그 물건의 〈사용가치〉에 의해 의식적으로 지배될 때 이루어진다"고 설명한다. 말하자면 사용가치란 하나의 재화가 본래적인 목적을 가지고 생산되어 오로지 그 목적에 맞는 기능을 발휘하는 것을 의미한다. 예를 들어 대장장이가 한 자루의 낫을 만들 때 그것이 어느 농부의 손에 들어가 최대의 효용가치를 발휘하기를 바라는 순수한 목적만으로 담금질을 하고 망치질을 하는 것이다. 그러나 자본주의 사회에서는 다량의 재화를 생산하면서 그것을 화폐와 바꿀 생각을 먼저 하게 된다. 이 때 생산된 재화는 본래의 목적이나 기능과는 상관없이 돈으로 바꾸기 위한 단순한 물건에 지나지 않는다. 다른 예를 들면, 우리가 하나의 상품을 구입할 경우에 있어서도 그 상품의 기능을 먼저 생각하기보다 그것이 유명상표인지 아닌지, 혹은 그것이 나에게 어떤 또 다른 재화를 가져다 줄 것인지 아닌지를 우선적으로 고려하게 된다는 것이다. 이런 사고는 다만 재

그리하여 인간의 가치는 자신이 생산하는 상품의 차원으로 추락하고 만다. 이때 전체성의 범주는 시야에서 사라지고 질적 가치가 양적 가치로 탈바꿈하며 사람들은 단순한 관객, 구경꾼의 지위로 굴러 떨어지게 된다. 한마디로 물상화란 인간이 외면적 가치를 보다 중요하게 취급함으로써 인간성이 마멸되는 왜곡된 심리구조를 가리키는 것이라 할 수 있다.

물질문명의 진보와 더불어 진행된 산업화는 배금사상을 촉발시켰다. 특히 우리나라의 산업화는 유례없이 짧은 기간에 이루어졌다는 특수성이 있으며, 그 영향 탓이겠지만 각종의 부조리와 편법이 판을 치게 되었다. 황금만능 풍조는 그러한 부작용 가운데 가장 문제적인 것으로, 이것은 사람들에게 한탕의식을 조장하며, 나아가 사회의 비윤리성을 증대시켜 인간성의 상실을 가져온다.113) 이제 사람들은 가난한 살림에도 불구하고 이웃의 어려움을 함께 걱정하던 미풍양속을 저버리고 나 하나만 잘살면 그만이라는 개인주의의 신봉자가 되거나, 근검절약하는 정신보다는 복권의 매력에 이끌리고 부정의 유혹에 쉽사리 빠져들게 되었다. 최일남과 박완서는 주로 상류계층의 부도덕한 삶에 각별히 주목하여 이들의 허세와 위선을 발가벗긴다. 이들의 작품에 나타난 物神 숭배자들의 속물적 삶은 당시의 한국사회가 얼마나 깊게 병들어 있는가를 알려준다.

최일남의 「둘째 사위」114)는 권력·금력·학력으로 도금된 한 명문집안이 사실은 얼마나 위선과 허세에 휩싸여 있는가를 풍자적 수법으로 고발하고 있다. 작품 화자인 나는 "자유당 때 정계 거물로 행세를 하더니 민주당 때도 꺼떡 없다가, 그 뒤에는 장사에 눈을 떠" 재벌급에 해당하는 재산을 축적한 집안의 둘째 사위이다. 그는 돈도 권세도 잡지 못했을 뿐 아니라 학력도 보잘 것 없어서 처가로부터 "하얀 이밥에 생뚱맞게 보리알이 하나 섞여 있듯" 불편

화나 상품에만 국한되는 것이 아니고 대인관계에 있어서도 심각한 증세로 나타나기 때문에 문제시되는 것이다.

113) 安瑛燮, 『한국사회 증후군—한국사회의 병리진단』, 전예원, 1989, pp.76-77
114) 최일남, 「둘째사위」, ≪창작과 비평≫, 1978. 가을.

한 존재로 취급당한다. 그러나 화자는 처가의 고압적인 분위기에 전혀 기죽지 않는데, 그의 자존심을 지탱시켜 주는 것은 義兵活動을 하다 돌아가신 할아버지에 대한 긍지이다. 처가에서는 일제시대 중추원 참의를 지낸 아내의 할아버지를 내놓고 자랑한다. 화자와 아내가 다툴 때 이 문제를 갖고 말싸움을 벌이는 대목은 아내의 물질주의적이고 왜곡된 가치관이나 도착된 역사인식을 희화적으로 드러내주어 주목된다.

『야. 늬 할아버지가 중추원 참의였다고 장인 장모가 자랑하더라만, 웃기지 마. 우리 할아버지는 의병대장이었다구. 왜 이래. 지금이라두 종로 네거리에서 길을 막고 물어봐, 중추원 참의허구 의병대장허구 어느 쪽이 더 애국자인가, 늬 할아버지가 일본 총독부허구 국일관에서 기생을 끼고 앉아서 니나노를 부를 때, 우리 할아버지는 지하에서 울었다구. 나라꼴 잘 되어간다구. 왜 이래 이거.』
『그래 장하기도 하겠수. 의병대장을 선조로 모셔서.』
『그래 장하구 말구. 이래 뵈두 이몸도 애국지사의 후손이라구. 이거 왜 이래.』
『어쭈어쭈. 그래 잘났수. 의병대장만 지냈으면 젤인가 머. 후손이 잘 살고 봐야지.』
『무식한 소리 말라구. 애국지사는 가사불고하니까 잘 사는 것하고는 담 쌓는거야. 그렇지만 집안은 늬네하고 안 바꿔.』
『나도 안바꿔요.』   (「둘째 사위」, pp.39-40)

아내는 과정이야 어찌되었든 잘 사는 것이 최고라는 그릇된 가치관을 가지고 있다. 이런 아내의 의식구조[115]는 처가 권속의 의식을 대변하는 것으로

---

115) 아내의 의식구조를 꼬집어 물신적 사고라고 고집하기는 어렵다. 그렇지만 물질적이고 외형적인 가치를 정신적인 것보다 우월하게 여기는 그녀의 사고나, 심지어 일제시대에 중추원 참의를 지낸 조부에 대해 전혀 부끄러워하지 않는 그녀의 의식같은 것은 모든 것을 화폐와 물건의 가치로만 따지는 물신주의자의 도착된 가치관의 확대된 범주에 포함시켜 이해할 수 있지 않을까 한다.

볼 수 있는데, 그들은 "자기네들이 무슨 신라시대부터 내려오는 진골(眞骨)이나 되는 것처럼, 체면치레는 옹골지게 따지는" 허세적인 사람들이다. 화자와 아내의 대립은 정신적인 것을 소중히 생각하는 사람과 물질 만능주의에 물든 사람 사이의 화해할 수 없는 대립이다. 이 두 사람의 말다툼이 마치 어린애의 집안자랑같이 묘사되고 있지만, 친일파의 자손이 시국이 변한 뒤에도 사회 지도층으로 존경받으며 경제적으로도 풍족한 생활을 살아가고 있는 왜곡된 역사의 진행에 대한 야유가 밑바탕에 깔려 있다.

지독히도 時運을 잘 타고난 장인은 부를 축적하는 과정에서 억대의 탈세를 하고 삼백만 달러의 외화를 불법반출한 죄목으로 구속된다. 이 사건을 통해 각박한 이해관계로 맺어진 처가의 위선이 송두리째 폭로된다. 특히 큰 동서와 막내동서는 장인이 그런 불미한 사건으로 감옥에 들어간 일을 수치로 여겨 처가에 발걸음조차 하지 않는다. 염량세태라 할만한 인심의 변모를 겪으면서 화자는 "알량한 체면으로 뒤엉킨 사람들의 진면목을 비로소 간파"하기에 이른다. 그것은 사회의 기본을 형성하는 가정마저도 고통을 함께하고 정을 나누는 장소(게마인샤프트)가 아니라 각박한 이해관계에 의해 얽어진 곳(게젤샤프트)이라는 사실을 통렬히 풍자한다.

최일남의 소설의 주제는 대부분 체면을 중시하는 상류계층의 허세적이고 속물적인 삶에 관련된 것이다. 그가 상류계층의 위선을 발가벗기기 위해 즐겨 이용하는 화자는 식모로서, 이는 시골 출신 서울 서민의 시점을 가장 설득력있게 확보한 것으로 이해된다. 「너무 큰 나무」[116]와 「춘자의 사계」[117]는 바로 식모의 관찰자적 시각에 투영된 서울 상류계층의 위선과 이기주의의 진면목을 희화적으로 그려보인 작품이다.

사회 저명 인사인 김박사는 화자의 눈에 "남을 대할 때와 흉허물 없는 식구

---

116) 최일남, 「너무 큰 나무」, ≪문학사상≫, 1977.3. 『타령』, 민음사, 1977에서 재인용
117) 최일남, 「春子의 四季」, ≪문학사상≫, 1979.6. 『춘자의 사계』, 문학과 지성사, 1979에서 재인용.

를 대할 때의 태도가 그렇게 다를 수가 없는" 이해못할 사람으로 비친다.(「너무 큰 나무」) 그는 현대사회의 삭막한 인간관계를 개선시키기 위해서 무엇보다 대화가 중요하다는 점을 각종 매스컴을 통해 강조하지만 실제로 그들 가족이 서로 흉금을 터놓고 대화하는 모습을 본 적이 없는 화자는 그를 이해하지 못한다.

시골에서 올라와 제대로 배우지도 못하고 세상물정에 어두운 화자의 눈에 언행이 전혀 일치하지 않는 김박사가 사회에서 존경을 받는 일은 전혀 납득할 수 없는 기이한 일에 속한다. 어떤 면에서 화자가 김박사의 단점으로 지적하는 것들은 매우 사소한 것이어서 별로 문제가 되지 않을 수도 있다. 예컨대 김박사는 밖에 나갈 때와는 달리 집에서는 가장 평범하고 세속적인 가장으로 생활한다. 그는 목욕하기 싫다고 아내에게 투정을 부리며, 억지 코메디를 보면서 병신같이 웃기도 하고, 화장실에서 나와서는 손도 안씻고 밥상에 앉기도 하며, 아들이 보던 만화를 빼앗아 열심히 보기도 하는, 특별히 권위를 내세우거나 엄숙을 가장하는 면이 없는 평범한 가장에 불과하다. 그러나 김박사의 이러한 일상적 모습이 화자에게 이상하게 보이는 것은 그가 사회 저명인사라는 점 때문이다. 다시 말해 그는 사회에서 그럴 듯하게 자신의 모습을 위장한 허세의 인간으로 인식되고 있으며 그런 시각에서 김박사를 바라보는 화자에게 그의 일상은 겉과 속이 다른 위선자로 보여진다. 시각을 달리하면 김박사의 인간적 장점이라고 치부할 수도 있는 그의 "헬렐레한 구석"이 문제가 되는 까닭은 밖에서의 행동과 집안에서의 행동이 전혀 다르다는 점이다. 즉 화자는 지극히 사소한 김박사의 습관이나 행동을 열거함으로써 그런 범속한 사람이 겉으로는 누구보다 근엄한 체 하는 속물성을 해학적 방법으로 고발하고 있다.

상류계층의 속물근성은 「춘자의 사계」에 이르면 더욱 다양한 형태로 나타난다.

열여섯의 나이에 서울에 올라온 춘자가 오랫동안의 식모생활을 통해 보고

들은 사건들을 독백체 형식으로 기술한 이 작품은 일종의 악한소설picaresque novel적 성격을 띤다.[118] 춘자가 서울에서 식모생활을 하며 전전한 집은 정부 고관을 비롯하여 재벌, 학자 부부, 이혼녀, 일본인 현지처 등 매우 다양하다. 이렇게 다양한 삶의 양태를 묘사하기 위하여 식모라는 직업은 매우 유리한 거점을 확보한다. 식모는 주인과 전혀 다른 신분, 의식을 가지고 있기 때문에 그들을 객관적으로 비판할 수 있는 위치에 설 수 있는 장점이 있다. 물론 신분과 의식이 다르다는 한 가지 사실이 상대를 객관적으로 파악할 수 있는 근거가 되는 것은 아니지만, 서민의 입장에서 자기보다 나은 사람의 위선과 허식을 폭로하기에는 식모라는 직업이 매우 유용한 것은 분명한 사실이다.

춘자가 서울에 처음 올라와 들어간 곳은 "관청에서 큰벼슬을 하고 있는 사람"의 집이었는데, 그곳에서 춘자는 망년든 부친을 교묘히 이용하는 주인의 무서운 처세술을 발견한다. 가령, 주인남자는 생활형편이 어려운 동생들이 찾아와 경제적 도움을 요청할 때마다 자신이 부친을 모시는 것을 방패삼는다.

『좋다. 네가 정 그렇다면, 내가 이번 한번만 널 도와주기로 하겠다. 단 한가지. 네가 내 대신 아버님을 모시겠다면 말이다.』
『형님이 나를 도와주는 것하고, 내가 아버님을 모시는 것하고는 상관이 없는 일 아닙니까.』
『싫으면 그만둘 일이지 역정낼 건 없다.』
『형님 이러지 마십쇼. 누가 보면 웃겠습니다. 아버님이 무슨 물건입니까. 바터 조건으로 내세우게.』
『나, 경우에 어긋나는 소리 안했다. 요새 세상에 장남이라고 꼭 부모님 모셔

---

118) 악한소설 혹은 건달소설이라 명명되는 〈picaresque novel〉은 주로 하층계급에 속하는 인물이 주인공이 되어, 비정하고 부도덕한 현실사회에 맞서 재치 있는 임기응변과 심각하지 않은 탈선을 범하는 일종의 사회적 모험담의 성격이 강하다. 「춘자의 사계」는 식모라는 하층계급의 여성이 여러 집을 전전하며 현대사회의 모순과 부조리를 간접적으로 체험하고 고발하는 구조를 가지고 있는데, 그것은 악한소설의 현대적 변용이라 보아도 무방하리라 생각한다.

야 한다는 법은 없어. 더구나 그만한 대가는 치루겠다고 하잖았니.』

『좋시다. 치사하고 더러워서도 그만두겠시다.』

(「춘자의 사계」, pp.102-103)

이들 형제는 서로 다른 입장에 처해 있지만 나이든 부친을 물건 취급한다는 점에서는 공통적인 생각을 갖는다. 동생이 "아버님이 무슨 물건입니까."라며 형에게 항의하고 있기는 하지만 그도 부친을 모시기 싫어하는 것은 형과 전혀 다르지 않다. 따라서 망녕든 부친은 이들 형제에게 철저히 버려진 존재이다. 그런 부친이 유용하게 쓰이는 때는 외부 사람들에게 자신을 돋보이려 하는 경우에 한정된다. 독실한 기독교 신자인 이들 부부는 같은 교회 신도들에게 자신이 얼마나 효자인가를 과시하기 위해 부친을 교회에 데려간다. "요컨대 할아버지는 집안에서는 아무한테서도 사람 대접을 못받으면서도, 주인 내외분의 재산을 축내려드는 형제들에 대한 방패나 효심을 선전하는 전시용으로 그런 대로 훌륭한 구실을 하고 있었던" 것이다. 이러한 허세는 세상사람들의 이목을 완벽하게 속여 그들 부부는 구청에서 마련한 효행상을 받는다. 부자 혹은 형제간의 기본적 애정마저도 물질적 가치로 환산하는 지독한 이기주의자가 사회의 존경을 받는 역설적인 상황의 제시를 통해 작가는 시위적 선과 그 속에 숨겨진 간교한 인간의 악마적 본성을 폭로하고 있다. 그리고 이것은 산업화에 의해 개인주의가 가족주의를 능가하고 나아가서 이기주의적 방향으로 흐르는[119) 전도된 가치관의 한 실상을 고발하고 있다.

전통적 가족주의의 파탄은 어느 학자 부부의 메마른 삶에서 더욱 현실감 있게 묘파된다. 그들 부부는 서로의 필요에 의해 부부관계를 유지하고 있을 뿐 실제로는 남남이나 다를 게 없는 기묘한 관계를 지속해 나간다. 그들이 제법 다정한 부부로 행세하는 경우는 모두 타인을 의식할 때 뿐이다.

---

119) 김태길, 앞의 책, p.343

그런데 이집 부부는 이것도 저것도 아닌 상태로, 용케도 한지붕 밑에서 전혀 괴로워하거나 고민하는 흔적 없이, 오히려 그것이 당연한 것처럼 잘도 따로따로 살았습니다. 그러다가도 밖에서 두 분 중의 어느 한쪽에게 전화가 걸려 오면 갑자기 호들갑을 떨며 일부러 명랑한 체하는 겁니다. 이를테면 아저씨가 전화를 받았다고 칩시다. 대개 이렇게 판이 돌아갑니다.

『오, 김박사? 이거 얼마만이오. 다 잘 있지. 우리집 사람? 그 사람 요새 신이 나 있지. 바꿔줄까? 여보오, 김 박사가 당신 바꾸래. 이리 와서 전화 좀 받아 봐요.』

상대방도 다 들으라는 듯, 손바닥으로 수화기를 가리지도 않고, 큰 소리로 외칩니다.

(앞의 책, p.133)

체면과 허세라는 두꺼운 가면을 쓰고 살아가는 이들 부부에게 전통적 의미의 부부상이나 가정의 개념은 존재하지 않는다. 그들은 자본주의의 물질주의적 사조에 순치되어 겉치레의 부부관계에 조금도 회의하지 않는다. 만약 그들이 마음 아파하는 일이 생긴다면 그것은 자신들의 체면이 손상되는 사건이 벌어지는 경우일 것이다. 따라서 그들은 그런 불상사가 발생하지 않도록 철저히 자신을 속이고 타인 앞에서 위장의 가면을 뒤집어 쓴다. 화자가 가끔 대조적으로 묘사하는 시골 사람의 꾸밈없는 일상은 이들 학식있는 부부의 거짓된 생활에 비해 훨씬 인간적이고 생명감에 충만해 있다. 이들의 위선적이고 황량한 가정 풍속은 춘자가 마지막으로 식모생활을 한 젊은 맞벌이 부부의 인간적인 삶과 극명하게 대비되는 것이기도 하다. 중학교 수학교사로 있는 안주인은 춘자에게 언니라 불리우기를 좋아하며 밥도 한 상에서 같이 먹기를 권하는 인정을 보인다. 다시 말해 그녀는 일개 식모에 불과한 춘자를 문자 그대로의 〈食口〉로 받아 들이고 있다. 그곳에서 춘자는 비로소 사람다운 삶이라는 것이 무엇인지를 깨닫게 된다. 이로써 작가가 피카레스크적 소설 기법을 통해 제시하려는 작품의 주제가 보다 분명하게 밝혀진다. 그것은 산업화된 도시에서의 삶이 위선과 허세로 도금된 거짓된 삶이며 그런 위선과 허세를 청산할 때 비로소 인간다움을 회복할 수 있을 것이라는 도덕적 명제의 확인이다.

최일남의 소설이 상류계층의 위선과 허세에 감싸인 거짓된 삶의 양태를 드러냈다면 박완서[120]의 『휘청거리는 오후』[121]는 세 딸의 결혼문제를 둘러싸고 벌어지는 추악한 세태풍속을 고발한 작품이다. 박완서가 날카로운 비판의식을 가지고 파헤치는 중산층의 세속적인 삶은 정신보다는 물질이, 진실보다는 허위와 가식이, 실질보다는 허세가 판치는 요지경같은 삶이다. 그는 현실에 안주하면서 물신의 노예가 되어버린 중산층의 현실적 삶이 사실은 얼마나 허망하고 고통스러운 것인가를 예각적으로 보여준다. 「지렁이 울음소리」·「부끄러움을 가르칩니다」·「樂土의 아이들」과 같은 작품에서 우리가 마주치는 것은 속물적인 삶에 만족하는 소시민의 거짓된 행복과 그 늪에서 벗어나려는 실존적 개인의 부단한 노력이 좌절당하는 현장이다.

딸만 셋 둔 전직 교감 집안의 파멸을 다룬 『휘청거리는 오후』는 물욕과 허영과 이기주의의 추악한 본질을 가차없이 드러낸다. 전직 교감이자 조그마한 공장의 주인인 허성 씨의 맏딸 초희의 맞선으로 시작되는 이 소설은 현대 사회의 결혼 풍속도가 얼마나 추악하게 변질되었는가를 과장없이 그려내고 있다. 초희는 자신의 결혼을 신분상승의 계기로 삼으려는 계획을 세운다. 그녀는 남한테 보이기 위해서라도 그럴 듯하게 살아야 한다는 생각을 가지고 있으며, 어떻게든지 "쓰레기 같은 가난의 현장"에서 탈출하고자 하는 욕망에 사로잡혀 처녀의 몸임에도 돈많은 홀아비의 후처자리도 마다않는다.

---

120) 박완서는 주로 도시 중상류계층의 물질추구적 가치관으로 인해 인간의 선량한 마음 바탕을 상실하는 과정을 예리하게 해부한 작가로 알려져 있다. 그가 중산층의 삶을 반성하는 태도는 두 가지로 대별되는 데, 중산층의 계층 내 상승의 허구성을 파헤치는 일이 그 하나이며, 중산층의 삶의 양식이 드러내는 허세와 허위를 풍자하는 일이 다른 하나이다. (성민엽, 「윤리적 결단과 소설적 진실」, 『지성과 실천』, 문학과 지성사, 1985. 권영민 외, 『삼인행 작가연구 : 박완서론』, 삼인행, 1991, p.39) 이런 일련의 작업은 산업화로 인해 새로이 편성된 사회의 계층 구조 가운데 가장 다양하고 폭 넓은 색깔을 가진 중산층의 왜곡된 가치관에의 비판정신에서 연유한 것으로 보인다.
121) 박완서, 『휘청거리는 오후 上·下』, 창작과 비평사, 1977.

그녀는 舊式의 의식구조를 버리지 않는 아빠를 좋아한다면서도 아빠보다도 좋은 것이 "부자들만이 할 수 있는 부자들의 생활의 재미"라고 앙칼지게 내뱉는다. 뿐만 아니라, "여자는 시집갈 때밖에는 자기가 자란 고장의 울타리를 뛰어넘을 기회가 없다"며 막내동생에게 은근히 훈계까지 하고 나선다. 따라서 그녀의 첫 맞선이 불순한 의도에 의해 이루어진 사실에 대해 "언니는 일류 호텔 커피숍에서 맞선 보고, 해피(강아지 이름-인용자)는 가축병원에서 맞선 봤으니까. 그렇지만 맞선 보고 꼬리친 동기는 해피 쪽이 훨씬 더 순수했을 걸."하며 우희가 노골적으로 경멸을 표시할 때에도 별다른 심정의 동요를 보이지 않는다.

물신 숭배자의 반도덕성은 초희가 공회장과 결혼하기로 결심한 뒤 예전의 남자친구에게 처녀성을 바치는 장면에서 극대화된다. 사실 그녀가 황금의 절대적 숭배자가 된 배경에는 가난한 집안 사정 못지않게 대단히 극성스럽고 사물화되어버린 어머니의 황폐한 내면 풍경이 자리하고 있다. 초희의 어머니는 자기의 남편이 전직 교감이 아니라 교장이기를 내세우며, 소년공을 여남은 명 거느린 가내공업 규모의 공장의 주인 아저씨가 아니라 사원을 칠팔십 명 거느린 수출전망이 유망한 중소기업체의 사장이기를 희망한다. 그녀의 이와 같은 허세는 결국 남편과 딸을 파멸의 구렁텅이로 잡아끄는 악마의 손길과도 같은 것이다. 오로지 신분상승의 기대를 충족시키기 위해 공회장과 결혼한 초희는 서서히 자신이 이 집과 전혀 어울리지 않는다는 사실에 불안해 한다.

그러다가 괜히 이방 저방을 낯선 집 구경하듯 기웃대기 시작했다. 자기가 친정에서 해온 가구만이 유난히 눈에 띈다. 이제는 이 집에 본디부터 있던 가구와 어울려 놓일 데 놓여 자리가 잡히기 시작했는데도 그녀 눈엔 텃세에 밀려나 겉돌고 있는 것처럼 보인다. 그래서 대단치 않은 가구에 비정상적일만큼 강한, 거의 육친애와도 닮은 연민을 느낀다.

그녀는 방바닥에서 가구끼리의 이런 생생한 불화(不和)를 환각했고 그

러다가 어느 틈에 그녀의 가구와 한편이 되어 이 집의 묵은 질서에 맹렬한
적의를 품었다.　　　　　　　　　　　　(『휘청거리는 오후』 하권, p.178)

　　초희가 공회장의 집에 전부터 놓여 있던 가구에서 낯선 감정을 느끼고 자
신이 혼수로 해온 가구에서 육친애와 닮은 연민을 느끼는 것은 비로소 허식
의 가면을 벗은 정직한 내면과 조우함으로써 생기는 심리적 반응이다. "의붓
자식들과의 말없는 불화, 아직도 집안 구석구석을 완강하게 지배하고 있는
전처(前妻)의 취미, 가정부의 텃세, 금력과 정력만 있으면 어떤 여자고 행복
하게 할 수 있다고 믿어 의심치 않는 공회장의 여자에 대한 무지와 자기만족"
과 같은 결혼생활에서의 불안과 불만을 그녀는 약물에 의존하기도 하며 보
석에 남다른 집착을 보임으로써 잊으려 하기도 하지만 "팔자 늘어진 것들,
계집은 서방질하고, 서방은 계집질하는 것쯤이야" 하는 마담 뚜의 당돌한 말
에서 자신이 약물에 의존하지 않고도 불안감에서 해방될 수 있는 유일한 방
법이 김상기와의 재회에 있다는 사실을 깨닫는다. 그러나 그와의 재회는 초
희를 보다 빨리 파멸의 길로 이끄는 결정적 계기가 된다. 그녀는 김상기와의
부정한 관계가 탄로나자 공회장에게 내쫓김을 당하고 마침내 심한 정신분열
증세를 보이다가 정신병원에 입원하는 신세가 된다. 불안증세에 시달리다가
약을 달라고 애원하는 초희에게 건네는 아버지 허성 씨의 충고는 작위적인
느낌이 강하지만 이 작품의 주제에 해당된다.

　　『아무도 남의 고통에 대해 알 수는 없단다. 그러니까 고통만큼 확실한
　　자기 것도 없지 않겠니? 그런데 여지껏 넌 한번도 자기의 고통을 자기 것
　　으로 정면으로 받아들인 적이 없었다. 항상 응석으로 그것을 회피하는 게
　　네 버릇이었어. 너는 중학교 일차 시험에 떨어졌을 때도 과외공부 못한
　　탓, 과외공부도 못 시킨 가난한 부모 탓만 하면서 울었다. 그것도 결국
　　은 부모에 대한 응석이었어. 자기의 책임이나 실력부족을 인정하는 고통
　　을 회피하기 위한 응석이었어. 그래도 그때는 어리기나 했지. 자라나면서
　　도 넌 매사를 이런 식으로 해결하려 들었다. 심지어는 연애를 할 때도, 결

혼을 할 때도, 너는 현대의 연애풍조는 이러저러하니까, 현대의 결혼풍조
는 이러저러하니까 하는 식으로 사회 풍조에다 응석을 부렸지 네 자신의
주관은 없었다. 네가 진정으로 바라는 게 뭔가에 대해선 생각하려 들지
않았고 네가 진정으로 바라는 걸 찾아내려고 애쓰지도 않았다. 그저 쉬운
대로 응석만 부린 거야. 그러더니 나중엔 잘못한 결혼의 고통을 회피하기
위해 약(藥)에다 다 응석을 부렸구나. 약에다 다 응석을 부리다니. 하긴
너같은 응석꾸러기가 세상엔 많기도 많은가 보지. 응석받이용 약이 그렇
게 많은 걸 보면.』　　　　　　　　　　　(『휘청거리는 오후』, 하권, pp.260-261)

　　허성 씨의 딸에 대한 비판이 비록 정당하다 할 지라도 이 대목은 매우 희화
적으로 느껴진다. 왜냐하면 초희가 그 지경에 이르기까지에는 허성 씨의 확
고하지 못한 가치관도 적지 않은 영향력을 미쳤기 때문이다. 어쨌든 그가
딸에게 들려준 훈계의 말에는 이제까지 외면적 가치에만 집착해 온 자기 가
족에 대한 신랄한 비판의식이 내재해 있는 것은 분명해 보인다. 정상적인
방법으로 자신이 필요로 하는 것을 얻으려는 생각이나 모든 고통의 원인을
자신에게서 찾으려는 건전한 의식을 거부하고 밖에서 모든 것을 얻으려는
의타심 혹은 핑계의식에 대한 반성을 요구하는 허성 씨의 말은 이질감을 주
면서도 매우 확실한 주제의식으로 부각되고 있다.
　　그러나 허성 씨의 뒤늦은 자기 성찰은 딸의 미래에 별다른 영향력을 행사
하지 못한다. 뿐만 아니라 그는 막내딸 말희의 혼사 비용을 마련하기 위해
부정에의 유혹을 냉정히 거절하지 못한다. 허성 씨가 경영하는 공장의 공장
장격에 해당하는 차 씨의 "누구나 다 하는 거니까요. 보통 일인 걸요. 상식적
인 일이거든요. 누구나 다 하는 걸 우리라고 못하란 법이 어디 있어요?"라는
은근한 유혹을 자기 내부의 절규의 메아리로 받아들인 그는 부실공사에 공
모를 하고 마침내 그 사실이 탄로남으로써 쇠고랑을 차야할 형편에 이르자
자살한다. 허성 씨의 자살은 결국 그의 집안 전체의 몰락과 파멸을 암시하는
것이기도 하다.

허성 씨의 세 딸 가운데 물질만능적 사고에 침윤된 가장 대표적인 인물이 초희라면, 우희와 말희는 다소 건전한 의식을 소유했다고 보인다. 그러나 우희 역시 결혼생활을 하며 점차 속물적인 삶을 살아가는 점에 있어서 초희와 근본적으로 구별되지 않으며, 말희 또한 출세지상주의적 사고를 가진 애인과 과감히 결별하고 제법 순진한 청년과의 결혼에 성공하지만, 기울어가는 집안 형편으로서는 사치라고 할 수밖에 없는 외국유학을 결심하는 데서 그녀의 물질주의적 사고와 속물근성이 여지없이 폭로된다. 이런 점에서 보면 허성 씨 일가는 정도의 차이는 있으나 모두 현대 산업사회의 물질만능주의적 사고에 빠져 사회적 인간으로서 갖추어야 할 정상적인 가치관, 인생관을 상실한 채 떠도는 머리없는 군상들이라 할 수 있다. 작가는 바로 이러한 물질주의자들의 속물근성을 인생에 있어 가장 중요한 통과의례 가운데 하나인 결혼을 매개로 하여 통렬히 풍자하고 있다.

박완서의 또 다른 장편 『도시의 흉년』[122]은 6·25 전쟁 뒤에 졸부가 된 지대풍 일가의 물신숭배사상과 속물근성을 전통적 근친상간의 터부와 관련시켜 생생하게 묘사한, "70년대의 서울을 가장 다각적으로 탐색한 도시소설이다."[123] 남녀 쌍둥이로 태어나 할머니로부터 갖은 저주와 모욕을 받고 자라난 여대생 수연을 중심으로, 그의 부모와 언니, 그리고 쌍둥이 오빠 수빈의 행적이 서술되는 이 작품은, 한 가족의 몰락사를 그리는 외형 구조를 통해 서울의 타락상을 세차게 고발하는 데 그 주안점을 둔다.

이 작품에 등장하는 수연 일가의 의식을 지배하고 있는 것은 6·25 동란과 산업화로 갑자기 졸부로 성장한 이들에게서 공통적으로 보여지는 물신숭배사상과 속물근성이다.

특히 수연의 모친은 동란 중 양갈보를 거느려 돈을 번 여자답게 철저히

---

122) 박완서, 『도시의 흉년』 1-3부, 문학사상사, 1977-1979.
123) 姜仁淑, 「朴婉緖의 小說에 나타난 都市의 樣相(3)-『都市의 흉년』에 나타난 70년대의 서울」, ≪人文科學論叢≫ 제16집, 건국대학교 인문과학연구소, 1984, p.52

반도적적인 가치관을 가지고 있다. 가령 그녀는 색시 장사를 하는 것을 나무라는 언니에게, "이짓이 어때서. 내가 양놈하고 자기라도 했단 말유. 양놈하고 자는 애들은 따로 있어. 난 걔들을 쳐서 돈 버는데 어때? 하숙 치고 돼지 닭 치듯이 색시를 쳐서 돈 버는데 어때."라고 항변한다. 그녀에게 양갈보는 인간이 아니라 돼지나 닭같은 부의 원천이며, 따라서 양갈보들에게 연민의 정같은 것을 조금도 느끼지 못한다. 그녀에게 삶의 희열을 주는 것은 돈 버는 재미와 자식들이 일류학교에 들어가 사회적으로 성공하는 것이다. 그래서 그녀를 비롯한 모든 사람들이 광적으로 "경기"에 집착한다. 경기 중·고등학교를 거쳐 서울대학을 나오면 이 세상에서 가장 출세한 것이라는 도식적이고 출세지향적인 생각이 그들의 의식을 강하게 지배하고 있기 때문에, 특히 외아들 수빈이 엘리트코스에서 낙오되지 않도록 하기 위해 베푸는 그들의 정성과 집착은 곁에 있는 사람마저 소름돋게 만든다.

그녀의 아들에 대한 미련할 정도의 사랑은 수빈이 입대한 뒤에도 수그러들지 않는다. 이 세상을 지배하는 것은 결국 돈이라는 왜곡된 가치관을 가진 그녀는, 수연의 친구 아버지가 장성이라는 말에 솔깃하여 "와이로를 듬뿍 쳐서" 수빈을 편안한 곳에 배치받을 수 있도록 하라고 수연을 종용한다. 그러나 수연은 어머니의 의사를 철저히 배반하고, 50만원이란 거금을 아버지의 절름발이 첩의 출산비용으로 대 준다.

동대문 포목상을 경영하며 검사 사위를 맞아들이고, 쌍둥이 남매가 경기고를 나와 명문대학에 다니는 것을 자랑으로 여기던 김복실 여사가 파멸의 길로 접어드는 것도 모두 돈 때문이다. 즉 그녀는 경제적으로 무능한 남편을 성적으로도 무능한 남자로 위축시켰던 것인데, 지대풍 씨는 아내에게서 누리지 못했던 가장으로서의 권위를 '병신' 첩을 얻음으로써 보상받으려 했다. 그러나 절름발이 첩은 남편과 오빠와 공모하여 김복실 여사의 재산을 상당 부분 빼돌릴 뿐만 아니라, 자가용 운전사로 들어온 절름발이 첩의 오빠는 김복실 여사와 육체관계를 가짐으로써 도덕적으로도 완전히 파탄시킨다. 남녀 쌍둥이로 태어난 수빈과 수연이 장차 상피 붙을 지도 모른다는 강박관념 때문에 격리하여 자라게 했던 부모들이 정작 서로 기묘한 육체적 관계를 유지하는 것은 아이러니컬하다. 지대풍—절름발이 여자, 그녀의 오빠—김복실로 연결되는 관계는 명백히 비정상적이고 반인륜적이기 때문이다. 그들 사이의 복잡한 관계를 모르는 것은 김복실 여사 뿐인데, 지대풍과 절름발이 오누이는 그녀의 재산을 빼돌리고 자신의 축첩행각을 정당화시키기 위해 아내의 불륜을 방조하거나 그 행위에 적극 참여하는 파렴치한들이다.

수연의 언니 수희 역시 황금만능주의적 사고를 가지고 속물적 생활을 하는 데 있어서는 부모와 전혀 다르지 않다. 그녀는 동생들보다 학력이 낮은 콤플렉스를 극복하기 위하여 가난한 검사 후보자를 결혼 상대자로 택한다. 이들의 관계는 처음부터 돈과 권세가 교묘히 야합한 것으로, 현대인의 속악한 인생관과 애정관을 여실하게 드러낸다. 가령 수희는 "우리가 권세 좋아하는 거나 권세가 돈 좋아하는 거나 마찬가지야. 하나도 다를 거 없어. 서로 좋아하다 보니 서로 저절로 합쳐지게 되는 거야."라며 자신의 선택을 자랑하지만, 그녀가 말하는 결합은 인간 대 인간의 애정으로의 화합이 아니라, 물신 대 물신의 비속하고 천박한 야합이라는 데 문제가 있다.

『그럼 그 남자도 우리가 돈이 있다는 걸 의식하고 언니하고 사귀었을까? 처음부터.』

『그럴 걸. 그이가 얼마나 똑똑하다구. 인생설계가 꽉 짜여져 갖고 그대로 꼭 꼭 실현해 가며 살아온 사람이야. 보통사람하곤 달라.』

(중략)

『학벌도 수빈이처럼 일류로만 내리뽑았지만 수빈이하곤 또 달라. 말이야 바른말대로 말이지 너나 수빈이나 일류 갈걸 갔니? 순전히 엄마 극성하고 돈놀음에 그만큼 놀았지. 안 그래? 그러나 그인 달라. 의지의 사나이라구. 한번도 자기가 세운 인생계획이 어긋나 본 적이 없다니까.』

『그럼 돈 있는 여자하고 결혼하는 것도 그 남자의 인생설계 속에 포함되겠네?』

『물론이지, 그걸 말이라고 해.』

『언니는 그래도 모욕감도 안 느껴?』

『왜 모욕을 느끼니. 내가 돈이 없어 걷어채였으면 모를까. 나는 당당하게 부자집 딸인데.』

『천생연분이야.』

『그럼. 그이도 그랬어. 딴 직업과 달라서 정의를 지켜야 할 직업을 가지려면 부정에 유혹을 안 느낄 만큼 돈이 있어야 하는 것이 필수조건이라구. 그런데 그이넨 가난하거든. 그래서 부자집 딸에 눈독을 들인 게 뭐가 나빠?』

『그렇게 다 알면서도 정말 불쾌하지도 않아?』

『그이는 우리의 결혼을 사회 정의를 위한 결혼이기 때문에 가장 떳떳한 결혼이라고 그랬어. 정의를 위해···· 얼마나 좋아. 불쾌할 게 뭐가 있어.』

(『도시의 흉년』, 제2부, pp.17-18)

정의라는 가치개념이 속물들의 교활한 야합의 들러리로 내세워지는 사회는 분명 타락한 사회일 터이다. 그럼에도 수희는 전혀 모욕감도 느끼지 않으며 불쾌해 하지도 않는다. 오히려 그 말을 변질된 의미에 대해 심각하게 고뇌하고 구역질을 느끼는 것은 수연이다. 그녀는 자기 집안을 감싸고 있는 무서운 개인주의와 탐욕스러운 물질주의에 강렬하게 반발한다. 그리하여 그녀와 가족 사이에는 도저히 메꿀 수 없는 감정이 심연에 가로 놓이고 가족 끼리의 대화는 늘 겉돌게 된다. 지대풍 씨 가족의 대화가 정상적인 방향으로 흐르는 것은 돈과 출세에 관련될 때에 한정된다.

수희의 남편감인 서재호는 오로지 출세를 위해 수희를 선택한 속물의 전형이다. 서재호는 자신의 목적을 달성한 뒤 음흉한 함정을 파 수희를 거기에 빠뜨리고 이혼을 요구한다. 사랑의 감정이 결여된 채 돈과 권세를 얻기 위해 정략적으로 결혼한 현대 젊은이들의 맹목성과 지독한 개인주의가 드디어 비극적인 종말을 맞이한다. 그러나 이들의 결혼생활과 이혼의 과정에서 가장 쓰라린 패배자가 된 것은 수희 쪽이다. 그녀는 서재호가 쳐놓은 교묘한 덫에 걸려 간통을 하게 되고 무참히 쫓겨날 지경에 이른다. 결혼생활을 바위방석에 비유하는 그녀의 오열은 현대의 가정윤리와 애정관의 상실이 가져다 준 비인간화에 대한 처절한 통곡일 수밖에 없다.

수빈은 자기 집안의 속물적인 분위기에 넌덜머리를 내면서도 거기에 안주하려는 생각도 갖는, 이중적인 성격의 청년이다. 그는 사춘기에 접어들면서 쌍둥이 여동생 수연과의 상피 장면을 상상하며 괴로워하다가, 그녀의 손을 잡고도 아무런 감정이 들지 않자 안심한다. 그러면서도 어린 나이에 돈으로 여자를 사는 조숙성을 드러낸다. 그가 가난한 집의 딸인 순정을 좋아하는 것도 자기 집에서 찾을 수 없는 도덕적 순결성이라든지 가난한 사람 특유의 오기같은 것을 그녀에게서 발견했기 때문이라 보인다. 그러나 수빈은 가족 구성원 가운데 가장 따뜻한 심정을 가지고 있기도 하다. 그는 불행한 운명을 타고난 누이를 가장 가슴 깊이 이해하고 그녀를 사랑한다. 할머니가 버릇처럼 뇌까리는 상피의 저주에서 가장 커다란 시련을 받은 사람은 오히려 수빈이라 할 수 있다. 그는 그런 끔찍한 숙명에서 벗어나고자 탈선적 행동을 하기도 하고, 부모의 완강한 반대에도 불구하고 순정을 포기하지 않는다. 그러나 물욕과 권세욕의 노예가 되어버린 집안의 썩은 냄새를 말끔히 청소하고 새 단장을 하기에는 그의 역량이 너무 부족했던 것으로 생각된다. 그것은 어려서부터 할머니와 어머니로부터 과도하게 보호를 받고 응석을 피우면서 자란 젊은이로서는 당연한 자기한계일 수도 있다. 수연 못지않게 수빈 역시 물신화된 속물들의 추악한 이기심에 희생된 현대 젊은이의 표상이라 할 만하다.

지대풍 씨는 아내의 경제적 능력에 기죽어 지내다가 절름발이 첩을 본 뒤로 전혀 비도덕적이고 파렴치한 인물로 탈바꿈한다. 그는 아내의 위세에 눌려 있을 때에는 광대의 역할에 스스로 만족했으나, 가장으로서의 권위를 인정받을 수 있다는 사실을 깨달으면서부터, 집안의 재물을 빼돌리거나 심지어 아내의 간음을 방조하기도 한다. 따라서 그는 이 작품에서 가장 타락한 가치관을 가진 인물이라고 할 수 있다. 지대풍 씨 일가의 파탄이 극에 달하고 김복실 여사가 치매상태의 반 식물인간으로 전락하게 된 간접적 원인이 수연에게 있었다면, 정작 그들 가족을 질긴 인연의 끈에서 해방시켜 준 것은 지대풍 씨의 반도덕적인 행위였다.

수빈이는 순정과의 결혼을 막무가내로 반대하는 가족들에 대한 분노를 술로 달래고 들어와 방안 전체를 토사물로 뒤범벅해 놓으며 괴로워한다. 수연은 그를 찾으러 온 집안을 돌아다니다 지하실 차 속에서 "내가 이놈의 집구석에서 못 도망칠 줄 알구."하며 고통스러워 하는 수빈을 씻기기 위해 옷을 벗긴다. 그러는 과정에서 수연의 옷도 거의 벗겨져 반벌거숭이가 되었는데, 갑자기 차고 천장의 불이 환하게 밝혀지면서 모든 가족이 그 자리에 모여든다. 운전사 최씨(절름발이 여자의 오빠)에 의해 모여든 가족은 눈 앞에 전개된 광경을 보고 드디어 저주가 현실화되었다며 절망한다.

> 이런 우리를 지켜보면서 꼼짝도 안하고 굳어 있는 식구들의 모습은 하도 괴기하고 음산하고 악의와 저주로 충만해 있어서 영락없이 한폭의 지옥도였다. 식구들은 그 지옥도의 완벽한 구도를 위해 한 사람이 빠져도 한 사람이 더 있어도 안 될 것 같았다. 식구들 외에 손님 노파까지 끼어 있었지만 늘 식구들로부터 겉돌 때와는 딴판으로 없어서는 안될 지옥의 구성원이었다.
> 『하느님 맙소사. 세상에 이럴 수가…』
> 엄마가 진저리를 치면서 아버지의 가슴을 쳤다.
> 『그러게 내가 뭐라던? 남매 쌍둥이는 세상 없어도 상피붙는다지 않던. 이제 우리 집은 망했다!』
>
> (『도시의 흉년』, 제3부, pp.234-235)

위 인용은 지대풍 일가의 비극적 파탄을 가장 완벽하고 끔찍하게 드러낸 장면이다. 그러나 여기에는 아버지 지대풍 씨의 파렴치한 반도덕성과 물질적 노예가 된 운전사 최씨의 음흉한 계략이 악마의 발톱처럼 감추어져 있다. 이런 끔찍한 일이 생긴 다음날, 지대풍 씨는 절름발이 여인에게로 가고 최씨는 어머니와 불륜의 관계를 갖는 데서 이들의 반인륜적 행위는 클라이막스를 이룬다. 특히 지대풍 씨는 자신의 약점을 알고 있는 수연을 누구보다 가혹하게 매질하고, 수연이 아내와 함께 첩의 집에 찾아오자, "자네, 자네 죄를 이제야 알겠나. 아무리 똥묻은 개가 겨묻은 개 나무라는 세상이라지만, 그래 서방이 시퍼렇게 살아있고, 자식이 다 자라 손자 볼 날이 내일 모레인 유부녀가 서방질을 밥먹듯이 하고는 무슨 낯짝으로 시앗을 잡으려고 하느냐 말야." 하고 의기양양해 한다. 그는 자신의 무능력함을 아내 탓으로 돌리다가, 마침내 아내에게 보복을 하기 위하여 가족이라는 소중한 인연의 끈을 냉정하게 잘라낸 파렴치한이다. 따라서 수연을 비롯한 가족 구성원들에게 닥친 모든 비극의 원인을 광대 노릇에 만족하던 지대풍 씨가 무대의 주역으로 발돋움하려 일탈행위를 한 데서 찾을 수 있다.

수연의 어머니가 그토록 지독한 물질만능주의자이며 속물이 된 것도 따지고 보면 경제적으로 전혀 무능한 남편을 두었기 때문이며, 수빈과 수연이 근친상간의 저주에서 괴로워했던 것도 지씨 집안의 내력과 깊은 관련이 있다. 그는 가장과 남편으로서의 역할 가운데 어느 한 가지도 성실하게 수행하지 못했으면서, 말년에 추악한 이기심에 빠져 가족 전체를 지옥으로 밀어넣었다.

『도시의 흉년』이 표면적으로 드러내 보인 주제는 한국의 근대화·산업화에서 파생된 물질만능주의 및 도시인들의 속물근성에 대한 냉혹한 비판이다. 이 작품의 등장인물은 거의 대부분이 비정상적인 애정관을 가지고 있거나 왜곡된 인생관으로 살아간다. 결국 이 작품은 "먹어라 먹어"밖에 모르는 모정, 계산이 앞서는 남녀간의 애정, 잘 산다고 뽐내고 못 산다고 기죽은 허세와 비굴…이런 원시적 본능과 열등감과 배금주의와 권력 만능주의 속에서 굴러 오고 외형만 비대해진 오늘의 한국문명[124]에 대한 통렬한 비판과 고발

---

124) 김우종, 「한국인의 유산과 그 미망」, ≪세계의 문학≫, 1978. 봄. 삼인행작가연구, 『박완서論』, 삼인행, 1991. p.265에서 재인용.

을 담고 있다. 작가 박완서가 파악하고 있는 1970년대 서울의 분위기는 긍정적인 면보다 부정적인 면이 압도적으로 우세한 곳이다. 예컨대 이 작품에 묘사되고 있는 서울은 1) 교통의 복잡화에 따른 狂氣와 파렴치성, 2) 思考와 주거양식의 획일화 현상, 3) 광란적인 宴樂과 쾌락주의, 4) 부르죠아의 속악성과 프로레타리아의 교활성, 5) 이기주의와 가정 붕괴, 6) 제도의 불합리성과 인간 소외현상, 7) 규범의 붕괴와 풍속의 무정부 상태, 8) 물량주의와 공리적 인생계획 등125) 산업화의 부정적 양상을 골고루 간직하고 있는 공간이다. 그곳에서 살아가는 현대 도시인은 전통적인 윤리관을 헌신짝처럼 내팽개치고 서구의 타락한 물질주의와 배금주의의 철저한 신봉자가 된다.

지대풍 씨 일가를 감염시키고 있는 이러한 물신숭배사상과 속물근성이 서구에서 유래되었기에 비난받는 것이 아니라, 우리의 전통적 가치관과 적절한 화합을 이루지 못한 상황에서 가장 밑바닥의 속악한 가치관을 여과없이 받아들였다는 데 있다. 과거와 현대의 공존, 전통적인 것과 舶來的인 것의 조화로운 결합이 이루어지지 못한 상황에서의 산업화가 초래한 비극은 한 가정이 파탄으로 귀결되는 게 아니라, 보다 넓게 서울 전체를 흉년이 든 불모의 한발지역으로 몰아가는 것이다. 그리고 그것은 주로 황금과 비정상적인 섹스관계를 통해 형상화되고 있다는 점에서 현실의 실상을 생생하게 제시하고 있다. 지대풍 일가는 선조 때부터 근친끼리의 성관계에 대하여 남다른 상처를 가지고 있다. 이 사실은 작품의 결말 부분에서 수연의 대고모에 의해 서술되고 있지만, 실제로 이들 가족 사이에 부도덕한 성관계를 경험하지 않은 사람은 하나도 없을 정도이다. 수연은 서재호의 위선을 발가벗기기 위해 그를 유혹했다가 처녀를 잃고, 수빈은 상피의 저주에서 벗어나기 위해 창녀를 산다. 또한 지대풍과 김복실의 불륜의 행각, 수희의 함정에 빠진 간통행위 등 하나같이 왜곡된 성에 의해 지배당한다. 황금과 섹스가 현대사회의 타락상을 규정짓는 중요한 요인 가운데 하나라는 것을 생각한다면, 이들 작중

---

125) 강인숙, 앞의 글, p.72

인물의 파행적 행위를 통해 작가가 무엇을 드러내려고 했는가는 분명해 보인다. 그것은 한 개인의 타락이고, 한 집안의 파멸이며, 도시 전체가 썩어가고 있는 증세이고, 나아가 한국 사회 전체가 산업화의 종창에 감염되어 혼탁하게 괴멸되고 있다는 충격적 고발이다.

서정인의 「원무」[126]는 현대사회의 병리적 징후를 가장 단적으로 드러내는 인물들이 서로 얽섞이는 관계를 순차적으로 묘사하면서 인간성의 파탄을 그린 작품이다. 모든 사람들에게 사랑을 받으며 자란 원희는 심리적 혼돈을 겪는 순간에 탈영병 일호를 만나 육체관계를 맺는다. 그러나 이들 사이에는 어떠한 사랑의 감정도 샘솟지 않는다. 일호는 충동만이 유일한 행동의 원칙인 정신적 미성년자이기 때문에, 두 사람은 육체적 탐닉을 통해 정신적 구원을 얻지 못하고 헤어진다. 원희에게 버림받은 일호는 간호원 순이와 하룻밤을 보내게 되는데, 그녀는 자기 동생의 담임인 윤두석과 관계를 갖는다. 윤두석은 자신이 이 세상에서 가장 위대한 시인이라는 망상을 사실로 착각하는 사이비 시인이다. 그는 詩作 授業을 구실삼아 순이와 관계를 유지하려 하지만, 그들의 희극적 관계도 끝을 맺고 그는 다시 같은 학교 동료인 정삼화를 만난다. 정삼화는 출세욕에 사로잡힌 약혼자 석민에게서 버림받은 여자이다. 석민은 자신의 출세를 위해 부친이 변호사이고 백부가 유력한 경제인인 원희를 선택하기 위해 정삼화를 버렸다. 이렇게 하여 원희에서 비롯된 인간관계가 다시 원희로 돌아오는 연쇄 순환적 관계가 끝을 맺는데, 이들은 하나같이 도착적이고 물신 숭배자이며 개인주의에 물든 속물들이다. 특히 석민은 자신의 출세를 위해 약혼녀를 버리고 얼토당토 않은 궤변으로 자기를 합리화하는 대표적인 속물이다.

『(…)저는 속물을 아주 싫어했습니다. 그리고 그 싫어함에는 지금도 아무 변화가 없습니다. 다만 속물에 대한 저의 해석이 조금 달라졌을 뿐입니

---

126) 서정인, 「圓舞」, ≪창작과 비평≫, 1969, 봄.

다. 사실 어떤 현상에 대해서 항상 같은 견해를 가질 수는 없는 법입니다. 배타적이고 독선적인 것만이 속물이 되지 않는 길이라고 생각했던 적도 있었습니다. 그러나 어찌 세상을 살아가는 길이 그것뿐이겠습니까. 주어진 기회를 최대한으로 이용하고, 그 결과의 성패에 대해서 노심초사하며, 타협적으로 겸허하게 살려는 노력이야말로 얼마나 인간적인 것입니까? 그것이 만일 속물이라면, 저는 즐거이 속물이 되겠습니다. 인간적인 것, 진실로 인간적인 것이야말로 어떠한 댓가를 치루고라도 추구할 만한 가치가 있는 것입니다. 저는 그렇게 생각합니다. 어떤 명제도 인간상실을 정당화할 수는 없습니다.』
(「원무」, p.50)

위 인용문은 석민이 원희에게 들려준 말로서, 그의 인간성과 가치관을 명료하게 드러내주는 대목이다. 그는 속물을 가장 싫어한다면서도 누구 못지 않은 속물이다. 그러면서도 그것을 전혀 그럴 듯하지도 않은 요설로써 합리화한다. 그는 기묘하게도 속물적인 것과 인간적인 것을 등치시키면서 자신의 속물근성을 은폐하고 있는데, 그 자신이야말로 인간성 상실의 대표자라는 점에서 작가의 의도가 무엇인지 분명해진다.

송원희의 「사람대신 얻은 것」[127]은 과외수업으로 물질적 부를 쌓아 중산계층으로 신분 상승한 한 교사가 자기가 소유한 자가용에 치어 죽는다는 아이러니컬한 사건을 다루고 있다. 그는 교사로서의 사명감을 버리는 순간, 물신숭배자로 탈바꿈하면서 비정상적인 방법으로 황금을 찾아 헤맨다. 그 결과 당시로서는 드물게 마이카 족으로 편입되는 기쁨을 누리지만, 그것 때문에 생명을 잃는 어처구니 없는 사고를 당한다. 이 작품은 전통적 가치관이 실종된 상황에서 산업사회의 물질적 풍요에 눈 먼 현대인의 비극을 고발하고 있다.

김주영의 「貳章童話」[128]은 가문 좋은 신부와 돈 많은 남자를 낚아 신분상

---

127) 宋嫄熙, 「사람대신 얻은 것」, 《현대문학》, 1977.8.
128) 김주영, 「貳章童話」, 『여름사냥』, 榮豊文化社, 1976.

승을 꿈꾸던 남녀가 엉뚱한 상대를 만나 희망이 좌절되는 이야기를 다루고 있다. 이 작품의 남녀 주인공(한심이와 장손이)은 황금만능, 출세제일주의에 감염된 전형적인 속물들이다. 가령 한심이는 작부생활을 청산하고 식모 생활을 하며 주인집 남자를 유혹하려다가 거꾸로 그 집 아들에게 몸을 버림으로써 자신의 의도가 좌절된다. 또한 장손이는 여대생이라 생각하고 많은 투자를 하여 유혹한 옥자가 사실은 재수생이었다는 사실에 아연해한다. 작가는 도시 하층민의 무분별한 신분상승에의 욕망을 신랄하게 야유하고 있는 것 같지만, 실제로 비판과 풍자의 대상이 되는 것은 상류계층의 속물근성이다. 한심이는 주인 집 아들에 의해 자신의 계획이 무산되며, 장손이 역시 자기와 별로 다르지 않은 옥자에게 속는다. 이것은 결국 이 세상에는 뛰는 자 위에 나는 자 있으며, 어설프게 뛰는 흉내를 내려는 계층은 나는 자들의 음흉한 고단수 계략의 희생자가 될 뿐이라는 사실을 풍자하고 있다. 이밖에, 서울에서 특정한 직업없이 돌아다니다 돈만 털리고 고향에 돌아와 순박한 시골사람들을 이용해 한몫 챙기려다 어이없이 무너지는 이야기의 「무등타기」, 승진을 바라고 갖은 우여곡절 끝에 비행장을 유치하지만 그 땅을 과수원으로 만들 속셈을 가진 군수에게 농락 당하는 면장의 이야기를 다룬 「비행기 타기」 등에서 보여지는 것도, 과거의 인정주의를 상실하고 갈수록 삭막해지고 삶의 근거마저 흔들리는 현대의 속물적 세태에 대한 날카로운 비판이며 신랄한 냉소이다.

어른들의 추악한 개인주의와 속물근성이 천진한 아이들의 세계에까지 깊숙이 침투하고 있는 오늘날의 병든 현실을 문제삼고 있는 박경수의 「고향의 어른들」[129]도 주목할 만하다. 이 작품은 초등학교의 반장 선거를 통해 오늘날의 정치풍토, 좀 더 구체적으로 말하면 선거제도라는 민주주의의 기본 제도가 얼마나 타락되어 있으며 또한 그것이 한 개인의 물리적 욕망과 힘에

---

129) 朴敬洙, 「고향의 어른들」, ≪신동아≫, 1974. 2

의해 오염될 수 있는가를 성찰하게 한다. 한편, 이 작품에는 교육 현장에서 벌어지는 부패의 실상에 대한 고발이 함축되어 있는 듯하다. 국회의원의 아들을 반장으로 당선시키기 위해 치맛바람이 기승을 부리고 심지어는 담임까지도 그 편에 서서 아이들을 회유하려 든다. 그리하여 조직적인 부정에 의해 국회의원의 아들이 반장으로 당선되지만, 아이들이 거세게 항의함으로써 재선거가 치러지고 당선자가 바뀐다. 그러나 어른들의 횡포는 거기에서 그치지 않고 반장으로 당선된 아이를 다른 학교로 전학가게 함으로써 자신들의 목적을 달성한다. 박경수는 오늘날의 모든 부패와 타락의 근본원인을 기성층의 부도덕하고 이기적인 가치관에서 찾고 있다. 그들은 자신의 목적을 달성하기 위하여 수단과 방법, 대상을 가리지 않으며, 자신의 신분과 권력을 최대한 악용한다. 더군다나 이 작품에 등장하는 성인의 신분이 국회의원, 초등학교 교사라는 사실은 더욱 충격적이다. 작가가 바라보는 현실은 사회의 상부구조부터 완전히 썩어 치유 불가능한 단계인 것이다.

물질적인 것에 최상의 가치를 부여하는 물신숭배 사상은, 상품의 사용가치보다 교환가치를 훨씬 중요한 것으로 여기는, 자본주의 사회의 한 특징적 양상을 여과없이 드러내는 것이라 할 수 있다. 인간 본래의 가치가 중시되는 사회에서는 사용가치가 훼손되지 않으며, 인간과 자연이 혹은 인간과 상품이 조화로운 동화의 관계를 형성한다. 그러나 인간의 노동마저 상품화의 도구로 전락되는 사회에서 인간은 자기를 잃어 버리고 상품의 물신화에 의해 철저히 소외되기에 이른다. 최일남·박완서·김주영·서정인·송원희 등이 보여준 작품의 세계는 바로 물질적 가치의 지배에서 벗어나지 못하는 무인격적인 인간의 초라하고 추악한 모습이다. 이들의 소설은 산업화에 의해 마멸된 인간 본성을 여지없이 드러냄으로써 왜곡된 가치관에 감염된 현대인의 건조한 의식을 맹렬하게 질타한다. 최일남과 박완서의 작품이 단순한 세태 풍자에 머물고 말았다는 부정적 평가가 없는 것은 아니지만, 현실의 化膿 부위를 스크린 없이 적나라하게 보여준 그들의 작가적 역량과 비판적 현실의식은 높이 살만하다. 더군다나 그들은 인간적 삶의 마지막 보루라고 할 수 있는 가정마저 급격히 파괴되어 가는 자본주의적 가부장 제도의 어두운 이면을 낱낱이 해부하여 보여줌으로써 정작 우리가 눈여겨 보아야 할 시점에 서 있음을 각성시키고 있다.

극도의 개인주의적인 생각으로 가족 전체를 파멸의 구렁텅이로 몰아 넣는 지대풍(『도시의 흉년』), 출세지향적 사고로 자신의 속물 근성을 합리화하는 석민(「원무」), 아들을 반장으로 만들기 위해 성인사회의 추악한 현실을 그대로 감염시키는 「고향의 어른들」의 국회의원 등은 우리 사회에서 그리 낯설지 않은 부정적 인간형들이다. 이들에게는 인간끼리의 도타운 정을 주고 받으며 살아가던 과거의 삶은 전혀 무의미한 것으로 인식된다. 그들은 오직 황금과 쾌락만이 가치있는 것일 뿐이며, 따라서 이것을 추구하기 위해서라면 얼마든지 타락할 수 있는 속물들이다. 70년대 작가들이 이들의 속물 근성을 가차없이 공격한 것은, 산업화로 오염된 인간 본성의 현실을 정확히 통찰한 결과이며, 더 이상 인간성이 훼손되지 않기를 바라는 휴머니즘의 발로이다.

(2) 家父長的 權威의 崩壞

현대 산업사회에 있어서의 가치관의 문제는 주로 물질주의와 개인주의에 관한 것으로 집약된다. 그러나 70년대의 우리나라는 아직도 산업화의 과정에 있기 때문에 사회구조와 국민 대다수의 의식을 지배하고 있는 전통적 사고체계 사이의 가치관의 혼란문제가 도드라진다. 이것은 전통적 가치관의 전승이 제대로 이루어지지 않은 상황에서 수입된 서구의 물질주의적 가치관이 서로 마찰을 일으킴으로써 파생된 것이다.

산업화로부터 비롯된 과학기술의 발달은 인간이 전통적으로 추구해 왔던 기본가치의 밑바탕을 송두리째 흔들어 놓았다. 그것은 절제와 금욕주의적 윤리관을 생활신조로 삼으면서 정신적 가치를 소중한 것으로 여기고 살아가는 사람들에게, 극도의 개인주의와 무한정의 욕구 개발에 의한 물질지향적

인생관을 갖도록 부추겼다. 그러나 서구 산업자본주의 사회에서의 물질주의는, 막스 베버M.Weber가 지적한 것처럼, 프로테스탄트의 윤리에 의해 지배되고 규제되는 것이었다.130) 서구인들에게 있어서는 물질적 부의 추구 과정이 종교적 소명의식에 의해 자신의 직업에 전념하고 근면·절약·근검이라는 생활신조를 실천하는 과정에서 이루어지는 것이었기 때문에, 단순한 물질추구의 욕망에 의해 지배되는 것과는 근본적으로 차이가 있다. 그럼에도 불구하고 사업화가 성숙단계로 접어들면서 물질적 부의 경쟁적인 축적과 과시적 소비가 세속적 가치관의 骨幹을 형성하게 되었다. 이에 따라 과거 프로테스탄트의 윤리에 따라 검소한 생활을 영위하던 중산층의 문화가 쇠퇴하면서 소비지향적·쾌락주의적·개인주의적 가치관이 현대인의 의식을 지배하게 되었다.

우리나라는 전통적으로 성리학이 표방하는 금욕주의적 가치관의 깊은 영향권에 놓여 있었다. 유교적 정신의 밑바탕이 되는 삼강오륜은 가정과 사회 질서를 확립하려는 규범으로서의 실천 도덕이며, 가족중심적이고 가족 윤리의 토대 위에 세워진 동양적 도덕 규범이다. 仁·義·禮·智·信의 인격적 완성을 지상 목표로 가르친 유가사상이 인간관계에서 가장 중요한 덕목으로 내세운 것이 忠·孝·悌이며, 그 가운데 으뜸되는 덕목은 효였다. 삼강오륜에서 효의 실천적 덕목은 〈父爲子綱〉 혹은 〈父子有親〉으로 나타난다. 이것은 아버지의 절대적 권위와 무조건적 사랑을 전제로 하며 동시에 자식의 효도가 당연한 의무라는 사실을 환기한다. 즉 〈父慈子孝〉의 내재적·자율적 의무로서 강제가 수반되지 않는 자유의지를 전제로 한 도덕적 의무조항이다.

산업화에 따른 물질주의 혹은 개인주의는 전통적인 가족관계의 붕괴를 초래하였다. 가부장적 질서를 앞세운 전통적 대가족 제도는 도시화·산업화에 의해 핵가족 제도로 서서히 변모를 보였고 이런 과정에서 가장의 권위는 현저히 약화되기에 이르렀다. 이른바 사회해체 혹은 아노미Anomie 현상이 사회

---

130) 임희섭, 앞의 책, p.56

를 지배하게 되면서 사회는 상실적 위기를 맞게 된다. 개인적 해체나 집단적 내지는 사회적 해체는 방향 상실·목적 상실·사명감 상실·귀속감 상실· 책임 상실·윤리의식 상실·권위 상실·일체감 상실[131] 등 사회 윤리의 급격한 변화와 타락을 야기시킨다. 가정에서는 재래적 의미의 父親像이 훼손됨으로써 전통적 효 개념은 증발되어 버리고 이기주의와 개인주의가 가족 관계를 지배하게 된다. 거기에는 인간이 혈연적으로 기대할 수 있는 게마인샤프트적인 인간 관계의 소멸과 그것을 야기시키고 있는 산업사회의 即物主義가 숨어 있다.[132]

전통적 가족 관계는 숙명적인 인연의 끈으로 이어져 있는데, 이것은 퇴니스Tönnies의 이른바 게마인샤프트(共同社會)적인 세계인 동시에 자기 생명 확장의 일차적 연계가 가능한 세계이다. 그러나 전통적인 유교 윤리와 서구적인 개인주의가 혼합된 현대 산업화사회에서 양자는 화해로운 조화를 이루지 못하고 물과 기름처럼 서로를 배척한다. 이제까지 절대적 가치로 여겼던 규율과 관습이 갑작스럽게 무너짐으로써 생기는 갈등현상을 사회학자들은 〈급성 아노미〉로 규정하며, 유교적 규범과 민주적 규범이 따로 놀 때 〈복합 아노미〉 현상이 발생한다고 주장한다. 이런 부정적 징후들은 인간의 정상적이고도 친밀한 유대 관계를 거의 불가능한 것으로 만들며 각 개인은 자신의 권리만을 고집하는 책임의 진공상태, 혹은 무엇이 올바른 가치인지 식별하기 곤란한 정신적 무질서 상태를 경험하게 된다.[133]

---

131) 경희대학교부설 인류사회재건연구원 편, 앞의 책, p.181
132) 김주연, 「산업화의 안팎—70년대 신진 소설가의 세계」, 『김주연평론문학選』, 문학사상사, 1992. p.312
133) 우리나라의 가치관의 혼란이 이처럼 극심한 변모를 보이게 된 까닭은, 서구의 물질주의적 가치관을 통제하고 규제할 만한 강력한 윤리적·도덕적 기반을 갖지 못한 채 진행되었다는 점, 인륜과 도덕을 숭상하던 훌륭한 전통문화를 부정적인 시각에서만 보아왔던 점 등에서 찾을 수 있다. (임희섭, 앞의 책, p.57 참조) 말하자면 자기 것에 대한 극도의 혐오사상과 박래된 것에 대한 무분별한 선호사상이 정신차릴 틈도 없이 빠르게 진행된 산업화와 결탁함으로써 개인·가정·사회·국가를 지탱해 나갈 가치관이 증발되고 말았던 것이다.

유교적 가치 체계를 충실히 따랐던 노인 계층은 급격하게 변화하는 새로운 윤리 체계에 적응하지 못한 채 가정과 사회에서 서서히 소외당한다. 그들은 이제 한 가정의 어른으로 존경받기는 커녕 젊은 부부의 자유로운 삶을 방해하는 천덕꾸러기로 배척의 대상이 된다. 이에 따라 지난날 극도의 궁핍 속에서 이루어졌던 부모의 遺棄, 이른바 〈高麗葬〉의 폐습이 현대 산업화 사회에서 다시 모습을 드러낸다. 그들은 생산력이 거세된 노인의 입을 줄이려는 경제적 원리에서가 아니라 핵가족화된 가족 공동체의 안락함에 대한 방해꾼이라는 이유로 부모를 버린다. 최인호의 「돌의 肖像」과 전상국의 「高麗葬」은 현대판 고려장의 악습을 통해 산업주의나 도시주의 지향의 사회가 지닌 전통적 가치관의 파괴 및 가족의 핵화로 인한 가족 공동체적 의식의 해체, 프라이버시의 침해를 받지 않으려는 공리적인 현대인의 삶의 닫힘과 도시의 공간적인 安住 부재 및 도덕의 불모화와 그런 범죄에 연루된 현대인들의 공범성에 대한 비판을 암시하고 있는 작품[134]이다.

「돌의 肖像」[135]은 이중으로 버려지는 노인의 비극적 노년을 그림으로써 현대인 모두가 고려장의 공범자라는 사실을 일깨우고 있다. 직업 사진가인 화자는 어느 화창한 봄날 창경원에서 버려져 있는 노인을 발견하고 단순한 동정심으로 집에 데려온다. 그러나 정작 노인을 집에 데려가기로 마음먹는 순간 화자는 노인에게서 "돌의 무게와 같은 부담"을 느끼며 자신의 사려깊지 못한 행동을 자책한다.

> 함부로 굴러다니는 돌들은 그러나 수백 년을 두고 흘러내리는 물에 의해 각(角)을 잃고 부드러운 곡선을 그리고 있었다. 돌들은 하나같이 성난 모서리를 잃어버리고 분노의 각을 상실하고 있었다. 수백 년 동안 지층의 밑바닥에서 엄청난 무게에 짓밟히고 억눌린 흙이, 안으로 딱딱하게 응결된

---

134) 이재선, 「도시공간의 시학」, 앞의 책, p.290
135) 최인호, 「돌의 肖像」, 『제삼세대한국문학』 7권, 삼성출판사, 1983에서 재인용.

분노와 고통으로 마침내 변화를 보여 시퍼런 적의를 보이며 생성된 돌들은 그러나 이미 자연이 주는 비와 바람, 세월과 물, 그런 집요한 애무의 혀로 침묵하고 있었다.

(「돌의 초상」, p.313)

가정과 사회에서 버려진 노인에게서 돌의 이미지를 발견한다는 것은 매우 중요한 의미를 내포하고 있는 듯하다. 인용문에서 묘사되고 있는 돌의 형성 과정은 그대로 파란곡절의 현대사를 굴욕적으로 감내해 온 한국 노인층의 삶과 일치한다고 할 수 있다. 한국의 노인세대는 일제 치하와 6.25의 비극적 역사를 견뎌오면서 오직 자식들만은 폭력과 억압이 사라진 세상에서 살아갈 수 있게 되기를 고대했던 것이다. 자신의 모든 것을 희생하며 자식을 길러낸 노인세대는 바로 자기의 자식들에게 버림받고도 어떠한 분노의 감정도 내비치지 않는다. 그들은 이미 인간의 원초적 감정마저 상실한 화석과 다름없는 존재이며 자신의 비극적 말년을 돌과 같이 묵묵한 인내로 감수한다. 그는 철저히 자신을 숨기는데 망녕이라 불리는 노인의 치매 증세는 매우 효과적인 자기보호장치로 이용된다. 그가 하는 말은 전혀 앞뒤가 맞지 않으며 식욕과 배설욕의 본능적 욕구만을 정상적으로 표현할 뿐이다. 이런 노인을 경희는 본능적 모성애로 감싼다. 그녀는 노인의 배설물을 깨끗이 처리하고 목욕을 시킨 뒤 자장가를 불러 주어 잠들게 한다. 이런 보호 본능은 그녀의 직업인 간호원이라는 것과는 전혀 무관하다. 그녀가 그토록 자상하게 노인을 돌보는 이유는 오히려 낙태시킨 자신의 아이에 대한 연민의 정이 작용했기때문이라 풀이하는 것이 옳다. 그것은 경희가 부르는 자장가를 들으며 "그녀가 한때 지운 낳지도 못한 아이를 잠재우려는 자장가 소리처럼 들렸다."라는 화자의 고백에서 보다 분명하게 확인된다. 모처럼 인간적인 정을 피부로 느낀 노인은 그동안 감추었던 공격성과 복수심리를 드러낸다. 그것은 화자와 경희가 직장에 출근한 사이에 종이, 식탁보, 인형의 목, 경희의 원피스, 아파트 복도의 꽃을 모두 잘라버리는 가학적 행위로 나타난다. 노인의 이런 행동은 "새로운 생명들이 자기처럼 참담해지는 것에 대한 자기 반사적 거부나 또는 자기를 버린 자식(아들·며느리)들에 대한 잠재적 보복을 발산한 제거 행위 또는 공격성"[136]이라 할 수 있다. 노인의 가학적 공격성을 확인한 화자는 노인을 다시 제자리에 갖다놓을 결심을 한다. 그리하여 그는 "미로이며, 정글이며, 늪이며, 숲이며, 계곡인" 도시의 한복판에 노인을 재차 遺棄하면서 옛날 고려장의 풍습을 떠올린다. 그것은 "갓 아이를 낳아 젖이 퉁퉁 불은 아낙네의 젖무덤을 아기는 젖혀 놓고 서방이 대신 빨아 먹어 아기는 백일도 되기 전에 굶어 죽었지만 대신 남편은 젖살이 올라 온 몸이 부옇게 살찌는" 약육강식의 비정한 세계이다. 그곳에서 인연의 끈은 전혀 무가치한 것으로 취급되며 극단의 이기주의가 횡행할 뿐이다. 화자는 노인을 성당 입구에 버려두고 몸을 돌린다. 그때 노인이 문득 화자의 손을 잡는다.

> 그때였다. 앉아 있던 노인네가 웃으면서 내게 손을 내밀었다. 나는 놀라서 이것이 무슨 뜻인가 잠시 생각해 보았다. 왜 노인네가 손을 내밀었을까. 무엇인가 좀 달라는 손짓이었을까. 아니면 악수라도 하자는 손짓이었을까.
> 나는 어리둥절해서 노인의 경직된 손을 가만히 내려다 보았다.
> 나는 조용히 손을 내밀어 보았다. 내 손을 노인의 손이 마주 잡았다. 생각보다 따뜻한 손이었다. 나는 갑자기 무서워져 손을 빼었다. 그리고 노인의 얼굴을 보았다.
> 노인은 연신 천진하게 웃고 있었다. 그러나 분명 그 손짓은 얼굴의 표정과 다른 무엇이 있었던 것으로 나는 느껴졌다.
> 노인의 저런 천진스런 백치의 표정은 어쩌면 위장된 표정이며 저 종잡을 수 없는 대화들 역시 꾸민 말인지도 모른다는 생각이 내 머리를 때렸다.
> 노인은 어쩌면 분명한 이성을 가진 사람이 아니었을까.
> 단지 그것을 살아오면서 습득한 현명한 지혜로 위장하고 숨기고 있는 것이 아닐까.
> (「돌의 초상」, pp.357-358)

---

136) 이재선, 앞의 글, p.290

지금까지 돌과 같은 완강한 침묵과 거부의 자세를 보였던 노인이 자기를 버리는 화자에게 천진한 웃음과 함께 내민 따뜻한 손의 의미는 무엇인가. "그것은 용서의 의미가 아니었을까. 모든 것을 받아들이는 돌의 침묵으로 내밀던 노인의 딱딱하게 굳은 그 손은 이미 우리의 모든 것을 용서해 주겠노라는 의미의 손짓이 아니었을까."라고 화자는 생각한다. 그렇다. 그것은 분명 낳아 길러준 부모를 버린 자식을 마지막 순간까지 용서하고 받아들이는 바다같은 어버이의 사랑이다. 어버이는 자식의 파렴치한 불효마저 넉넉한 마음으로 이해하고 용서하는 것이다. 따라서 그것을 화해라 이름붙일 수 없다. 왜냐하면 화해란 양자간에 감정의 일치를 보일 때 비로소 성립되는 심리 기제이기 때문이다. 그러나 부모를 버린 자식은 아버지에게 용서를 구하지 않는다. 그는 뻔뻔스럽게 부모를 잊은 채 관능적 쾌락의 늪으로 빠져든다. 용서는 부모의 몫이지 자식의 몫은 아닌 것이다.

　「돌의 초상」은 부모를 유기하는 현대 도시의 비정한 삶의 풍속 제시를 통해 부모와 자식간의 혈연적 유대 관계마저도 차가운 돌처럼 변질되어 버린 도시의 비정한 풍속을 고발하고 있다. 이 작품에서 경희는 끝까지 모성적 보호 본능을 버리지 않는데, 이것은 극도로 개인화된 도시적 살풍경을 따뜻이 감싸안아 인간적인 정이 흐르는 인간 관계를 회복할 수 있는 유일한 방법이 모성의 회귀라는 점을 시사하고 있는 듯하다. 그것은 경희가 임신한 아이를 지운 것에 본원적 죄책감을 느끼고 있으며 그 보상행위로써 노인을 극진히 돌보려 했다는 사실과도 일맥상통한다. 그녀는 아이를 잃었지만 다시는 소중한 생명을 버릴 수 없다는 굳은 신념을 가지고 있는 것 같다. 이런 점에서 작품의 결말에 보이는 그녀의 "우린 죄를 지었어요. 우린 나쁜 사람들이에요."라는 절규는 바로 이 작품의 주제에 해당하는 메시지이다.

　전상국의 「고려장」[137)은 표제에서 분명히 암시되고 있는 것처럼 현대판 고려장을 다룬 소설이다. 그러나 이 소설이 갖는 문제점은 주인공의 노모

유기가 도덕적으로 지탄받을 수 있는 것인가를 근본적으로 회의하는 데 있다. 또한 흔히 현대병으로 불리는 노인의 노망 혹은 소외감이 이 작품에서는 전혀 문제되지 않는 사실에도 주목할 필요가 있다. 老母의 광기는 과거의 쓰라린 경험에서 비롯된 역사적 의미를 지닌 것이지, 현대 노인이 보편적으로 앓는 단순한 치매증상과는 근본적으로 다른 것이다.[138] 해방이 되던 해에 주위 사람의 오해로 남편을 잃은 그녀는 전쟁이 터지자 빨갱이들에게 큰아들을 잃는다. 이러한 두 개의 죽음이 그녀에게 "욕구불만이나 알게 모르게 마을을 죄어 온 불안감, 또는 그런 일로 해서 마음에 심한 갈등이 일어난다든가 쉽게 풀리지 않는 증오와 적개심"으로 쌓여 마침내 망녕끼로 발전한다. 아버지와 형의 죽음은 현세의 삶에도 커다란 영향을 미쳐 그는 세상을 지레 겁내고 상대가 시비를 걸어올 기세면 앞질러 도망치는 처세관으로 세상을 산다. 말단 공무원인 현세의 이런 처세술은 좋은 의미에서 양심의 문제, 사회 정의의 문제라고 수긍할 수 있는 것이지만, 그로 인해 그의 가족은 말못할 고생을 감수해야 한다. 세 아이를 둔 가장인 그는 단칸 셋방살이를 면하지 못한 채 망녕든 노모를 모시게 되면서 하루 두 끼의 식사로 연명해야 하는 가난을 체험한다. 그러나 보다 심각하게 그들 가족을 괴롭히는 것은 가난이나 굶주림의 문제가 아니라는 데 있다. 노모는 밤새 잠을 안자며 아이들이 벗어놓은 옷을 꽁치꽁치 모아 요강 속에 집어넣은 다음 그 위에 올라앉자 소변으로 보거나 아이들 교과서를 발기발기 찢어발기며 염불을 외기도 하며, 며느리의 속옷을 모조리 꺼내 가위로 송당송당 썰기도 한다. 또 그녀는 아들의 몸을 애무하거나 아이들이나 며느리의 목을 조임으로써 한바탕 소란을 벌인다.

---

137) 전상국, 「고려장」, 1978, 『第三世代韓國文學권11』, 삼성출판사, 1983에서 재인용.
138) 이 점 때문에 「고려장」이 산업화의 부정직 징후와는 무관한 것이 아닌가 하는 견해가 대두될 수 있다. 왜냐하면 작가는 노모의 광기의 원인을 과거의 비극적 역사와 관련시키고 있는 것처럼 보이기 때문이다. 그러나 이 논문에서 문제삼고 있는 것은 노모의 광기의 원인이 무엇인가가 아니라, 어떤 이유에서건 부모를 길거리에 내다버리는 행위 자체에 초점화된다는 사실에 유의할 필요가 있다.

그런 번뇌의 밤에 현세는 문득 원죄 의식에 사로 잡힌다. 그러나 그가 생각하는 원죄 의식은 기독교적인 것이라기보다 "사람이 살아가다가 어떤 한계점을 인식하는 순간 그 한계점 자체가 원죄가 아닐까 하는 생각"이며 "그리하여 그 한계점 앞에서 인간이 행사할 수 있는 최소한도의 포용성마저 잃었을 때 빚어지는 갖가지 사태가 바로 인간 범죄의 시작"이라는 자각이다. 이러한 현세의 원죄관은 이 세상이 죄와 혼돈으로 미만해 있으며 인간은 무력하게 狂症 어린 복수욕에 불타오르며 그럼에도 끊임없이 자신이 감옥에서 벌받고 있다는 자포감에 묶여 있다는 것이 원죄적으로 타락한 세계를 바라보는 기독교 한 파종의 세계관을 방불[139]케 한다. 직장에서 끈질기게 뻗쳐오는 부정의 유혹에서 단호히 그를 지켜준 아버지와 형의 주검에 대한 기억이 점차 퇴색해가면서 그는 자신이 범죄 행위의 공범자가 될 것이라는 의식에 사로 잡힌다. 그는 부정의 유혹에서 자신을 지키고자 노모의 遺棄를 결심한다. 그것은 "원죄의 뿌리를 자르고 작게는 자기 자신을, 더 크게는 보다 근본적인 것을 건져 올리는 길"임을 확신하고자 하는 현세의 마지막 안간힘이다.

> 내가 만약 자식으로서의 도리를 다해야 한다는 명분에서 어머니를 끝내 버리지 않고 보호한다고 합시다. 또 그렇게 했다고 합시다. 그렇게 하기 위해서 내 마음 속에 저질러 온 그 무서운 죄악은 어떻게 해야 한단 말이오. 결국 나는 그 죄악의 무게로 하여 더 큰 죄악을 범하게될 것이 틀림없고. 지금 우리 아이들이 받고 있는 저 심적 충격만 해도 나로서는 견딜 수 없는 그러한 죄악인데, 죄악으로부터 벗어나기 위해 나는 또 다른 죄악을 범하게 될 것이란 말이오. 그 때문에 파멸하고 말 나 자신과 내 가정, 더 나아가서는 나로 인해 받아야 할 그 피해는 또 어떻게 한단 말이오. 차라리 어머니가 식물인간같이 누워만 있다고 한다면, 끝없는 파괴만을 일삼는 지금 상태보다는 또 달리 생각될 수도 있을는지 모르오. 그러나 어머니는 얄밉도록 너무나 싱싱한 힘으로 나를 막다른 골목까지 철저하게 밀어붙인

---

139) 김병익, 「混沌과 虛僞―狂氣의 한 樣相」, ≪문학과 지성≫, 1978, 여름호, p.561

거요. 이 벽 앞에서 나는 어떻게 해야 한단 말이오. 벽을 등에 지고 돌아서서 칼을 빼드는 그런 해결을 나는 원치 않기 때문이오. 문제는 이 막다른 골목에서 모자의 관계를 잠시, 정말 잠시 동안 유예하지 않으면 안되겠다는 것 뿐이오.

(「고려장」, p.344)

현세의 이러한 생각은 사태의 본질을 교묘히 은폐하면서 자기 책임을 남에게 전가시키려는 소시민의 얄팍한 자기변명에 지나지 않아 보인다. 실제로 그는 노모의 망녕의 원인이 왜곡된 근대사의 흐름에 있으므로 국가에서 노모를 보호하는 것이 당연하다는 자기 확신에 사로잡힌다. 남편의 〈주검〉과 큰아들의 〈죽음〉의 아픈 상처를 평생 동안 가슴에 묻어오다가 큰며느리가 뒤늦게 改嫁를 하자, 그 충격 때문에 망녕이 든 모친의 삶은 분명 비극적이다. 그러나 문제는 작가 전상국이 노모의 비극을 논리적 차원에서 접근하여 해명하는 것이 아니라 감각적으로 이해하고 있다는 점이다. 어떤 사건이나 심리적 상흔을 물신적으로 파악한다면, 그 사건이나 상흔이 주인공의 자리에 오고 인간이 그것의 종속물이 될 적에는 작품은 샤머니즘의 차원으로 떨어지게 된다[140]는 지적은 이런 의미에서 매우 타당한 것으로 보인다. 노모의 광기를 우리의 비극적인 역사와 결부시켜 해명하려한 작가의 역사적 상상력은 일단 긍정할 만한 것으로 보인다. 실제로 우리 주변에는 일제 혹은 6.25의 참담한 정신적·육체적 상처를 치유하지 못하고 고통당하는 사람이 적지않다는 사실을 잘 알고 있기 때문이다. 그러나 그러한 심리적·물리적 상흔에 대한 철저한 논리적 규명없이 사건의 원인을 일방적으로 과거의 비극적 경험에서 찾으려는 발상은 문제의 해결에 별다른 도움을 주지 못한다. 더군다나 노모를 국가가 경영하는 양로기관에 정당한 절차를 밟아 요양시키는 것이 아니라, 고려장의 사전적 의미 그대로 유기하는 현세의 행동은 어떤 이유로도 정당화될 수 없는 것이다.

---

140) 김윤식, 「엄숙주의에 대하여」, 『第三世代韓國文學 권11』, p.438

「돌의 초상」과 「고려장」은 과거의 노인 유기 풍습이 산업화된 현대 사회에 또다른 양상으로 재현된다는 사실을 지적함으로써 가부장적 윤리 의식의 붕괴를 선언하고 있다. 현대판 고려장이 도시에서 벌어진다는 것은 도시의 생활 환경이 혈연 집단에의 접착을 최대한으로 축소화시키는 사회이며 아울러 생활 공간의 구조적인 분리가 현저해지는 특징을 드러내는 것과 무관하지 않다. 삼대 이상이 한 공간에 모여 사는 일이 예전처럼 자연스럽지 않은 상황에서 노인의 위상은 심각한 위기를 맞게 된다. 그들은 기껏해야 집 지키는 역할 혹은 保姆의 위치에 만족해야 하거나 자식들의 이기심의 희생자가 되어 상품화하거나—최일남의 「춘자의 사계」에서 그려지는 노인의 삶이 전형적인 예에 속한다—심지어는 거리에 버려지는 것이다. 설사 그렇지 않더라도 그들의 가정 내에서의 권위는 눈에 두드러지게 약화된다.

가령 박완서의 「泉邊風景」은 퇴직한 대학교수의 말년이 얼마나 초라한 것인가를 실감나게 보여주고 있다. 이 작품에서 작가는 노인들의 속물근성과 위선적인 태도에 대해서도 비판적 태도를 취함으로써 세태풍자에서의 균형감각을 적절히 유지하고 있다. 가령 약수터에 모인 노인들은 "이름은 생략되고 성(姓)은 희석되고 사회적 지위만이 끈끈하게 농축"된 허세에 익숙해 있다. 그들은 과거의 사회적 지위나 신분을 척도로 하여 그에 상응하는 부류끼리 친목회를 조직하거나, 일제시대에 배운 영어 발음을 고집하는 시대착오적 행태를 오히려 자랑스러워한다. 그곳에서 〈百壽會〉란 친목단체에 자신의 의사와는 상관없이 가입하게 된 배우성 씨는 며느리에게 입회 잔치를 벌여야 할 일을 어떻게 알릴까 고민한다. 그러나 뒤늦게 이 사실을 알게된 며느리는 표독스럽게 자기 남편을 닦아 세운다.

『뭐라구요? 백수회라구요? 날더러 그 백수횐지 백 살까지 살고 싶어 환장한 노인들의 망녕횐지의 뒤치다꺼리를 하라구요? 당신 아버지 이제 육십이에요. 백 살을 사시면 도대체 앞으로 몇 년을 더 사시겠단 소린 줄 알아요? 자그만치 사십년이란 말예요. 그래서 하루도 안 거르고 매일 아침 산에 오른다, 약수를 퍼마신다, 극성을 떨었던 거예요. 아유 지긋지긋해, 아유 내 팔자야.』

(「泉邊風景」, 『第三世代韓國文學 권17』, 삼성출판사, 1983. p.417)

현대 가정의 가장은 이제 더 이상 노인이나 남편이 아니다. 실질적으로 집안의 대소사를 결정하고 가족 구성원의 행동을 규율하는 인물은 새파랗게 젊은 가정주부(며느리)이다. 이 작품은 가부장적 제도가 파괴된 현대적 가정의 전형적인 모습을 대단히 실감나게 묘사하고 있다. 배우성 씨는 거리로 쫓겨나지는 않았지만 아들과 며느리에게 심리적으로 쫓겨난 것이나 하등 다를 게 없는 처지의 노인이다. 육십의 나이는 노인 축에도 못끼는 나이임에도 불구하고, 또 전직 대학교수라는 제법 그럴 듯한 신분에도 불구하고 며느리에게 이처럼 수모를 겪어야 하는 것은 그만큼 현대 노인의 위상이 상대적으로 격하되었음을 반증한다.

「黃昏」[141]은 아들 · 며느리 함께 아파트에 사는 노인이 사실은 그들에게서 완전히 고립된 존재임을 그린 작품이다. 좋은 가정교육과 학교교육을 받은 며느리는 매사에 완벽한 것을 좋아하고, 비뚤어지거나 모자라거나 흠나거나 더럽거나 넘치는 것을 참아내지 못하는 결벽증에 가까운 성격을 가지고 있다. 그녀는 시어머니를 절대로 "어머니"라 부르지 않는다. 예컨대, 시어머니가 담근 오이 소박이가 맛이 좋다고 남들이 칭찬할 때에도 그녀는 "우리 노인네 솜씨"라며 얼버무린다. 어머니가 신경성 위장병에 시달리자 아들과 며느리는 즉각 병원에 데려가지만, 병원에서는 뚜렷한 병명을 제시하지 못한다. 또한 노인이 바라는 것도 시설 깨끗하고 환경 쾌적한 현대식 병원 아니라, 젊은 며느리가 정성스레 쓰다듬어 주는 손길이었다. 그러나 그녀는 시어머니가 자기 손을 시어머니의 배에 대려 하자 질겁을 하며, 엉뚱한 생각을 한

---

141) 박완서, 「黃昏」, ≪뿌리깊은 나무≫, 1979.3.

다. 즉 그녀는 고등교육의 수혜자답게 늙은 시어머니의 그러한 행동을 "억압된 성적인 욕구불만"으로 받아들인다. 노인은 과부가 되어 아들을 키우면서 항상 걱정하던 일은 늙어서 혼자 사는 일이었다. 그러나 현재 노인은 혼자 살지 않지만 실제로는 혼자인 것과 조금도 다르지 않은 생활을 하는 것이다. 이 작품은 서구적 예절에 익숙하고 서구적 삶의 공간(아파트)에서 살아가는 아들과 며느리 사이에서 정신적으로 버림받은 노인의 소외감과 고독감을 절실하게 묘사한 작품이라 할 수 있다.

박경수의 「대마실 老人의 따뜻한 날」[142]은 늙고 병들어 인색하고 극성스런 마누라와 무관심한 가족들에게 천대 받으며 살아가던 대마실 노인이 자살에 가까운 죽음을 한다는 이야기를 다루고 있다. 80이 넘은 대마실 노인은 풍이 들어 반신불수가 되어서도 자식걱정을 먼저한다. 그는 젊어서 온갖 노역을 감수하며 집안을 일으키고 자식들을 남 못지않게 성장시켰지만, 늙고 병들자 천덕꾸러기로 취급당한다. 그러면서도 자신이 죽으면 상제 노릇을 할 자식이 추위에 고생할 것이 걱정되어 어느 따뜻한 날 스스로 목숨을 끊는다. 이 소설은 자식들의 이기주의와 대마실 노인의 무한정한 사랑을 극적으로 대비시키면서, 현대 노인의 문제를 예각적으로 제시하고 있다. 그것은 「돌의 초상」이나 「고려장」과는 또 다른 의미에서 자식들에게 버려지는 노인의 비극적 운명과 죽는 순간까지 자식들의 편안을 걱정하는 노인의 세심한 배려가 담담하게 서술됨으로써 또 다른 감동을 자아낸다. 작가는 현대사회에서 이미 실종된 고지식한 부모의 사랑을 표면적인 주제로 삼으면서, 올바른 효도의 문제를 심각하게 성찰할 것을 요구한다.

안장환의 「멀어져 가는 소리」[143]는 농촌에서조차 자식들에게 무관심한 대상으로 버려진 노인의 문제를 다룬 작품이다. 근대화·산업화의 물결은 농촌

---

142) 박경수, 「대마실 老人의 따뜻한 날」, ≪문학사상≫, 1978. 1.
143) 安章煥, 「멀어져 가는 소리」, ≪현대문학≫, 1978. 7.

에 까지 거세게 밀려들어 전래의 미풍양속은 서서히 자취를 감춘다. 이 작품의 주인공이라 할 수 있는 홍윤보는 하루가 다르게 변모해 가는 세태를 질타하기도 하고 푸념도 하지만, 끝내 그것의 희생자가 되고 만다. 그의 아들 승준이 "그래, 내가 미쳤다. 시애비가 죽은 것도 모르고 텔레비에 미친 화냥년아!"라고 절규하며 텔레비전 수상기를 박살내는 행위는, 농촌 근대화의 맹점을 아프게 질타하는 것이면서 동시에 농촌에서조차 노인의 정신적 유기행위가 빚어진다는 사실을 고발하는 것으로 보인다.

산업화는 인간의 삶의 환경을 보다 풍요한 것으로 개선하며 인간의 지혜를 발전시킨다는 긍정적 밑바탕이 마련되어 있음에도 불구하고 그것이 실제의 역사 진행과 생활현장에서는 매우 부정적인 모습으로 비춰지는 것은 아이러니가 아닐 수 없다. 그러나 우리가 이제까지 검토한 산업화의 부정적 징후들은 우리 사회 전반에 깔려 있으며 가치관의 극심한 혼란을 불러 일으켰던 것이다. 서구 물질 문명과 함께 입수된 국적 불명의 윤리 의식은 물질만능 풍조와 한탕주의, 각종의 허세와 위선적인 삶, 그리고 가족 윤리의 파괴를 초래하였다. 이렇듯 사용가치와 교환가치가 전도된 사회에서 인간성을 상실하고 사회적 분위기 혹은 제도에 의해 관리되고 조정당한다. 그것은 인간 내부에 존재하는 자연을 상실한 것과 다르지 않다.

서구 산업사회의 자본주의 경제제도와 그에 따른 물신 숭배사상은 유교적 금욕주의를 최상의 가치로 여기고 있던 우리의 기존관념에 커다란 충격을 가하였다. 그리하여 산업화 이후 우리의 가치관은 정신적인 측면을 중시하는 가치관에서 물질주의적 가치관으로, 즉 절제와 금욕을 자랑으로 여겼던 인생관이 극도의 개인주의와 무절제한 욕망 추구의 인생관으로 대치되고 말았다. 물신의 노예화된 현대인은 인간 본연의 순수성을 몰각한 채 위선과 허세의 가면을 뒤집어 쓰고 속물적 삶을 영위한다. 뿐만 아니라 전통적 가부장 제도의 공동사회(게마인샤프트)가 개인의 이해관계를 중심으로 결합되는 이익사회(게젤샤프트)로 변모하면서 가족간의 일차적 연계의식마저 말살되기에 이르렀다. 이러한 물신숭배사상과 가족윤리의 파탄이야말로 산업화가 초래한 가장 부정적인 사회 병리현상이라 할 수 있다.

최일남·박완서 등의 소설은 위선과 허세의 가면을 쓰고 살아가는 현대인의 속물적 삶을 통해 서구 산업사회에서 들어온 물신적 사고의 毒菌이 우리 사회 전 분야에서 얼마나 큰 영향력을 행사하고 있으며 인간 본성을 병들게 하는가를 고발하고 있다. 이들 소설의 작중 인물은 학력·금력·권력 등 외적 가치의 허망한 蜃氣樓에 마취되어 자아를 상실하고 끝내 자기파멸의 구렁텅이로 빠져든다. 작가들이 예리한 메스로 해부하여 보여준 물신숭배자의 속물적 삶의 양상은 경제만능의 산업화의 부정적 측면들이 인간의 삶에 끼친 바람직하지 못한 상황을 도덕의 차원에서 진지하게 반성하려는 자기성찰의 태도라 할 수 있다. 작가들은 현대인의 이기적이고도 물신화된 인간의 내면 풍경을 소상히 드러냄으로써 산업화의 전개방향에 대해 심각한 의문을 제기한 것이다.

한편, 가정 내에서의 전통적 윤리의식의 파괴는 轟音과 함께 엄청난 지각 변동을 가져왔다. 한 집안의 어른으로 존숭되던 노인은 젊은 세대의 개인주의에 의해 소외당하고 마침내 거리에 버려진다. 최인호의 「돌의 초상」은 이중으로 유기되는 노인의 비극적 말년을 보여줌으로써 현대인 모두가 고려장의 공범자임을 아프게 인식시키고 있다. 이 작품에서 주목되는 것은 부모로서의 사랑을 끝까지 포기하지 않는 최노인의 숭고한 정신과 가족간의 일차적 유대관계를 모성애로 회복시키려는 경희의 따뜻한 인간애의 화해로운 결합이다. 최노인의 실종이 부모의 끝없는 용서와 사랑의 표상이라면, 경희의 행동은 탕아의 속죄를 대변하는 것으로 해석할 수 있다. 작가는 물신화된 사회에서 자아를 회복하기 위하여는 육친애적 사랑의 감정을 되찾아야 한다는 것을 강조하고 있다.

(3) 조직 사회와 자아의 상실

현대 산업사회의 부정적 특성과 그 사회 속에서 살아가는 현대인의 비극적 모습을 이해하는 데 소외의 개념은 매우 중요한 위치를 차지한다. 근대사회는 사물의 동질화나 양적 기술적 조작을 통해 모든 事象의 物化Verdinglichung를 촉진시킴으로써 살아있는 인간적 관계는 비인간화되고, 사물간에 나타나던 객관적 관계는 그 物神的 성격을 점차 사회구조적인 諸要素에까지 확대하게 되었다.144) 다시 말해 산업사회에서 인간은 자신의 진정한 욕망과 관계없이 가짜 욕망faux besoin의 지배를 받음으로써 자유를 상실하고 물신화되어가는 것이다. 가령 현대인들은 백화점에서 물건(상품)을 고를 때 사용가치를 생각하는 것이 아니라 교환가치에 선택의 우선권을 부여한다. 이때 그들이 고른 것은 상품 그 자체가 아니라 商標이다. 그들은 신분, 학력, 사회적 지위에 상관없이 선전의 마력에 끌려 너도나도 똑같은 상표를 고른다. 이로써 현대 산업사회의 가장 커다란 특징 가운데 하나인 욕망의 획일화uniformation of desire 현상이 일어나고 이것이 바로 소외감을 증폭시키는 원인이 된다.

소외가 현대 산업사회를 특징짓는 대단히 중요한 개념임에도 불구하고 그 용어의 사용에 있어서 자주 혼선이 빚어지는 것 같다. 오늘날 소외는 현대인의 사회에 대한 지나친 同調와 사회로부터의 逸脫 현상을 지칭하는 데, 대중의 정치적 피동성과 소수 과격파의 정치적 騷擾를 표현하는 데, 대중문화의 저속성과 고급문화의 타락을 규탄하는데, 자기 중심적 지위추구형의 인간과 염세적 은둔자의 행동을 나타내는 데, 또 타인지향성이나 히피 型의 생활양식을 가리키는 데 두루 쓰이고 있다. 즉 소외는 결핍·상실·否定·분리·상품성·物化·불안 등을 나타내는 포괄적 개념으로 이용되고 있는 것이다.145) 이러한 소외의 카멜레온적 특징chameleon character 때문에 혼란이 야기

---

144) Albert William Levi, Humanism and Politics : Studies in the Relationship of Power and Value in the Western Tradition, London, Indiana University Press, 1969, p.425

145) 鄭文吉, 「疏外의 社會學的 論議와 그것이 갖는 몇 가지의 問題點」, 『疏外論研究』, 문학과 지성사, 1978, p.200

되는 것이지만, 일반적으로 그것은 타인과의 관계, 직업 또는 노동과의 관계, 현대사회 구조와의 관계라는 측면에서 개념 정리가 가능하다. 먼저 현대사회에서 인간관계에 초점을 둘 때 소외란 고독·連帶性의 결핍·사회관계 속에서의 불만족으로 인식되며, 노동 및 직업의 관계에서는 작업(노동)으로부터의 소외 혹은 직장 내의 자기 위치에 대한 불만으로 나타나고, 사회구조적 측면에서 소외는 無力感power lessness과 직결된다.[146] 이 외에 사회적 병리 현상을 가리키는 아노미Anomie와 현대인의 자기 소외같은 경우는 뒤늦게 산업화를 추진한 신생국에서 특히 문제가 되는 소외 현상이라 할 수 있다.

근대사회로 진입하면서 이미 이기주의의 충동에 의해 공동체적 연대 관계로부터 분리되어 버린 인간은 일체성과 정감이 넘치는 게마인샤프트적 본질의지Wesenewille[147]에서 이탈하여 "모든 종합적인 요소에도 불구하고 본질적으로 분리되는", 그리하여 "각 개인은 그 혼자로서 고립되어 있으며, 자기 이외의 모든 사람에 대하여 긴장관계에 놓여 있는" 게젤샤프트적 사회로 밀려났다.[148] 퇴니스Tönnies에 의해 창안된 게마인샤프트의 특징은 본래 의식적으로 이루어지지 않는 하나의 사회 단위이며 그 가장 순수한 형태는 가족, 특히 어머니와 자식의 관계에서 발견된다. 이에 반해 게젤샤프트적 관계는 타인과 고립되어서는 자신들에게 합당한 이익을 효과적으로 추구할 수 없음을 인식한 개개인들이 면밀한 계획 하에 안출해 낸 본질적 계약관계이며,

---

146) 韓完相, 「현대사회와 人間疎外」, ≪문학사상≫, 1976.4. pp.325-327
147) 이것은 퇴니스가 인간 의지를 본질의지와 선택의지라는 두 가지 형태로 구분하면서 사용한 개념이다. 전자는 인간의 충동이나 욕구, 자연적인 성향의 자발적 표현이며, 후자는 모든 이해 득실을 조심스럽게 평가하여 그 중 어느 것을 신중히 선택한 결과로서의 결정만을 용납한다. 다시 말해 본질의지는 〈사고를 포함하는 의지〉이며 선택의지는 〈의지를 포함하는 사고〉라 정의할 수 있다. 선택의지의 핵심이 수단과 목적을 두 개의 분리된 독자적 카테고리로 의식하는 것이라면 본질의지는 이들 양자가 서로 섞여서 미분화 상태에 있음을 의미한다. 따라서 본질의지는 게마인샤프트의 제 조건을 포함하고 선택의지는 게젤샤프트로 전개된다는 것이 퇴니스의 주장의 요체라 할 수 있다. (정문길, 「퇴니스의 사회이론과 소외」, 『疎外』, 문학과 지성사, 1984. pp.105-109 참조.)
148) 정문길, 「疎外槪念의 淵源과 成立」, 앞의 책, p.22

이런 사회는 인간의 상호 관계에 잠재적 적대관계와 잠재적인 전쟁이 내재한 사회로 만든다.[149) 게젤샤프트적 관계가 유지되는 사회에서 개개인은 특정한 목적과 이익에 의해 일정한 관계를 지속시켜 나가며 사회 구성원 사이의 긴장과 대립은 더욱 가중된다. 따라서 이들의 상호관계는 언제라도 불화와 투쟁의 관계로 돌변할 수 있는 가능성이 내포되어 있다. 그들은 극도의 불안감·소외감에 사로잡혀 있다.

전통적으로 상부상조의 친밀한 유대 관계를 미덕으로 여겼던 우리에게 소외는 틈입할 여지조차 없는 먼 나라의 일일 뿐이었다. 그러나 산업화에 따라 급박하게 변해버린 현대 도시사회에서 그것은 이미 강 건너 불이 아닌 눈앞의 문제로 다가오게 되었다. 프롬Erich Fromm에 따르면 전통적 성격 구조의 지체 현상은 사회적 성격 자체가 일정한 慣性inertia을 가지고 있으므로 그것이 새로운 경제적 조건에 적응하는 데에는 상당한 시간이 요구된다고 한다. 사회의 발전에 따른 새로운 경제적 제 조건의 변화에 전통적인 사회 성격 구조가 적절히 적응하지 못하고 遲滯 현상을 나타낼 경우 이 사회적 성격은 기존의 사회 질서를 파괴하는 다이너마이트 역할을 하게 된다는 것이다.[150) 프롬의 이런 주장은 산업화 이후의 한국 사회에 그대로 적용될 수 있다고 본다. 산업화에 따른 물량주의와 교환 가치가 사용 가치를 우선하는 물신적 성향은 우리의 의식 구조를 전면적으로 뒤바꾸어 놓았다고 해도 과언이 아닐 정도이다. 우리 사회는 물질적·경제적으로 성숙과 풍요의 과정을 밟아가면서 도덕성·윤리성의 상당 부분을 상실하거나 유보할 수밖에 없었고, 그 결과 수많은 희생자가 생기게 되었다. 자식에게 버림받은 노인, 부부 사이의 애정과 신뢰감의 증발, 부모와 자식 간의 대화 단절, 고용자와 노동자의 적대감 가중, 조직 사회의 한 요소로 왜소화된 개인의 자아 상실, 삶의 근거를 잃고 떠돌아다니는 유랑인 등 산업화로 인한 소외의 양상은 일일이 예거

---

149) 정문길, 「퇴니스의 社會理論과 疎外」, 위의 책, pp.101-102
150) E.Fromm, Escape from Freedom, New york : Holt, Rinehart & Winston, 1941. p.285

할 수 없을 만큼 다양한 형태로 나타나고 있다.

　이와 같은 소외의 문제가 우리나라에서 문학적 관심사로 대두된 것은, 1950년대부터였다고 할 수 있다. 손창섭·장용학·김성한·이범선 등 이른바 전후작가들은 막대한 인명의 살상을 초래한 전쟁의 본질과 폐해에 대하여 근본적인 회의를 표시하였다. 당시 유행처럼 번진 실존주의의 세례를 받은 이들은 극한상황에 처한 인간의 고독과 왜소함을 심층적으로 파헤쳐 보였다. 가령 손창섭은 한국 전쟁의 충격과 자신의 불행했던 성장기의 체험과 관련되는 일그러진 작중 인물로써 소외의 문제를 취급한 작가[151]로 알려져 있으며, 60년대의 이호철도 의식으로 분화되기 이전의 감각·감정에 의해 소외적 상황이나 문제를 다룬 작가로 주목된다.[152] 그러나 이들이 다룬 소외는 '脫落' 혹은 '除外'에서 오는 현상으로서 과학문명이나 산업사회는 커녕 굶주림에서 오는 생존 그 자체가 문제가 되는 인간들에 관한 문제[153]였다는 점에서 본질적 의미의 소외와는 거리가 있다. 이런 맥락에서 우리 문학에서 소외의 문제가 본격적으로 취급된 것은 60년대 후반의 일로 보아야 할 것이다. 이미 앞에서 다룬 「타인의 방(최인호)」·「닮은 방들(박완서)」·「고려장(전상국)」·「춘자의 사계(최일남)」 등은 산업사회에서 자동적 비인간화의 풍속과 그 속에서 왜소화되고 도덕성을 상실해가는 인간의 문제를 예리하게 포착한 작품이다. 이상의 작품은 이미 소외와 다른 관점에서 다루었기 때문에 이 장에서는 주로 제도의 권위와 폭력 하에서 자아를 상실해 가는 현대인의 방황과 고독 혹은 불안 의식을 문제삼고 있는 작품을 소외의 관점에서 다루게 될 것이다. 또한 정신적·물질적 삶의 뿌리를 잃고 이리저리 떠돌아다니는 유랑민의 비극적 삶도 함께 취급하려 한다.

　일반적으로 인간의 역사는 자유를 위한 투쟁의 역사로 인식된다. 자유를

---

151) 李善榮, 「現代小說과 人間疎外」, 김주연 편, 『현대문화와 소외』, 현대사상사, 1976, p.228
152) 위의 글, p.234
153) 김주연, 「소외와 현대문학」, ≪문학사상≫, 1976.4. p.321

위한 인간의 투쟁은 일차적으로 객관적인 구속으로부터의 자유 문제에 집중되게 마련이며, 이것은 궁극적으로 인간의 자기 실현이라는 주체적 자유의 영역으로 확대된다. 그러나 인간에게 진정한 자유를 가져다 주리라 믿었던 과학과 기술 문명의 발달은 인간을 사회적 구속으로부터 자유롭게 해방시켜 준 것이 아니라, 거꾸로 개인을 사회 구조에 종속시키는 아이러니를 가져왔다. 사회적 능률을 강조하는 사회 심리학에서는 사회적 필요의 개념을 개인적 존재의 목적과 관련되는 가치나 규범보다 우선시킴으로써 사회에 적절히 적응하지 못하는 인간을 〈신경증적 인간neurotic person〉으로 규정한다.[154] 그러나 프롬은 이러한 경향에 반발하여 이 경우의 〈신경증적〉이란 용어는 자아를 포기하려들지 않는 개인에게 적용시킬 것이 아니라, 그 사회의 구성원들로 하여금 그들의 퍼스낼리티를 성장시키지 못하게 하는 사회에 적용시켜야 할 것을 주장한다.[155] 현대 산업사회는 인류 역사상 가장 완미한 물질적 풍요와 정치적·성적 자유를 선물하고 있는 것처럼 보이지만, 윤리 도덕적 측면에서는 과거보다 훨씬 병들어 있는 사회이다. 또한 현대 산업사회는 사회와 전혀 마찰을 일으키지 않고 사회의 요구에 순응하는 〈受容志向的〉·〈市場志向的〉[156] 인간을 요구하고 있다. 이런 상황에서 인간은 걷잡을 수

---

154) 정문길, 「에리히 프롬의 소외론」, 『소외론연구』, pp.156-157
155) E.Fromm, Escape From Freedom, p.140
156) 프롬은 인간의 성격을 同化와 社會化의 대립항으로 유형화하고 있다. 이것을 도표화하면 다음과 같다.

同化	社會化	
1. 비생산적 지향		
a. 受容的 recepting	被虐的 masochistic	共
b. 搾取的 exploting	加虐的 sadistic	生
c. 貯藏的 hoarding	破壞的 destructive	退
d. 市場的 marketing	無關心 indifferent	行
	同調 conformity	
e. 愛死的 necrophilic	攻擊的 aggerssive	
2. 생산적 지향		
作業的 working	사랑 loving	
	理性的 reasoning	

없을만큼 심각한 소외 상태에 직면하게 되었던 것이다. 프롬의 다음과 같은 지적은 오늘날 인간이 처한 상황을 웅변적으로 대변해주는 것이다.

> 우리들이 현대 사회에서 직면하게 되는 소외는 거의 전폭적인 것이어서 그것은 그의 노동이나 소비하는 물건·국가·동료, 나아가서 그 자신에 대한 관계에 있어서까지 충만되어 있다. 인간은 이제 그 전에 일찍이 존재한 일이 없는 인공물에 의한 세계를 창조했다. 그러나 인간이 만든 모든 창조물은 인간을 넘어서서 인간을 지배한다. 인간은 이제 자신을 창조주나 중심으로 느끼지 못하고 그 자신의 손으로 만든 골렘Golem의 하인이라고 생각하게 된다. 그가 풀어 놓은 힘이 강력하고 거대하면 할수록 인간으로서의 그 자신이 창조하고 거기서 분리된 물체 가운데 포함되어 있는 그 자신의 힘과 대결하는 것이다. 그는 그 자신의 창조물에 지배되어 그 자신의 소유권을 상실한 것이다.157)

인간은 사회와 제도를 만들었지만 이제 그것에 의해 지배되는 아이러니컬한 상황에 직면하게 되었다. 인간은 스스로 창조한 기계나 조직의 주인이 아니라 그것의 부속물로 전락하여 자아를 상실한다. 세계와 현실을 관망하고, 다루어 나가는 주체로서의 인간의 위치에서, 이미 그렇게 놓여 있는 현실 속에 다만 던져진 존재일 뿐이라는 실존적 인식은 인간을 영원한 소외의 늪에 밀어 넣었다.

한국 현대소설에서 소외의 문제는 자아와 타인의 문제로 드러나기도 하지만—앞 장에서 다룬 작품들이 대개 이 경우에 속한다—보다 문제가 되는 것은 조직 혹은 권력 앞에 왜소한 존재로 전락한 개인의 소외와 자아 상실을 다룬 작품이다. 가령 이동하의 「돌」·「상전 길들이기」나 이청준의 「예언자」

이 가운데 현대 사회에서 가장 소외된 성격은 시장지향형이며 착취지향적 성격의 인간은 다른 사람을 완전히 지배하며, 삼켜 버림으로써 대상을 무력한 존재로 만드는 유형이라 말한다.

157) E.Fromm, The sane Society, 정문길, 『소외』, p.170에서 재인용.

와 같은 작품은 바로 조직(권력) 앞에서 무기력할 수밖에 없는 개인의 허황된 노력과 비애를 다룬 작품이다.

이동하의 「돌」158)과 「上典 길들이기」159)는 직장에 속해있는 한 인간의 개성을 무력화시키려는 조직의 억압적 폭력을 해학적으로 묘파한 작품이다. 이들 작품의 주인공들은 사회 조직이나 機構의 폭압에 순치되지 않으려 부단히 애쓰는 성격의 소유자들이다. 그들은 상전에 의해 길들여지기보다 거꾸로 그들을 길들이려는 역모를 꾀하는 주인공으로서, 프롬의 성격 유형 분류에 따르면 "생산적 지향형"의 인물이다. 그들의 성격적 특성은 "자발적 활동"이란 개념으로 요약되는데, 이것은 인간이 자아의 일체성을 희생시키지 않고 고독을 극복하는 방법이라 할 수 있다.

「돌」의 주인공 도기호는 "사원들간에는 위계관념(位階觀念)이나 자기 직무의 한계, 그리고 삼웅기협인으로서 지켜야 할 유형 무형의 각종 룰에도 아주 틀이 잘 잡혀져 있는" 회사의 분위기에 정면도전하고 나서는 반역아로 묘사된다. 그는 첫 출근부터 지각을 하는 데다가 그것에 조금도 미안함 따위를 느끼지 않는다. 이러한 그의 도발적 행위는 "일견에도 야취(野臭)를 물씬 풍기는" 태도와 더불어 사무실의 침잠된 분위기를 일거에 무산시키는 이변으로 받아들여진다. 국립대학의 철학과를 졸업하고 모교 대학원과 他大의 경영 대학원을 수료한 석사의 학력, 예전의 근무지에서 특유의 깍듯한 매너로 상관을 두루 모욕했다는 에피소드가 그의 영웅적 면모를 더욱 부각시켜 준다. 그가 동료 직원들에게 하나의 영웅으로 대접받는 것은 그의 기인적 행동에서 연유되는 것만은 아니다. 그는 자신의 학력이 말해주듯 "영·일·독·불어에다 러시아어에 이르기까지" 탁월한 어학 능력을 발휘했으며, 직속 상사인 진 부장의 고유 영역에 무시로 뛰어듦으로써 진 부장을 궁지로 몰아넣는다. 이것은 「상전 길들이기」에서 확인할 수 있는 것과는 유형이 다른

---

158) 이동하, 「돌」, 1972. 『李東河文學選 : 밝고 따뜻한 날』, 나남, 1987에서 재인용.
159) _____, 「上典 길들이기」, ≪문학사상≫, 1976. 『韓國現代文學全集 권50』, 삼성출판사, 1979에서 재인용.

상전 길들이기 방법이며 어린이 놀이 가운데 땅뺏기 놀이와 유사한 속성을 띠고 있는 것이다. 진 부장과 도기호의 암투는 서로의 영역을 침범당하지 않으려는 가기보호 본능과 상대방의 개성을 인정하지 않으려는 공격성향이 합쳐진 투쟁의 또 다른 모습을 보여준다.

도기호는 기업 사회의 질서라는 허울에 감추어진 조직사회의 제도적 폭력에 굴복하기보다 온몸으로 맞서 대항하는 적극적 의지의 소유자이며, 점차 왜소화되는 현대인들에게 영웅적 인간상으로 비취게 된다. 도기호의 이런 면모에 대해 가장 골치를 썩는 이는 진 부장인데, 그도 조직 사회의 규범과 질서에 어느 정도 익숙한 사람답게 결코 물리적 폭력을 행사하지 않고 지능적으로 도기호를 곤경에 빠뜨리려 획책한다. 그는 도기호에게 아예 일거리를 주지 않거나 일거리를 맡긴 뒤 그 일을 수포로 만들어 버림으로써 도기호의 예봉을 꺾으려 한다. 그러나 이러한 진 부장의 계교를 눈치 챈 도기호는 마침내 그를 자신에게 길들이려는 계획을 앞당긴다. 그는 진 부장을 술자리로 불러내 질펀하게 술대접을 해서 진 부장이 "이만하면 서로간의 장벽은 다 무너진 듯했고, 따라서 내일부터는 누구보다도 굳건한 유대감을 피차 지닐 수 있으리라고" 믿게 만든다. 그러나 정작 도기호가 노린 것은 진 부장의 그런 안이한 생각이었음이 다음 대목에서 분명히 드러난다.

그제서야 진 부장은 정신이 좀 들었다. 시계를 보니 통금 이십 분 전이 아닌가. 이런 식으로 지체했다가는 집에도 못 들어갈 판, 그래서 그는 도기호의 어깨 위에 얹었던 팔을 슬며시 내리며 말했다.
『도형, 오늘은 정말 즐거웠고. 이담에 내, 한 잔 톡톡히 사리다. 정말 유쾌하오….』
도기호 역시 정색을 하며 대꾸했다.
『부장님도 원, 천만의 말씀을…. 저도 덕분에 아주 즐거웠습니다.』
여기까지는 참 좋았다. 그런데 바로 다음 순간 전혀 엉뚱한 일이 벌어졌던 것이다.

즉, 도기호가 진 부장의 귀를 사납게 잡아당겨 자기 입에다 바싹 붙여놓고는, 지극히 냉랭한 목소리로 이렇게 말했던 것이다.

『너 이 새끼! 또 까불면 죽여!』

진 부장으로서야 어찌 상상인들 했었으랴. 설사 날벼락을 맞았대도 그 순간의 진 부장처럼 굳어 버리지는 않았을 것이다.

이와는 대조적으로 도기호의 그 다음 태도는 너무나 태연하고 또 정중했다.

『그럼, 부장님 안녕히 가십시오. 내일 또 뵙겠습니다.』

깍듯하게 작별인사까지 치르고 난 도기호는 끄윽 술트림을 해가며 제 갈길로 휘적휘적 사라져 버렸던 것이다.

(「돌」, pp.102-103)

진 부장이 조직 사회에서의 상사의 권위를 악용하는 면이 없는 것은 아니지만, 그의 성격적 특성은 "착취 지향적" 인물이라기보다 오히려 "시장 지향적" 성격 유형의 인물로 보인다. 그는 도기호에게 자신의 감정을 전혀 드러내지 않을 뿐 아니라 매우 관대하게 대하며 항상 미소를 잃지 않는다. 그러나 그의 미소가 갖는 의미는 인간적 속성의 高揚보다는 인격 시장personality market에서의 교환가치의 증대[160]에 있으며, 따라서 그는 진정한 자아를 상실한 채 주위의 평판에 희노애락의 감정을 표출하는 것이다. 진 부장의 방법이 권위주의의 메카니즘[161]에 의한 것이라면, 도기호의 상전 길들이기 방법은 파괴성의 메카니즘[162]에 따른 것이라 할 수 있다. 도기호의 기인적 행동은

---

160) 정문길, 「에리히 프롬의 소외론」, 『소외론연구』, p.149
161) 권위주의적 도피의 메커니즘은, 이미 일차적인 연대관계를 상실함으로써 고독과 무기력이 주는 공포에 휩싸인 개인이 이 같은 고독과 무기력에서 도피하기 위하여 자기의 외부에 존재하는 인간이나 대상을 지배하거나 이에 복종하게 되는 상태를 설명하는 개념이다. (에리히 프롬, 『자유로부터의 도피』, p.151) 이것은 다시 사디즘적 경향과 매저키즘적 경향으로 구분되는데, 전자는 지배와 착취의 원리로 나타나고 후자는 自己卑下나 의존적 성향을 강하게 띤다고 한다.
162) 고독과 무력감에 빠진 인간이 거기에서 벗어나기 위한 방법으로 사용하는 도피적 수단 가운데 가장 효과적인 것이 바로 공격적 파괴성의 메카니즘이다. 이것은 고

자신이 처한 상황의 고독감 혹은 무력감의 공포를 삼제(芟除)시키기 위하여 상대방에게 역습을 가한 것으로 이해된다. 이것은 「상전 길들이기」에서 볼 수 있는 상호 화해의 친근한 몸짓과는 성격이 다른 것으로 보인다. 왜냐하면 도기호의 노골적인 敵意는 진 부장에게 극도의 공포감을 심어 주었고 그는 애초의 계획과는 달리 영업부로 좌천되었다.

도기호는 밤새 잠을 못이루고 서성이다가 하숙집 마당에서 돌멩이를 밟고 미끄러진 뒤 자신이 그 돌멩이와 같은 존재라는 사실을 깨닫는다. "시멘트 바닥 위로 굴러다니는, 혹은 점잖게 양반다리를 하고 앉아 있는 그런 사람들의 무릎 밑에나 괴어있는" 보잘 것 없는 돌멩이에 지나지 않는 자신을 깨닫는 순간, 그의 野性과 영웅적 이미지는 효력을 상실한다. 그의 대담하고도 당돌한 권위에의 도전 행위는 진 부장이라는 한 개인도 무력화시킬 수 없는 나약한 몸짓에 지나지 않았다. 질서와 규율, 권위와 억압으로 중무장된 제도권의 거대한 방벽 앞에서 도기호의 개인행동은 그야말로 감상적 소영웅주의의 발현으로밖에 인식되지 않는다. 더욱이 도기호가 마지막으로 새로운 상전을 길들이려 시도했을 때, 그는 자신의 초라한 패배를 결정적으로 맛본다. 그것은 신입 상무에게 기선을 제압당함으로써 확인되는 것이다. "너, 이놈! 그래 봤자 별 수 없어"라는 상무의 一喝은 조직 사회의 권위에 도전하는 한 인간의 개성과 의지를 여지없이 유린하면서 한 개인이 가진 힘과 역량이란 것이 얼마나 비소하고 보잘 것 없는 것인가를 절감하게 하는 대목이다. 상무의 이 발언은 도기호를 소영웅주의적 환상에서 깨어나게 한 呪文인 동시에, 잠시 행복한 백일몽에 잠겨 있던 뭇 사원들을 그 환상의 왕국에서 다시금 저 회색의 일상의 늪에로 되돌려 놓게 한 주문163)이기도 하다.

직장 사회의 권위에 의해 자신의 삶이 끊임없이 위협당하고 있다고 생각

독감과 무력감을 초래한다고 생각되는 대상을 제거하는 것을 목적으로 삼는다. 왜냐하면 이 메카니즘에 있어서의 고독과 무력감은 파괴의 또 다른 원천인 불안과 생의 위축을 유발하기 때문이다. (정문길, 「에리히 프롬의 소외론」, p.164)

163) 천이두, 「日常의 늪에의 挑戰」, 《주간조선》, 1981.4.26.

하는 도기호는 자아를 포기함으로써 스스로 조직 사회의 일원으로 획일화되는 "자동인형적 동조automation conformity"의 메카니즘에 빠져들기를 거부한다. 질서 혹은 위계 관념이라는 괴물화한 조직 사회의 폭력(익명의 권위)에 대해 반발하는 그는 분명 현대 산업사회의 영웅적 면모를 여실히 보여준다. 그러나 조직 사회의 권위 속에 숨겨진 허위의식을 타파하기에 그의 능력은 애초부터 한계를 지니고 있었다.

「돌」과 흡사한 스토리로 전개되는 「상전 길들이기」는 화자와 김 부장의 화해로 끝을 맺고 있는 듯하지만, 기실은 이 작품 역시 본질적인 면에서의 권위 타파에는 실패하고 있음을 드러낸다. 「상전 길들이기」의 김 부장은 전형적인 "착취지향적 성향"의 인물로 부하 직원을 완전히 지배하여 삼켜버림으로써 그를 무력한 존재로 만들어 버린다. 김 부장이 자기 부서로 전입해 온 화자에게 강요하는 것은 정확한 근무 시간의 엄수인데, 그것은 출근 시간보다 20분이나 일찍 나와야 한다는 비정상적인 규칙이다. 이 일로 시말서를 쓰라는 김 부장의 억압에 화자는 사직서로 대항하지만, 김 부장은 더욱 교묘한 술책으로 화자의 개성을 말살시킨다. 정확한 업무도 지시받지 못한 채 성남 공장에 간 화자는 비로소 김 부장의 의도를 깨닫는다. 그 때의 심정을 화자는 "좀 으스스하고 외로운 느낌을 나는 맛보았다."고 표현함으로써 조직에서 이탈된 한 개인의 고독과 불안감을 대변하고 있다.

김 부장 대 화자의 갈등과 대결은 지나치게 일방적이어서 화자는 패배할 수밖에 없는 지경에 처한다. 그는 부장의 명령대로 맛이 젬병인 프랑스식 제과(카스텔라)의 카피를 작성하지만 번번이 퇴짜를 맞으면서 더욱 자괴감과 우울감에 빠져 든다. 하필이면 화자에게 맡겨진 업무가 제과 회사에서 새로 개발한 제품의 선전 문구 작성이라는 것도 예사로운 일이 아니다. 그가 해야 할 업무란 현대 기업의 탐욕스런 물질주의와 그러한 기업 정신에 의해 똑같은 틀(주물)에서 생산된 표준화·균질화·획일화 된 제품의 특성을 대중에게 인식시키는 것이며, 그것은 결국 자신이 개성을 버리고 생산된 과자와 똑같이 평균화·획일화되어야 함을 의미하는 것이기 때문이다. 화자는 성실하게 카피를 작성하지만 매번 기각을 당한다. "붉은 사선이 쭉 그려져 있는 기안지를 대할 때 마다 나는 흡사 테러를 당한 기분"에 빠지는 화자는 부장의 저의를 짐작하면서도 끝까지 자아를 버리지 않기 위해 노력한다.

> 그는 내게서 무엇을 기대하고 있는가? 끝없이 퇴짜만 맞기를 바라고 있다고 나는 생각했다. 그래서 명주 녀석이 진작 말했듯 나로 하여금 두 손 비비며 자기 앞에 서서 네네, 옳습니다. 그렇습죠, 기분이 내키신다면 제 머리에다 초 치고 새우젓 국물 치고 다 하십쇼, 네, 하고 안겨들도록 바라고 있는 것이다.　　　　　　　　　(「상전 길들이기」, pp.395-396)

　김 부장은 화자에게 무력감과 공포의 분위기에 젖어들게 함으로써 그를 완전히 지배하려는 욕망을 가지고 있다. 이러한 그의 성격적 특성은 사디즘적 충동에 그 연원을 두고 있는 것으로 보인다. 사디즘적 충동의 본질은 "다른 사람을 완전히 지배코자 하는 것, 그를 우리들의 의사의 무력한 대상으로 만드는 것, 그의 절대적인 지배자가 되는 것, 그의 神이 되어 그를 마음대로 조종하는 것"[164]에 주어진다. 이러한 사디즘적 경향은 조직 사회에 만연된 분위기여서 일상인에게는 그다지 심각한 문제로 부각되지 않는다. 그러나 자아의식이 깨어 있고 사회와 제도의 부당한 권위나 폭력에 대항하려는 의지를 가진 사람들에게는 견딜 수 없는 수모이다. 더군다나 김 부장의 책략에 의해 자신이 작성한 카피가 왜곡되어 상부에 전달되었고, 그 결과 당연히 퇴짜를 맞게 되었다는 사실을 확인한 화자는 마침내 부장과의 정면 대결을 꾀한다. 그것은 자신이 부장의 사디즘의 노예가 되는 게 아니라 거꾸로 부장을 자기편으로 끌어 들이는 엄청난 반역이다. 부장은 시장지향적 성향의 인물답게 화자의 꾀임에 쉽사리 빠져든다. 돈과 술 그리고 아첨은 시장지향적 성격의 소유자인 부장을 함몰시키는데 더 없이 적당한 유혹이었고, 그는 화자의 계획대로 서서히 자기 파멸의 수렁에 묵중한 육신을 던진

---

164) 에리히 프롬, 『자유로부터의 도피』, p.157

다. 엉망진창으로 취한 그는 사장 집에서 방뇨를 하다 사장에게 따귀를 맞음으로써 파국의 결정적 계기를 맞는다. 화자의 계획은 완벽한 성공을 거두었지만, 이 작품의 진정한 의미는 그 이후의 사건에서 찾아진다. 그들—화자와 명주, 김 부장—은 그 자리에서 헤어지지 않고 뚝섬유원지 근처의 강변으로 나와 한 밤중의 해프닝을 연출한다.

> 관객은 없었다.
> 따라서 갈채도 야유도 없었다.
> 있는 것이라곤 우리들의 마음처럼 삭막한 어둠과 뼈가 시리도록 차가운 강물뿐이었다.
> 우리는 무릎께까지 차오르는 물속을 내달리고, 하동들처럼 모랫바닥의 위를 뒹굴었다. 김 부장은 거의 광적이었다.
> 『참을 수 없어. 나도 더 이상 참을 수가 없단 말야. 난 뭐야? 난 김 인표란 말야, 김 인표! 샌드위치가 아니란 말야.』
> 『옳거니, 당신은 김 인표요. 뭣보다 우선 김 인표요.』
> 명주 녀석이 맞장구를 쳤다.
> 『그래, 난 김 인표지? 어때? 아직 난 김 인표지?』
> 그가 나의 손을 잡으며 진지한 태도로 말했다.
> 『부탁이 있어. 나 대신 부장 좀 해줘. 아니, 부사장, 그렇지, 나 대신에 부사장 좀 돼 줘, 응?』 (「상전 길들이기」, pp.400-401)

다소 희화적인 이 장면은 김 부장 역시 조직 사회의 권위와 폭력의 희생자나 다름없다는 사실을 일깨워준다. 그는 사장과 사원 사이에서 자기 정체성에 대한 확고한 신념이 흔들리고 있는 샌드위치같은 존재였다. 그렇기에 그는 "어때? 아직 난 김 인표지?" 하며 자아를 되찾으려 노력하는 한편, 이제까지 자아를 감금하고 조정했던 탈(직위)을 벗으려 애쓴다. 김 부장과 화자의 역할 바꾸기는 말단 사원이나 부장 모두가 조직 사회의 상부 계층으로부터 소외된 존재이며, 따라서 그들은 결국 같은 입장에 처한 왜소하고 고독한 존재에 지나지 않는다는 사실을 확인시켜 준다. "우리들의 머리 위에는 무수히 많은 상전들이 버티고 있으며", "그들 중 최초의 한 사람과 어쩌면 화해를 할 수도 있겠다"고 화자는 희망하지만, 그것은 상전과의 화해가 아니라 상전이라 생각했던 사람이 자신과 전혀 다를 게 없는 동료라는 사실을 깨닫는 것으로 종결된다. 이 작품은 직장의 규율과 질서에 길들여지고 주물에서 찍혀 나오는 제품처럼 획일화·균등화되기를 강요하는 조직 사회의 폭거에 맞대항하는 한 사원에 의해 이제까지 딱딱한 위선과 허세의 껍질을 뒤집어쓰고 있던 중견 사원이 그 허물을 벗고 자아를 되찾는 과정을 그린 것으로 보인다. 그것은 산업 사회의 물질주의와 그로 인한 자아 상실을 고발하려는 작가의 휴머니즘에서 기인한다. 김 부장의 개성을 몰각했던 딱딱한 허세의 껍질은 그가 "집단으로부터의 분리, 집단의 기준으로부터의 고립"이라는 "사회적 고립"165)을 두려워했기 때문에 스스로 뒤집어 쓴 가면이다. 화자는 억지로 씌워지는 이 위선의 가면을 거부했던 것이며, 그로 인해 김 부장도 잃었던 자기 얼굴을 되찾을 수 있었다. 그러나 이런 해프닝이 문제를 본질적으로 해결해 주지 못한다는 데 소외의 심각성이 존재한다. 소외에서 벗어나기 위하여는 자신의 에고·욕망·이기심 등과 같은 소유에의 집념to have에서 벗어나 그의 인간적인 능력to be을 회복166)하여 물질적 소유보다 심리적 건전성sanity에 바탕을 둔 인간관계가 이루어져야 비로소 가능한 것이기 때문이다.

이동하의 「돌」과 「상전 길들이기」는 이러한 소외 극복의 한 방법으로 野性을 회복과 동질적 집단 사이의 화해를 들고 있는데, 기실 이러한 문제 해결의 시도는 70년대 작가들에 의해 꾸준히 제기되어 온 것이다. 예컨대 조해일의 「뿔」만 하더라도 도시 빈민층에 속하는 지게꾼의 비일상적 모습, 즉 자연

---

165) 사회적 고립은 고독감이나 거부 및 거절의 감정으로 나타나는 포용이나 사회적 수용에 대한 개인의 낮은 기대감이다. 이는 예를 들면 소수파 구성원, 노인층, 병약자 및 눈에 잘 띄지 않는 각종의 〈낯선 사람들〉 가운데서 발견된다. (Melvin Seeman, "Alienation and Engagement", in The Human Meaning of Social Change, 1972. 정문길, 「사회학적 개념으로서의 소외」, 『소외』, p.209에서 재인용.)

166) 에리히 프롬, 김진홍 역, 『소유냐 삶이냐』, 홍성사, 1982.

목을 그대로 쓰고 네 개의 뿔을 가진 지게를 지고 뒤로 걷는 지게꾼의 모습에서 도시인들이 잃고 있던 건강함과 근원적 생명력이 맥동치고 있음을 깨닫게 하는 서사구조를 이루고 있다. 특이한 지게와 걸음걸이를 고집하는 이 지게꾼은 인공보다는 자연을, 기계적인 움직임보다는 생명력이 충만한 움직임을 사랑하는 현대 속의 원시인이다. 그리고 그것은 현대 산업사회의 획일화된 노동조건 속에서 개인의 창조적 의지를 견지하며 노동을 통한 즐거움과 행복을 추구하려는 마지막 전근대인의 모습을 우화적 수법으로 보여준다.

호영송의 「겨울의 나비」[167]는 직장이란 조직 사회에서 개인의 인격이나 권리가 여지없이 유린당하는 현실의 모습을 그린 작품이다. 태양식품주식회사의 선전홍보 업무를 담당하고 있는 주인공 심기수는 왕성한 활동 덕분에 사장의 신임을 얻는 데 성공한다. 그리고 그는 사장에게 회사에서 생산하는 제품이 유해적 요소가 있음을 직언하기도 한다. 그런데 어느 토요일 오후 신문의 사회면에 태양식품의 태양면이 유해식품으로 어느 부인단체에 고발되었다는 기사가 실린다. 이런 일이 벌어질 수도 있다는 점을 예견한 그는 별로 놀라지 않는다. 또한 그는 태양면(麵)의 생산방법을 개선할 것을 사장에게 건의하기도 했다. 그러나 그는 이 사건으로 인해 어느 날 갑자기 회사에서 해임된다. 이 작품은 서두와 결말이 꿈 이야기로 짜여져 있는데, 이것은 작품에 전개되는 사건 발단의 복선 역할을 담당한다. 특히 결말 부분의 꿈 이야기에서 눈 속을 날던 나비가 결국 땅에 떨어져 죽는다는 것은, 비정한 현대 조직 사회에서 개인의 자유와 개성이 무참히 유린되는 현실을 상징적으로 드러내고자 한 것 같다.

한남철의 「길들이기」[168] 또한 조직 사회 속에서 자행되는 비인간화의 과정을 객관적으로 묘사한 작품이다. 현대 자본주의 사회에서의 회사는 이익

---

167) 호영송, 「겨울의 나비」, ≪문학사상≫, 1977. 1.
168) 韓南哲, 「길들이기」, ≪현대문학≫, 1979. 8.

사회(게젤샤프트)의 전형적 형태라 할 수 있다. 주인공은 회사에서는 진정한 인간관계가 이루어질 수 없다고 생각한다. 따라서 그는 생산성 향상을 위해 마련된 연수교육에서 말과 행동이 전혀 딴판인 회사의 이중성을 절실히 깨닫고, 자신을 비롯한 대부분의 사원이 기계화·상품화 되고 있다는 현실에 전율한다.

카프카의 『城』에서 볼 수 있었던 제도권의 엄청난 위력에 대한 두려움과 공포는 현대소설에서 소외의 문제와 관련하여 다양한 변주를 겪는다. 이청준의 「예언자」[169]는 〈여왕봉〉이라는 비일상적 폐쇄 공간 안에서 벌어지는 제도의 폭력과 지배, 거기에 결연히 맞서는 한 지식인의 자기희생을 통한 진실 추구의 과정을 그린 작품이다.

이 작품은 다분히 알레고리적 수법에 의해 진술되고 있는데, 가령 〈여왕봉〉의 새로운 마담이 〈여왕봉〉 종업원과 손님들에게 가면 뒤집어쓰기를 강요하는 것이 그 대표적 예에 해당된다. 그녀가 종업원과 손님들에게 가면을 권유한 애초의 목적은 매상을 올리기 위한 단순한 것이었지만, 차츰 가면이 주는 익명성과 규범성에 익숙하게 된 그녀는 가면을 통해 〈여왕봉〉의 신하들에게 내린 명령은 "남의 눈 앞에서 가면을 쓰거나 벗는 것을 보이지 말 것"과 "상대방의 맨 얼굴이 가면으로 바뀌는 것을 보아서는 안 된다는 것" 등이다. 그녀는 가면의 본질적 효용을 정확히 간파하고 있는 것인데, 그것은 수치와 도덕적 터부로부터 일탈하여 正體性을 은폐하기 위한 자기 보신적 행위이다. 따라서 가면의 본성에는 필연적으로 둔갑이 암시하듯 인간의 이중성이 전제되며 인격의 붕괴가 내재된다.[170]

가면으로 자신의 정체를 은폐함으로써 누리는 익명성에의 평안함에 사람들은 쉽사리 빠져든다. 더욱이 〈여왕봉〉의 주 고객들이 동네 사람이며, 그들

---

169) 李淸俊, 「豫言者」, ≪문학사상≫, 1977. 9-10.
170) 이재선, 「變身의 論理」, 『우리문학은 어디에서 왔는가』, 소설문학사, 1986. p.80

이 너무 친숙해진 여종업원들과의 관계에 불편함을 느꼈던 일과 관련지어 생각하면, 가면 속의 거짓된 삶에 일체의 항의를 하지 않는 것은 어쩌면 당연한 현상으로 보인다. 오히려 그들은 "그러지 않아도 이 놈의 얼굴이 거추장스러울 때가 많더니 그것 참 묘안"이라 생각하거나, "이제부터는 내가 사람까지 아주 달라져 버린 느낌이 드는데… 술 마시기가 전보다 훨씬 편해"졌다고 고백하기도 한다. 결국 그들은 자신에게 주어진 비일상적 상황에 일체의 거부감이나 항의를 표출하지 않은 채 무의식적으로 순치되어 가는 것이다. 이들이 가면을 뒤집어쓰는 행위는 프롬이 지적한 "自動人形的 同調"에 해당하는 것으로서, "개인이 그의 자아를 포기함으로써 문화적 형식이 그에게 제공하는 퍼스낼리티를 전적으로 받아들이지 않는 것을 말한다. 따라서 여기에서의 개인은 다른 모든 사람과 완전히 흡사할 뿐만 아니라 다른 모든 사람이 기대하는 인간이 된다."[171] 즉 그들은 조직 사회의 비인간적 규율에 적응되어 자아를 잃고 살아가는 인간, 비유적으로 말해 리모컨에 의해 조정되는 자동인형과도 같은 존재이다.

〈여왕봉〉의 지배자 홍마담은 세계의 구성을 의도적으로 주도하는 인물[172]이며, 타인에 대한 완전한 지배를 통해 그들의 神이 되고자 하는 사디즘적 권위의 화신이다. 그녀는 〈여왕봉〉으로 상징되는 거대한 권력 체계의 지배자이면서 거기에 속한 구성원 전체를 흡수하고, 위반자를 공동의 이름으로 소외시키고 제거시키는 지배제도 그 자체[173]로 기능한다. 가면 속의 삶에 길들여진 〈여왕봉〉의 신하들은 그곳에서 쫓겨나는 일에 대단한 공포심을 갖고 있는데, 어느 날 그곳의 규칙을 깬 여종업원에게서 가면을 빼앗음으로써 홍마담은 자신의 권위를 모두에게 확인시킨다.

홍마담이 세계의 구성을 의도적으로 구성하는 지배와 소유의 욕구가 강한

---

171) 에리히 프롬, 『자유로부터의 도피』, 정문길, 『소외론연구』, p.166에서 재인용.
172) 정과리, 「용서, 그 타인됨의 세계」, 『겨울광장』, 한겨레, 1987. 김치수 외, 『삼인행 작가연구 : 이청준論』, 삼인행, 1991. p.79에서 재인용.
173) 위의 글, p.78

인물이라면, 예언의 능력을 소유한 나우현은 그녀와 대척점에 서서 그녀의 음모와 권위의 실체를 폭로하는 역할을 맡는다. 일사불란하게 마담의 권위와 폭력에 복종하고 있는 대다수 사람과 달리 그는 구태여 자기만의 가면을 정하려 애쓰지 않으며, 그렇다고 굳이 가면을 거부하지도 않는다. 이런 그의 행동은 이내 홍마담의 의식을 날카롭게 충격한다.

> 어느 날 홍마담은 밑도 끝도 없이 문득 한 가지 불길스런 예감이 들어왔다. 그녀의 수완과 여왕봉의 새로운 질서에 대하여 누군가가 그녀를 배반하고 나설 것 같은 이상스런 예감이 느껴져 온 것이었다. 그리고 그녀를 방해하고 술집의 분위기를 파괴하려들 것 같은 상서롭지 못한 느낌이 들어 온 것이었다. (「예언자」, ≪문학사상≫, 1977.9. p.419)

불길한 배반의 예감을 감지한 그녀는 그 예감의 진원지가 나우현임을 알고 막연한 두려움에 사로잡히는 한편, "까닭모를 배신의 예감으로부터 자신을 지키고 나우현에 대한 복수를 감행"할 것을 결심한다. 홍마담은 자신이 구축한 권위의 성을 허물어뜨리려는 나우현을 용서하지 않기로 한다.

나우현은 〈여왕봉〉의 질서와 규율에서 격절된 이방인이다. 그는 홍마담이 이루어 놓은 거짓된 삶의 질서 속에서 철저히 소외되어 있다. 홍마담의 등장과 함께 그의 예언이 중단되었다는 것은 그가 〈여왕봉〉의 관습에 적응하지 못하고 있다는 사실을 가리킨다. 그러던 나우현이 다시 입을 연 것은 끔찍한 살인의 예언에 관한 것이었다. 즉 홍마담은 살인을 하게될 터인데, 그것은 자신이 〈여왕봉〉의 진짜 여왕벌이 되어 모두를 자신의 종으로 삼기 위해서라는 것이다. "살인은 지배력의 완성을 뜻하기 때문이오. 가장 완벽한 지배의 형태는 죽음 이상의 방법이 없는 거요."라는 나우현의 불길한 예언은 권력자의 무자비한 지배욕과 그를 위해서는 어떠한 수단과 방법도 가리지 않는 잔인한 속성을 예리하게 간파한 결과이다. 권력자에게 이러한 권위를 許與한 것이 다름 아닌 그들(〈여왕봉〉의 단골손님)의 책임이라고 지적하는 데서

도 나우현의 통찰력을 읽을 수 있다.

> 『허물은 저 여자에게 있는 것이 아니다. 애초의 허물은 우리들 쪽에서 비롯한 것이다. 우리들이 저 여자에게 즐겁게 복종을 해보였기 때문이다. 저 여잔 이젠 우리들의 복종이 즐거워진 것이다. 우리들의 복종을 즐기고 싶은 것이다. 더욱 더 철저한 복종을 원하고 있는 것이다.』

홍마담의 절대적 복종자로 우덕주가 선택된 것은 당연한 일이다. 그는 상대에게 맞서지 못하고 일방적으로 맞아야 하는 직업을 가진 청년이기 때문이다. 미군 상대의 스파링 파트너인 그는 일자리를 잃고 마는데, 그 까닭은 자신의 본분을 망각했기 때문이었다. 그는 자신이 죽을 지도 모른다는 두려움으로 상대를 때려 눕혔다. 그 사실을 알게 된 홍마담은 그를 자신의 충직한 노예로 삼고 기회 있을 때마다 그에게 린치를 가한다. 그럼으로써 나우현의 예언이 우덕주를 통해 실현될 지도 모른다는 생각을 〈여왕봉〉의 신하 모두가 갖도록 은근히 상황을 조작한다. 그러나 정작 나우현의 예언은 자신의 죽음을 통해 증명된다. 나우현과 모종의 공범의식을 확인한 홍마담은 우덕주를 버리는데, 그에 반항하던 우덕주가 살인에의 충동을 느끼면서 나우현의 목을 조른다. 결국 나우현은 자신의 예언을 실현시키기 위해 자신을 희생한 것인데, 이것은 타락한 세계에서 진정한 자아를 지키려는 최후의 방법으로 이해된다.

나우현이 자기 나름대로의 결심을 굳히고 "자신의 생명처럼 아끼면서 생애를 지켜온" 수석을 〈여왕봉〉 사람들에게 모두 나누어 준 행위는 베풂의 미덕, 나누어 주는 사랑의 진실을 깨달았기 때문으로 보인다. 그가 수석을 통해 "생명의 진리"를 발견하고 그것을 가면에 갇혀 자아를 상실한 사람들에게 증여하는 것은 바로 제도의 폭력에 희생된 인간을 구원하려는 예언자로서의 당연한 의무라 할 수 있다. 더군다나 그는 자신의 일생석을 홍마담에게 주는데, 그것은 그녀의 가당치 않은 소유와 지배에의 욕망을 무산시키려는 의도로 이해된다. 따라서 그가 홍마담이 살인을 저지를 것이라고 예언했던 일을 두고, 진실을 반대로 말하고 있을 수도 있는 것이라며 한걸음 뒤로 물러난 행동을 보인 것도, 미망에 사로잡힌 사람들의 의식을 일깨우기 위해 선택한 어쩔 수 없는 방책이었다고 할 수 있다.

예언자가 가장 외로운 것은 그의 진실을 일부러 반대로 말해야 할 경우를 만났을 때일 것이오. 예언자들은 때로 그가 알고 있는 진실을 지키기 위하여 그 진실과는 오히려 반대의 예언을 해야 할 때가 있는 듯 싶으니 말이오. 그런 때 그는 절대로 예언자로서의 자신의 능력이나 지혜를 증거할 수가 없는, 증거를 해서도 안되는 가장 불행한 예언자가 되어야 하는 것 같소.(…중략…)
나의 이야기는 다만 예언의 완성은 예언자 자신의 일은 아니라는 뜻일 뿐이오
어떤 예언의 마지막 완성자는 그 예언을 말한 예언자 자신이 아니라 그의 예언을 살고 그 증거를 만나게 될 사람들 자신의 몫이라는 말이오.
그리고 그런 의미에서 나의 예언은 다만 예언 자체의 행위가 끝난 것일 뿐, 그것의 완성이 끝난 것은 아니란 말도 되는 것이오.
필요하다면 나의 예언은 아직도 마지막 완성을 기다리며 당신들에게 살아 있을 수가 있다는 말이오.
그럴 경우 나의 예언이 아무쪼록 당신들 가운데서 뜻깊게 완성되어지기를 바라고 있겠소.

(「예언자」, ≪문학사상≫, 1977.10. pp.251-252)

나우현의 이와 같은 유서는 절대 권력의 무자비한 지배 욕구 앞에서 지식인이 어떤 역할을 떠맡아야 하는가를 시사하고 있는 듯하다. 바람직한 지식인은 일상성의 세계를 일상성 그대로 받아들이지 않으며 사실의 세계를 진실의 세계로 착각하지 않는다. 또한 그들은 일상성의 질서에 끊임없이 회의하면서 자기 시대의 지배 이데올로기의 허위의식을 날카롭게 통찰하고 폭로한다.174) 이러한 지식인을 예언자적 지성이라 하는데, 나우현이 예언자이며

소설가였다는 사실은 작가의 의도를 보다 명백하게 해준다. 즉 이청준은 우리 사회에 만연해 있는 제도적 폭력과 그들의 허위의식에 의해 소외된 참된 인간들에 대하여 뜨거운 동지애를 느끼고 있다.

이동하와 이청준은 현대 사회를 조직 사회의 제도적 폭력 밑에서 자아를 상실해가는 타락한 구조로 파악한다. 조직 사회에서의 삶은 질서와 규율에 대한 무조건적 복종만이 요구되며, 그렇지 않을 경우 사람들은 그 사회에서 내쫓겨 이방인이 되고 만다. 그러나 작가는 바로 이들 이방인의 상식을 초월한 행위야말로 인간을 소외 상태에서 해방시켜 줄 수 있는 유일한 방책임을 강조하고 있다. 그들의 행위가 때로는 희화적으로 인식되거나 비일상적 직업의 소유자로 표현되는 것은 이 세상이 전체적으로 버그러져 있다는 사실의 역설적 표현이다.

홍성원의 「도깨비 웃음」과 「괴질」 역시 조직 사회의 폭력에 의해 소외되고 희생된 인간의 운명을 희화적 혹은 알레고리적 수법으로 풍자한 작품이다. 「도깨비 웃음」[175]의 주인공 이래두(李來斗) 씨는 "원래 사람 좋고 성품이 온화"하여 가정에서나 회사에서 호의적인 평판을 받고 있는, 지극히 평범한 현대인이다. 평소에 과묵하고 웃음 띤 모습을 별로 보이지 않던 그가 갑자기 묘한 미소를 자주 띠게 되면서 주위사람들로부터 오해를 산다. 그것은 이래두 본인의 의사와는 전혀 상관없이, 심지어는 자신도 모르게 입가에 기묘한 웃음이 만들어져 사람들을 불쾌하게 만든다. 그러한 묘한 증세는 날이 갈수록 악화되어 급기야 그는 회사에서 쫓겨나게 된다. 그리고 취직부탁을 위해 찾아갔던 친구에게서도 똑같은 오해를 받고 싸우다가 경찰서에 끌려가는데, 그곳에서도 같은 이유로 형사에게 폭행당한다. 그는 마침내 정신과 의사에게 찾아가 도움을 요청하는데, 의사는 그의 기묘한 증상을 "울화병의 일종"으로 규정한다.

---

174) 한완상, 『民衆과 知識人』, 정우사, 1978. pp.49-52 참조.
175) 홍성원, 「도깨비 웃음」, 《문학사상》, 1974. 6.

> 『선생은 지금 마음 속으로는 울화를 부글부글 끓이고 있습니다. 헌데
> 이걸 정직하게 밖으루 내뿜으면 선생은 외부로부터 당장 무서운 제재를
> 받게 됩니다. 따라서 선생은 외부의 제재가 무서워서 이걸 묘하게 공손한
> 웃음으로 바꿔치기한 겁니다. 일테면 겉으로는 상냥하게 웃고 있지만, 맘
> 속으로는 증오심에 가득차서 칼을 시퍼렇게 갈고 있는 셈이죠.』
>
> 　　　　　　　　　　　　　　　　　　「도깨비 웃음」, 《문학사상》, p.82)

　울화병의 원인을 의사로부터 추궁받는 그는, 도깨비 골짜기에 붙들려 갔
던 어느 날의 꿈 이야기를 털어 놓는다. 그가 잡혀 간 산 속의 절은 주위의
컴컴한 골짜기와는 달리 무시무시하게 밝았고, 그곳의 도깨비들 역시 흉측한
몰골이었다. 도깨비들은 그가 자기들을 흉 봤기 때문에 잡아먹겠다고 말하
면서, 그의 죄상을 낱낱이 밝힌다. 그의 죄란, 어느 날 돈 팔백 원이 든 지갑
을 주웠다는 것, 하급 직원에게서 설탕 한 포대를 뇌물로 받았다는 것, 어느
여인과 간통을 할 뻔 했다는 것 등 사소하기 짝이 없는 것들이었다. 도깨비들
은 보름날 그를 잡아먹기로 하고 매일 밤 잔치를 벌인다. 드디어 보름날이
되자 도깨비는 오늘 하루만이라도 즐거운 표정을 지으면 살려주겠노라고 제
안하는데, 그는 절망과 공포에 사로잡혀 입술만 일그러뜨리고 있다가 잠에서
깨어난다. 그리고 그 다음부터 꿈 속의 도깨비들에게 강요받았던 불쾌한 미
소를 짓는 버릇이 생기게 된다. 즉, 그는 불가항력적인 외부의 압력에 의해서
자기 본성을 상실 당한 채, 자기의 생각과는 정반대되는 행동을 하다가 사회
로부터 고립된다. 이 점에 대해 의사는 "선생은 현재 외부 사물들에 전혀
반대되는 역반응을 드러내고 계십니다. 위협적인 사물에 대해서는 웃음의
역반응을 내보이고 있고, 유쾌하고 즐거운 사물에 대해서는 공포의 역반응을
드러내고 계십니다."라고 진단한다. 이 작품의 주인공 이래두 씨는 도깨비로
상징되는 제도적 권력의 횡포에 자아를 상실하고, 끝내 조직 사회에서 소외
당한 채 신음하는 현대인의 표상이라 할 수 있다.

　「괴질」[176]은 현대의 조직적 폭력사회를 일종의 알레고리적 수법으로 묘사

한 작품이다. 이 작품에 나타난 사건의 대강을 살펴보면, 탄광촌에 괴질이 창궐한다는 보고를 받고 진상을 파악하기 위해 내려온 P라는 인물이 맹인으로 가장한 수사관에 의해 체포된다. 이러한 사건에서 특히 주목되는 점은 P가 탄광촌에서 목격한 마을 사람들의 심한 딸꾹질과 살인사건에 관한 것이다. 괴질의 한 증상으로 짐작되는 마을 사람들의 딸꾹질은 화자가 직접 목격한 사실이지만, 살인사건에 관한 것은 소문만 무성하게 나돌 뿐이다. 그렇기 때문에 맹인으로 가장한 수사관은 딸꾹질을 부정하고 살인사건을 강조하는 반면, 탄광촌을 감싸고 있는 거대한 음모와 속임수를 거부함으로써 고통 당하는 "사람같은 원숭이"는 딸꾹질의 진상을 P에게 털어 놓는다. 이렇게 해서 밝혀진 사건의 진상은, 탄광촌의 맹독성 가스가 딸꾹질을 유발하고, 살인사건은 주민들의 관심을 다른 곳으로 돌리기 위해 관리들이 조작한 헛소문이라는 것이다. 탄광에서 발산되는 맹독성 가스는 딸꾹질을 불러 일으키다가 후두염으로 발전하여 마침내 죽음에까지 이르게 하는데, 이 사실이 보도되면 탄광이 폐쇄될 것을 두려워 한 관리들이 살인사건을 조작했다. 결국 사람같이 생긴 원숭이는 관리들에 의해 흉악한 살인범이라는 누명을 쓰고 있지만, 실제로는 조직 사회의 횡포와 속임수에 대항하다가 주민 전체에게 소외당하는 문제적 인물이라 할 수 있다. 원숭이가 맹인에 의해 살해되고 P가 살인범으로 체포되는 결말 구조를 갖는 이 작품은, 현대사회의 조직적 폭력 앞에서 무능력할 수밖에 없는 인간의 고뇌와 소외의식을 알레고리적 수법으로 잘 형상화한 것이다.

현대 조직사회의 폭력과 개인의 소외는 홍성원이 집중적으로 추구하는 문학적 주제라 할 수 있다. 그는 조직 사회를 살아가는 현대인이 끊임없이 조직의 허위의식과 조작된 이데올로기에 시달리면서 점차 자아를 잃어버린 채 자동인형적 무의지의 사물과 같은 존재로 전락하게 되는 과정을 파헤친다. 이러한 홍성원의 작업은 예술이 가지고 있는 인간과 대상을 억압에서 해방

---

176) 홍성원, 「怪疾」, ≪현대문학≫, 1974. 8.

시키는 힘과 비인간화된 삶을 인간화시키는 힘에 대한 굳건한 믿음을 가지고 있기 때문에 가능한 것으로 보인다.

(4) 고향 상실과 流浪人의 悲哀

도시화·산업화에 의해 고향을 잃은 사람들의 비극적 삶에 대한 현대 작가들의 관심과 동정, 혹은 분노의 감정은 꽤나 집요한 데가 있다. 1960, 70년대 작품들, 그 중에서도 70년대 중후반 이후에 발표된 작품들은 이들 뿌리 뽑힌 자들에 대한 성실한 보고서로서의 가치와 의미를 갖는다. 이들 작품에 그려진 뿌리 뽑힌 자들의 비극적 삶은 비단 물리적 고향을 상실한 데서만 발견되는 것은 아니다. 농촌을 떠나 도시로 이주한 사람이건, 다시 고향으로 돌아온 사람이건, 그들은 한결같이 한군데 정착하지 못한다. 그들은 이제 물리적·심리적 고향을 모두 잃어버린 뜨내기로서 정처없이 떠돌아 다녀야 할 운명에 처한다.

다수의 작가들에 의해 천착된 고향 상실자 혹은 뿌리 뽑힌 자들의 삶은 대체로 다음과 같은 유형 분류가 가능할 것으로 보인다. 첫째, 생존에 필요한 조건마저 제대로 갖추지 못할 정도로 비인간적인 대우를 받고 있는 노동자들. 둘째, 근대화·산업화·도시화의 격랑에 휩쓸려 하루 아침에 삶의 터전 혹은 정신적 뿌리를 상실당하고 만 사람들. 셋째, 적응력을 갖추지 못한 나머지 몰락의 길을 걷고 만 정직하며 소박한 소시민들. 넷째, 기존의 법·제도·관념과 극심한 마찰을 일으킨 끝에 정신적 恒常性을 놓치고 만, '의식 있는' 자들.177) 이 가운데 이 節에서 다루게 될 것은 첫째와 둘째 유형에 관한 것이다. 그러나 둘째 유형은 이른바 도시 소설과 밀접한 상관관계를 지니고 있는 것으로 이미 앞 장에서 다루었기에 중복되는 경우는 제외하게 될 것이다. 또한 황석영의 「객지」, 조세희의 『난장이가 쏘아 올린 작은 공』은 다음

---

177) 조남현, 「1970년대 소설의 실상과 의미」, 『우리 소설의 판과 틀』, 서울대학교 출판부, 1991. p.87

장에서 보다 심도있게 다루어질 것이므로 역시 논외로 한다. 따라서 이 절에
서 집중적인 논의의 대상이 될 작품은 황석영의 「森浦 가는 길」[178]로 좁혀지
게 된다.

「삼포 가는 길」은 세 사람의 뜨내기가 겨울 들판을 동행하며 못 가진 자들
끼리의 뜨거운 인간애를 나누는 서정적인 작품이다. 착암기를 다룰 줄 아는
뜨내기 노동자 영달과 목공일과 용접을 할 줄 아는 교도소 출신의 정씨, 그리
고 열 여덟에 가출하여 이제 고향에 돌아가려는 백화 등 세 사람의 남녀는
우연히 겨울 들판에서 만난다.

영달은 공사판에 흘러 들어 왔다가 공사가 중단되어 밥값도 지불할 수 없는
지경에 이르자 야반도주를 한다. 들판에서 만난 정씨는 십 년 동안 객지를
떠돌아 다니다 이제 고향으로 가기 위해 길을 나선 사람이다. 이 둘은 어느
누가 좀 더 낫다고 할 수 없을 정도로 강팍한 인생을 살아왔지만, 이 부분에서
영달은 문득 기가 죽는다. "그는 집으로 가는 중이었고, 영달이는 또 다른 곳
으로 달아나는 길 위에 서 있었기 때문이었다." 귀향하는 사람에게는 어딘
지 모를 너그러움과 오만이 잔뜩 배어 있다. 영달이 삼포에 대해 묻자, 정씨는
"정말 아름다운 섬이오. 비옥한 땅은 남아 돌아가구, 고기두 얼마든지 잡을
수 있구 말이야."하고 자랑하지만, 정작 영달이 그곳에 뿌리를 내리고 싶은
기색을 보이는 순간 냉정한 거부의 자세를 드러낸다. 그 까닭은 영달이 타관
사람이기 때문이다. 이것은 그가 영달을 무시하거나 업신여겨서가 아니라 자
기 고향에 대한 긍지와 자부심을 그런 식으로 표현한다. 영달이나 정씨에게
가장 부러운 것은 떠돌이 생활을 청산하고 어디엔가 뿌리를 내리고 사람답게
살아가는 일이다. 영달이 자신의 고단한 삼 십년 생애 가운데 가장 좋았던
시절을 옥자와 살림을 했던 지난 겨울로 기억하는 것도 그 때문이다.

---

178) 黃晳暎, 「森浦 가는 길」, ≪신동아≫, 1973. 『客地』, 창작과 비평사, 1974에서 재
인용.

『좋았지 정말. 대전 있었읍니다. 옥자라는 애를 만났었죠. 그땐 공사장에서 별볼일두 없었구 노임도 실했어요.』

『살림을 했군.』

『의리있는 여자였어요. 애두 하나 가질 뻔했었는데, 지난 봄에 내가 실직을 하게 되자, 돈 모으면 모여서 살자구 서울루 식모 자릴 구해서 떠나갔죠. 하지만 우리같은 떠돌이가 언약따위를 지킬 수 있나요. 밤에 혼자 자다가 일어나면 그애 때문에 남은 밤은 꼬박 새우는 적두 있읍니다.』

(「삼포가는 길」, p.265)

뜨내기들에게 있어 한 곳에 정착하여 살림을 하고 자식을 낳아 기르는 일은 한 시도 잊을 수 없는 희망인 동시에 거의 불가능에 가까운 공상이라는 사실을 그들은 누구보다 잘 알고 있다. 영달이 백화의 은근한 제의를 거절한 것도 한 번의 실패를 다시 반복하지 않겠다는 각오와 함께, 옥자에 대한 아픈 기억이 그의 가슴에 넓깊은 상흔을 내고 있기 때문인 것으로 보인다. 또한 이들이 마을을 통과할 때마다 "창 너머로 사람들의 목소리가 들려왔다."라거나 "굴뚝에서 매캐한 청솔 연기 냄새가 돌담을 휩싸고 있었는데 나직한 창호지 들창 안에서는 사람들의 따뜻한 말소리들이 불투명하게 들려왔다."라는 진술이 반복되는 것도 뜨내기 인생의 간절한 소망을 간접적으로 드러내려는 작가의 의도에서 비롯된 것이라 할 수 있다. 오랜 동안의 뜨내기 생활에 지친 그들이 간절히 소망하는 것은 "불이 생기니까 세 사람 모두가 먼 곳에서 지금 막 집에 도착한 느낌이 들었고, 잠이 왔다."와 같은 구절이 암시하는 것처럼 가정에서 푸근한 잠을 자고 싶어하는 매우 소박한 바람이다.

그러나 이들의 희망은 마지막 순간에 배반당한다. 백화를 보내놓고 삼포행 열차를 기다리던 영달과 정씨는 그곳이 산업화의 도도한 물결에 휘말려 공사장으로 변했다는 소식에 갑자기 갈 곳을 잃는다.

그때에 기차가 도착했다. 정씨는 발걸음이 내키질 않았다. 그는 마음의 정처를 방금 잃어버렸던 때문이었다. 어느 결에 정씨는 영달이와 똑같은 입장이 되어 버렸다.

기차가 눈발이 날리는 어두운 들판을 향해서 달려갔다.

(「삼포가는 길」, pp.276-277)

영달의 고단한 뜨내기 삶을 위로해주는 것이 옥자와의 살림을 차렸던 기억을 반추하는 것이었다면 정씨에게는 언제라도 돌아가면 반겨줄 고향이 있다는 점이었는데, 이둘은 이제 완전한 유랑인이 되고 말았다. 이들이 어디엔가 정착을 하지 못하고 떠돌이의 삶을 반복해야 하는 까닭은 산업화·도시화·물질주의적 사고 때문이다. 영달이 옥자와 헤어지게 된 것은 돈이 없기 때문이었고, 백화가 고향을 떠나 작부 생활을 한 것도 지긋지긋한 가난 때문이었으며, 정씨가 문득 갈 곳 없어진 것도 산업화로 인한 고향 상실에 그 원인이 있다. 이런 의미에서 이 세 사람은 모두 근대 산업화의 희생자들이라 할 수 있다. 물질적 풍요를 약속했던 산업화는 거꾸로 그들의 가정과 고향을 모두 앗아가 버렸고, 따라서 그들은 사회에서 완전히 버림받은 죄인과 다름없는 존재로 전락한다. 다시 말해 "그들은 모두 다 잔혹한 전쟁에 이어 이 나라에 산업사회와 더불어 찾아온 物神主義에 의해 희생되어 그들이 돌아가야 할 땅을 잃어버린 자들이다."[179)]

그럼에도 이들은 가진 자들을 원망하거나 그들에게 울분을 터뜨리지 않는다. 오히려 이들은 자신에게 주어진 삶을 숙명으로 받아 들이며 뜨내기 끼리의 끈끈한 연대감을 확인하면서 서로의 상처를 핥아주는 따뜻한 휴머니즘의 정신을 발휘한다. 그들은 자신의 의사와 상관없이 변모하는 주변 환경에 밀려 수많은 고통과 정신적 외상을 입고 있지만, 인간에 대한 굳건한 신뢰와 질긴 유대감을 포기하지 않음으로써 불신과 반목, 갈등과 투쟁을 이겨내는 인간 승리자이기도 하다. 그것은 특히 백화의 지나온 삶의 여정을 통해 분명한 모습으로 다가온다.

---

179) 이태동, 「역사적 휴머니즘과 미학의 근거—황석영 론」, 『한국현대소설의 位相』, 문예출판사, 1985. p.343

"인천 노랑집에다, 대구 자갈마당, 포항 중앙대학, 진해 칠구" 등 한국의 내로라 하는 유곽을 모두 거치면서 "내 배 위로 남자들 사단 병력이 지나갔을" 만큼 관록이 붙은 갈보인 백화가 가장 행복했다고 느끼는 시절은, 아이러니컬하게도 죄수를 뒷바라지를 할 때였다. 부산에서 소개를 잘못 받아 술집에 팔려간 그녀는 그곳에서 罪囚兵의 옥바라지를 하며 모두 여덟 명을 떠나보낸다.

> 어느날 그들은 마을의 제방공사를 돕기 위해서 삼십여명이 내려왔다. 출감이 멀지 않은 사람들이라 성깔도 부리지 않았고, 마을 사람들도 그리 경원하지 않았다. 그들이 밖으로 작업을 나오면 기를 쓰고 찾는 것은 물론 담배였다. 백화는 담배 두 갑을 사서 그들 중의 얼굴이 해사한 죄수에게 쥐어 주었다. 작업하는 열흘간 백화는 그들의 담배를 댔다. 날마다 그 어려 뵈는 죄수의 손에 몰래 쥐어 주곤 했다. 다음부터 백화는 음식을 장만해서 감옥 면회실로 그를 만나러 갔다. 옥바라지 두 달 만에 그는 이등병 계급장을 달고 백화를 만나러 왔다. 하룻밤을 같이 보내고 병사는 전속지로 떠나갔다.
>
> (「삼포가는 길」, p.273)

백화가 어린 죄수병에게 베푼 사람은 모성애와 같은 것이다. 그녀는 스스로 사회에서 버림받은 작부라는 사실을 인식했기 때문인지 어린 나이에 죄수복을 입은 그 병사에게 어머니 같은 사랑을 베풀었던 것이고, 그것은 어떤 댓가를 요구하는 것이 아니었기에 더욱 감동적이다. 백화의 사랑은, 프롬의 표현을 빌면, 소유의 사랑이 아니라 존재의 사랑이라 이름 붙일 수 있다. 그것은 대상을 소유하고 정복하려는 사랑이 아니라, 비어 있는 마음으로 주는 사랑이다.[180] 소유의 양식having mode은 산업 사회 혹은 자본주의 소비 사회에 있어서 일반화되어 가는 삶의 태도로서, 인간을 객체화, 사물화시키는 삶이다. 모든 사물과 정신적 가치를 소유의 개념으로 환치시키는 이러한

---

180) 吳生根, 「黃晳暎, 혹은 존재의 삶」, ≪문학과 지성≫, 1978. 가을. p.955

삶의 태도는 인간을 끝없는 욕망의 노예로 타락시키고, 인간끼리의 정상적인 유대 관계를 불가능하게 만든다. 그러나 존재의 양식being mode으로서의 삶은 세계와의 관계에서 자신이 주체가 되어 활동하며 마음을 활짝 비워 둔다. 따라서 이 세계는 인간과 인간 혹은 인간과 세계가 참다운 조화를 이룩하는 이타적인 관계가 맺어지는 행복한 삶의 공간이다. 백화가 지향하는 삶이 바로 이러한 존재 양식의 삶이며, 이 작품이 우리에게 깊은 감동을 주는 까닭도 인간에 대한 무한한 신뢰와 애정에 밑바탕을 둔 휴머니즘의 회복을 촉구하고 있기 때문으로 보인다.

황석영이 서정적 분위기를 배경으로 하여 뿌리 뽑힌 자들의 뜨거운 인간애를 형상화한 「삼포 가는 길」은 산업 사회의 각박한 현실 속에서 우리가 진정 잃고 있는 것이 무엇인가를 반어적으로 제시하고 있다. 인생의 간난신고를 겪으면서도 타인을 전혀 원망하지 않으면서 못 가진 자끼리 서로 도와야 한다는 진리를 터득한 이들의 육친애적 사랑은, 물신의 노예로 전락하여 가족간의 혈연적인 애정마저 상품화시키는 현대인의 비정함을 날카롭게 깨우쳐 준다. 정씨가 은근히 보여주는 영달과 백화에 대한 육친애적 관심과 배려, 백화가 희생적으로 보여준 무조건적 베풂의 사랑은 현대 산업 사회의 고독과 불안 혹은 절대적 소외감을 극복할 수 있는 방법을 시사하고 있다. 그것은 가족 공동체적 삶의 회복과 이해를 따지지 않고 베푸는 자비와 시혜의 정신으로 가능한 것이다.

근대화 과정에 따른 사회의 구조적 특징은 혈연관계의 중요성이 현저히 약화되면서 비인격적 관계가 더욱 심화되고, 인간과 제도가 전문화함으로써 상호 의존도가 높아져 사회구성원간의 이질감이 더욱 두드러진다는 데에 있다. 소외는 바로 이와 같은 사회의 구조적 변화에 의해 생산된 현대의 정신적 위기상황을 상징하는 개념이라 할 수 있다. 이 장에서 다룬 작품들은, 조직사회 내에서 개성을 훼손당하지 않으려는 인간이 겪어야 하는 갈등의 양상과 현대사회의 비인격적 상황을 정확히 반영한 것들이다. 조직사회

내에서의 인간은 점차 시장지향적 성격이 강해지며 권위의 메카니즘에 길들여진다. 즉 현대인은 자아를 상실한 채 주위의 평가에 행동의 지배를 받는 한편, 인간관계에 있어서도 일차적 연대관계가 파괴되어 점차 타인을 지배하거나 타인에게 복종함으로써 고독과 무기력의 공포에서 벗어나고자 한다.

이동하의 「돌」·「상전 길들이기」 및 홍성원의 「괴질」 등은 조직 사회의 일원으로 획일화되는 자동인형적 동조의 메카니즘에 빠져들기를 거부하는 한 개인의 처절한 노력을 그린 작품이다. 시장지향적 인간은 집단으로부터의 분리라든가 집단적 기준으로부터의 고립을 두려워하고 소유에의 집념이 왕성한 물상화된 존재이다. 「돌」의 도기호, 「예언자」의 나우현, 「괴질」의 원숭이 등은 조직 사회 특유의 권위의 메카니즘을 파괴함으로써 자아의 순수성을 옹호하려는 존재적 인간의 표상으로 기능한다. 이것은 결국 일상성의 세계를 일상성 그대로 수용하지 않고, 사실의 세계를 진실의 세계로 착각하지 않으려는, 깨어있는 의식의 자기 정체성 확립의 노력이라 할 수 있다. 그들 존재적 인간은 일상성의 질서에 끊임없이 회의하면서 조직 사회의 지배 이데올로기의 허위의식을 날카롭게 통찰하고 폭로하는 것이다.

산업화에 의해 삶의 근거를 송두리째 빼앗긴 뿌리 뽑힌 자들의 영원한 流浪은 그들이 물리적으로나 정신적으로 거의 완벽하게 고향을 상실하고 있다는 본원적 비극감을 일깨운다. 그들은 급변하는 산업화 시대에 적절히 대응하지 못함으로써 사회에서 소외되는데, 황석영의 「삼포가는 길」에 등장하는 세 인물들은 하나같이 사랑과 포용의 감정의 불씨를 가슴 깊숙한 곳에 간직하고 있으며, 그들이 그러한 사랑의 감정을 버리지 못하고 있기 때문에 떠돌아 다닌다는 역설적 사실을 이 작품은 보여주고 있다. 정씨의 육친애적 관심과 포용의 자세, 백화의 모성애적 베풂의 사랑은 소유의 양식으로 변질되어가는 인간관계를 날카롭게 질타하면서, 인간에 대한 무한한 신뢰와 애정을 근간으로 하는 휴머니즘의 회복과 사랑의 존재에 대한 숭고함을 일깨워 주고 있다. 결국 이들 작가는 소유적 삶과 소외의 상황을 극복하는 가장 바람직한 방법이 인간 상호간의 일차적 유대관계의 회복과 육친애적 사랑의 베풂에 있다는 점을 강조하고 있다.

3. 계층간의 葛藤과 노동소설

1960년대 이후 급속하게 진행된 경제 성장의 과정은 그 양적인 변화의 추세에 있어서 전례를 찾아보기 힘들 정도로 급속하고도 대대적인 양상을 보여주었다. 그로 인하여 광범하고도 급격한 사회 구조의 재편성이 이루어졌으며, 이에 따라 지역적·직업적·경제적 불평등과 불균형이 노정되고 계층(계급) 의식 또한 날카로운 대립과 갈등을 드러내기 시작하였다. 한국의 사회적 불평등에 관심을 기울이는 사람들의 대부분이 그 원인을 소득과 분배의 불균형에서 찾으려 하는 까닭도 여기에 있다. 사실 1950년대 말 경부터 한국의 소득 분배가 보다 평등해졌다는 경제학자의 분석 결과[181]에도 불구하고, 대다수 사람들은 경제적 불평등이 오히려 증대되고 있다고 믿고 있으며, 심지어는 이것이 오늘날 가장 심각한 사회 문제의 하나라고 인식하고 있다.[182] 경제 전문가들의 통계 수치와 일반 국민의 정서적 반응 사이에 생긴 이러한 대립적 격차를 어떻게 설명할 것인가는 매우 어려운 문제에 속할

---

181) 구해근, 「현대 한국 계급구조에 관한 시론」, 변형윤 외, 『한국사회의 재인식 Ⅰ』, 한울, 1984. p.289 참조.
182) 경제성장이 어느 정도 지속되면 현실적인 경제적·사회적 조건의 상향경험에서 촉발된 사회적 열망은 경제성장의 속도를 앞질러 급격하게 상승한다. 그리하여 사회 체제의 성취능력과 사회적 기대수준 사이에 커다란 격차가 발생하는데, 이를 〈상대적 박탈relative deprivation〉이라 말한다. 우리나라의 경우 산업화는 빈부의 격차를 더욱 심화시키는 결과를 초래하였으며, 이 문제를 심각한 사회문제로 파악하고 어떤 변화를 기대하는 계층은 중상층이 66.6%, 근로자층이 63.3%, 신중산층 61.9%, 도시 하류층 59.4%, 농민층 54.6% 등으로 나타난다.

뿐만 아니라 이 논문의 주제와 별반 상관이 없는 것이기도 하다. 그러나 분명한 것은 한국 사회의 불평등 관계가 산업화의 과정에서 보다 구조화되었다는 점[183]이며, 실제로 많은 사람들이 피부로 절감하고 있다는 사실이 중요하다.

소득과 분배의 불균형이 초래하게 될 사회 문제에 대하여 진지한 관심과 우려를 표시한 계층 가운데 하나가 작가였는데, 1967년 문학의 사회 참여론이 제기된 이후 70년대의 리얼리즘론과 80년대에 이르러 강력한 호소력을 갖게 되는 민중문학론에 이르기까지 일련의 집요하고도 정열적인 문학 논쟁 또는 논의들은 이 시기의 유례없이 중요한 창작품들과 함께, 이 사회 구조의 재편성 과정을 반영하고 혹은 대응하는 것[184]이라 할 수 있다.

정부 주도형·외자 의존형·수출 주도형·저금임 의존형·국력 배양형으로 규정되는 한국의 산업화는, 경제 규모의 확대와 산업 구조의 고도화라는 결실을 얻었다는 점에서 일단 긍정적으로 평가할 수 있다. 산업화로 인해 고질적인 가난과 굶주림에서 해방되고 괄목할 만한 경제발전을 성취한 사실

〈계층별 빈부격차에 대한 인식〉

(단위 : %, ( ) 안은 빈도수)

구분 \ 계층	중산층	신중산층	구중산층	근로자층	도시하류층	농민층	합계
심각한 사회문제이므로 큰 변화가 있어야 한다	66.3	61.9	54.9	63.6	61.3	54.6	60.6
	(124)	(320)	(219)	(374)	(117)	(107)	(1,261)
사회문제이나 어쩔 수 없는 현상이다	31.0	35.8	36.8	29.4	26.2	36.7	30.3
	(58)	(185)	(147)	(174)	(50)	(72)	(386)
전혀 문제거리가 되지 않는다	0.5	1.2	2.3	2.2	2.1	2.0	1.8
	(1)	(6)	(9)	(13)	(4)	(4)	(37)
모르겠다	2.1	1.2	6.0	5.1	10.5	6.6	4.7
	(4)	(6)	(24)	(30)	(20)	(13)	(97)

자료 : 「한국사회계층의 생활실태와 의식에 관한 연구」, 현대사회연구보고, 1986, p.189

183) 위의 글, p.290
184) 김병익, 「한국 문학에 나타난 계층 문제」, 『들린 시대의 문학』, 문학과 지성사, 1985. p.114

은 몇 번이고 강조해도 좋은 산업화의 공적인 것이다. 그러나 그에 따른 부작
용이나 역기능이 매우 심각한 사회문제로 대두되었다는 사실도 솔직히 인정
해야 한다. 무엇보다 富와 소득의 분배 불평등, 공업 구조의 고도화에 따른
각종 환경의 오염과 악화, 기업가와 지도층의 부조리와 사치에 대한 일반
국민의 상대적 박탈감 등 심각한 계층간의 갈등을 초래했다.

도시화 · 산업화에 의해 농촌 경제는 더욱 황폐화하였고 도시로 몰려든 이
농민들은 뚜렷한 자본과 직장없이 도시 빈민 계층을 형성한다. 이들은 주로
일용 노동자나 서비스업에 종사하면서, 최저 생계비에도 미치지 못하는 임금
과 열악한 작업 환경 속에서 미래에 대한 어떠한 낙관적 전망도 가지지 못한
채 신음하고 있다. 정책 입안자들과 산업 자본가들은 저렴한 노동력이야말
로 한국에서 유일하게 풍부한 자원이며 세계시장에서의 유일한 경쟁 수단임
을 정확히 인식하고 있었다. 그들은 국가 경제를 활성화하기 위해 당분간의
불편함은 참아야 한다는 일방적 논리로 노동자들의 정당한 노동과 임금을
가로채었다.

이와는 반대로 산업화에 따라 새로운 지배 세력으로 성장한 자본가와 관
료들은 각종의 편법을 이용해 부와 권력을 쌓아 가는 한편, 일반인의 상상을
초월한 초호화 생활을 영위한다. 정부의 수출지원 금융제도의 허점을 이용
하여 대기업으로 발돋움한 일부 신흥재벌은 부동산 투기 및 자금 사정이 딸
리는 중소기업의 引受 등과 같이 금융자금을 자신의 부를 축적하는 일에 편
법으로 사용했다. 제도의 보호 아래 부조리와 편법주의가 횡행하면서 대기
업가의 재산은 눈덩이처럼 불어 가지만, 상대적으로 중소 기업가나 노동자의
생활은 궁핍으로 치닫게 된다.

70년대 작가들이 각별한 관심과 애정을 가지고 관찰하고 사회의 구조적
문제를 드러내려 노력했던 것이 바로 가진 자와 못 가진 자 사이의 갈등과
알력이었다. 富益富 貧益貧의 악순환은 단순한 경제적 문제로 끝나지 않는
다는 점에서 심각성이 강조된다. 기득권을 소유한 계층은 그것을 빼앗기지

않으려고 더욱 강력한 자기보호의 울타리를 치게되며, 못 가진 자들은 생존적 차원에서 부의 정당한 분배를 요구하기에 이른다. 70년대 벽두에 발생한 청계천 노동자의 분신자살 사건과, 1975년 Y.H. 무역 여공들의 집단 항의는 자신의 권익을 더 이상 침탈당하지 않으려는 소외 계층이 선택할 수 있었던 마지막 수단이었던 셈이다. 노사간의 갈등이 70년대에 이르러 핵심적인 사회 문제로 제기된 것은, 거듭 반복되는 말이지만, 산업화 정책에 의하여 폭발적으로 증가한 노동자 계층의 기본적 생존권마저 보장되지 않는 열악한 삶의 조건과, 상류 계층의 반도덕적 향락주의와 개인주의에서 그 원인을 찾을 수 있다.

70년대 작가들 모두가 노동자·농민의 편에 서서 그들만이 순수하고 정당하며 기득권 계층은 전부 부도덕한 인간이라고 일방적으로 몰아붙이는 것은 아니다. 과거의 끔찍했던 가난과 굶주림의 실상을 과장없이 그려 보이면서 현재의 상황이 과거에 비해 얼마나 바람직하게 개선되었으며 인간다운 삶이 가능하게 되었는가를 대조적으로 보여준 작가나 작품의 수도 결코 적은 양이 아니다. 그러나 이 장에서 다루고자 하는 작품은 일부 부도덕한 개인주의자들의 탐욕 때문에 인간의 기본적 생존권마저 위협당하는 노동자들의 참상을 다룬 것들이며, 그들 작품을 분석함으로써 타락한 사회에서 지식인의 소명에 충실하려 노력한 작가들의 휴머니즘을 살펴보게 될 것이다.

한국의 사회 구조를 계급적 관점에서 분석하려는 시도[185]가 전혀 없는 것은 아니지만, 현재의 상황은 한국 사회가 완전히 계급 구조화 되었다기보다 그런 방향으로 움직여가고 있다[186]고 보는 것이 옳을 듯하다. 계급사회는,

185) 김진균, 「현대 한국의 계급구조와 노동자 계급」, 성균관대학교 사회과학연구소 편, 『한국 사회의 변동』, 성균관대학교 출판부, 1986.
　　　구해근, 앞의 글.
　　　임영일, 「사회 변동과 계급 구조의 변화」, 송건호·박현채 외 지음, 『해방 40년의 재인식 Ⅰ』, 돌베개, 1985.
　　　서관모, 「현대 한국사회의 계급구성과 계급분화」, 한울, 1984.
186) 구해근, 앞의 책, p.311

기딘스Anthony Giddens에 따르면, "단지 여러 계급이 존재하는 사회를 의미하는 게 아니라 계급 관계가 사회 구조 일반을 설명하는 핵심 요인이 되는 사회"[187]를 지칭한다. 보다 성숙한 계급 사회의 출현은 친족, 지연 및 후견 관계에 기초한 개인적 유대의 해체를 전제로 한다. 그러나 한국 사회는 아직도 완전한 게젤샤프트로의 이행이 이루어지지 않은 과도기적 형태에 머물러 있으며, 血緣이나 學緣에 따라 사회가 움직여지는 특수성의 지배 하에 놓여 있음을 간과할 수 없다. 또한 우리 사회 계층의 분화가 자본/노동의 소유보다 소득의 많고 적음에 따라 다르게 인식되는 현상도 한국 사회를 계급적 관점에서 파악하기 곤란한 점으로 작용한다.

어쨌든 70년대로 접어들면서 계층간의 갈등, 좀 더 자세히 말하면 가진 자와 못가진 자의 갈등이 매우 심각한 사회적 문제로 대두되었고, 작가들은 이들 소외 집단의 고단한 삶의 형상화를 통해 일부 상류 계층의 반도덕적·개인주의적 삶의 태도에 대한 준엄한 자기 반성을 촉구하였다. 이러한 작가의 노력은 소극적으로는 소득의 격차 문제, 적극적으로는 우리의 계층론을 계급론적 시각으로 접근하는 문제를 진지하게 제기[188]하는 역할을 떠맡고 나선 것이다.

우리의 산업화가 농민과 노동자의 막대한 희생을 발판으로 이루어진 것임에도 불구하고 산업화의 결실을 분배하는 과정에서 가장 소외된 계층이 노동자·농민이라는 사실은 대단히 역설적이다. 이런 왜곡된 상황에 대한 가장 강력한 항의가 전태일의 분신이라는 비극적 모습으로 표출되기도 했지만, 문학에서의 접근법은 상당히 우회적이고 상징적인 수법으로 표현되었다. 그것은 문학 자체의 특수성 때문이기도 했지만, 70년대의 사회 정치적 상황이 노사 갈등 문제를 직접적으로 다루어도 좋을 만큼 자유스럽지 못했음이 가장 주요한 원인일 것이다. 그럼에도 불구하고 「객지(황석영)」·「흔들리는 땅

---

187) Anthony Giddens, The Class Structure of the Advanced Societies, New York : Barnes and Noble, 1973. p.127
188) 김병익, 앞의 글, p.122

(홍성원)」·『아홉 켤레의 구두로 남은 사내(윤흥길)』 연작 및 『난장이가 쏘아 올린 작은 공(조세희)』 등 도시 빈민 혹은 뜨내기 노동자의 비극적 삶에 대한 정직한 보고서가 줄지어 발표된 것은 그만큼 계층간의 갈등의 폭이 심화되었음을 반증한다. 「객지」에서 『난장이가 쏘아올린 작은 공』까지의 궤적은 민중들에 대한 일반인의 인식의 발전 과정을 그대로 보여준다. 「객지」나 「흔들리는 땅」에서 보여 주었던 것이 뜨내기 노동자 혹은 시외버스 종점 주변의 행상과 차장들의 개인적 차원의 항거에 머물렀다면, 「아홉 켤레의 구두로 남은 사내」에서는 한 지식인의 의식의 변천 과정을 통해 지식인과 노동자가 노동 현장에서 만나는 과정을 보여주고 있다. 『난장이가 쏘아 올린 작은 공』의 의의는 지식인과 노동자의 결속을 보다 굳건한 것으로 확대시키면서 계층의식을 계급의식으로까지 심화시킨 추동력이 되었다는 점이다.

(1) 노동 현장의 묘사

論者에 따라 다를 수 있겠지만, 한국의 경제구조를 기업 부문·도시 비공식 부문·농업 부문·국가 관료제 등의 네 가지 부문으로 구분하는 견해[189]는 커다란 무리가 없어 보인다. 이들 가운데 기업 부문만이 완전한 자본주의적 생산 양식을 대표할 뿐 나머지는 前자본주의적이거나 과도기적 생산 형태를 띠고 있다. 이러한 각 부문 내의 혹은 각 부문 간의 다양한 사회적 분업과 생산 관계가 다양한 계층 양상을 유발하고, 나아가 복잡한 계층 간의 갈등을 불러일으키는 것이다. 위의 네 부문을 다시 거칠게 분류하면 〈착취/피착취〉 관계로 묶을 수 있을 터인데, 기업 부문과 국가 관료제가 전자에, 농업 부문과 도시 비공식 부문이 후자에 속한다.

노동자는 주변 계급과 함께 도시 비공식 부문[190]에 속하는 계층이며, 그들

---

189) 구해근, 앞의 글, p.293
190) '도시 비공식 부문'이란 용어는 사회학 분야에서 어느 정도 객관성을 인정받고 있는 것으로 보인다. 그것은 초기 비공식 부문론에서 보였던 이분법적·서술적

은 사회의 가장 밑바닥에 속하는 계층이다.[191] 이들이 우리 사회에서 차지하는 인구의 비중은, 1980년의 경우를 예로 들면, 전체 경제 활동 인구 1,370만 명 중 39.7%인 544만 명에 달한다.[192] 이들은 남에게 고용되어 있기는 하지만 그것이 일시적이거나 임시적이라는 특징을 보이며, 기본 생계비에도 미치지 못하는 저임금을 받으면서 가혹한 노동에 시달리고 있다. 이제까지 노동 현장의 실상을 소설로 형상화하여 보여준 작가의 예는 찾아보기 힘들다. 그런 점에서 황석영의 작업은 매우 예외적인 경우에 속한다. 황석영의 출세작이라 할 「객지」[193]는, 비공식 부문의 뜨내기 노동자들의 쟁의 현장을 날카로운 현실 인식과 예술적 표현양식의 성공미를 아울러 갖춘 채 드러낸 佳作이다.

노동자 문학[194]의 시작이자 기교적 절정[195]을 이루었다는 극찬에 가까운

개념으로서의 비공식 부문이 현대적 자본주의 체제의 운동 과정에 의해 재생산되는 부문으로 인식되기에 이를 만큼 그 정의상 발전적 진전이 있었다는 점을 들 수 있다. 이 용어는 단순한 분류 개념으로부터 이론적 실체를 함유하는 개념으로 변모한 것이다. 또한 이 용어의 대안으로 제시되는 개념의 내포와 함의가 이 용어만큼 포괄적이고 이상적이지 못하다는 판단에서 비공식 부문을 사회학적 술어로 공인하게 된듯하다.(조 형, 「한국의 도시 비공식 부문과 빈곤」, 『한국 사회의 재인식 I』, p.390 참조할 것.)

191) 구해근은 앞에서 구분한 4개의 부문을 9개의 계급적 위치로 나눈다.

사회계급	기업 부문	국가관료제	비공식적 부문	농업 부문
상층계급	자본가	정치 엘리트	—	—
중간계급	화이트칼라	일반 관리	소자본 자영업자	富
하층계급	공장 노동자	—	주변계급	소작, 농업노동

192) 조 형, 앞의 글, p.397

193) 黃晳暎, 「客地」, ≪창작과 비평≫, 1971. 봄.

194) 노동(자) 문학은 논자에 따라 다른 관점에서 접근하고 있어서 개념 정립에 어려운 점이 뒤따른다. 가령, 현준만은 "그 표현 양식이 무엇이든 간에(…) 노동하는 사람들 스스로가 자신들의 처지를 개선하고 보다 나은 삶의 조건을 주체적으로 이루려는 노동자들의 싸움의 기록, 즉 노동운동의 산물로서, 그 대상화로서 얻어진 것"(「현준만, 노동문학의 현재적 의미」, 『한국문학의 현단계 Ⅲ』)으로 정의한 반면, 조남현은 "민중문학의 한 구체적 형태로서 노동 현장을 그렸거나 근로자의 어두운 감정 세계, 이를테면 소외감·절망감·박탈감을 표출하는 데 초점을 두었거나 아니면 노동문제를 제기한 작품"(조남현, 「노동문학, 어떻게 볼 것인가」,

평가를 받는 「객지」는 간척지 공사장에서 벌어진 노동자들 쟁의 현장을 사실적으로 묘파하고 있다. 비인간적인 노동 조건과 임금에 대항하여, 최소한의 권리를 보장받으려는 노동자들의 파업 과정을 다루고 있는 이 소설의 핵심 인물은 동혁과 대위이다. 대위가 의협심이 많고 격정적인 성격이어서 치밀한 계획 하에서 행동하기에는 부족한 인물이라면, 동혁은 냉정하고 조리있는 언행으로 쟁의를 주도하는 인물이다.

> 그는 대위처럼 스스로가 사건을 만들고 추진해 나가는 편이라기보다 차라리 결정적인 영향을 주는 성품을 가진 것 같았다. 대위는 무턱대고 밀고 나가는 성질이어서 인부들을 선동하고 일을 벌여 놓기엔 적합할 지 모르지만 일단 터진 뒤에는 어중이 떠중이가 모인 인부들의 뜻을 하나로 모을 소질이 별로 없어 보였다. 대위는 고지식하고 다혈질인 반면에 동혁은 성격상으로 용의주도하고 조직에 대한 이해가 빨랐다고나 할 수 있을 것이었다. (「객지」, p.111)

저돌적이고 선동적인 성격의 대위와 냉정하고 조직적인 사고를 가진 동력의 만남은 가히 운명적이라 할 수 있다. 운지 간척 공사장의 형편은 대개의 노동 현장이 그렇듯이 회사와 하급 노동자의 직접적인 접촉이 거의 이루어지지 않는다. 고용주와 하급 노동자 사이에서 중간 역할을 담당하는 것이 십장인데, 그들은 감독을 고용하여 노동자들의 임금과 노동을 착취한다. 또한 회사와 십장의 매개자 역할을 맡은 서기는 매점을 경영하고 전표 장사나

≪신동아≫, 1985. 7)으로 파악한다. 이 두 논자의 견해는, 전자가 노동문학을 적극적으로 옹호하는 입장에 서 있다면, 후자는 다소 비판적인 관점을 견지하고 있는 것으로 판단된다. 그러나 필자는 노동문학의 정의를 엄격히 규정지을 입장에 있지 않으므로, 노동현장과 노동문제를 다룬 소설이면 모두 노동문학의 범주에 포함시켜 논의하려 한다. 다시 말해, 창작 주체가 지식인 계층이라 하더라도, 그의 작품이 노동의 현실 문제를 예각적이고도 본질적인 차원에서 다루었다면, 노동 문학의 차원에서의 분석 대상에 포함될 것이다.

195) 임헌영, 「민족의 상황과 문학사상」, 김병걸·채광석 편, 『역사, 현실 그리고 문학』, 지양사, 1985. p.240

돈놀이를 하여 사욕을 채우는 일에 급급한 처지이다. 회사와 노동자 사이에 이중 삼중의 중간 계층이 끼어들면서 하급 노동자의 일당이 하루 숙식비에 불과할 정도로 형편없이 책정된다. 이 작품에서 벌어지는 크고 작은 갈등과 분쟁이 하급 노동자와 감독 혹은 서기 사이에서 일어나는 것만 보아도 이들에 대한 노동자의 불만이 얼마나 큰 것인가를 알 수 있다. 가령, 동혁과 대위가 주동이 되어 파업을 결정하면서 내세운 건의 사항은 다음과 같다.

> 첫째, 노임을 현재의 도급 임금과 같은 액수로 올려 줄 것. 단, 노동량에 상관없이 날품일 때에도 적용할 것. 둘째, 정확한 시간 노동제를 확립할 것. 셋째, 감독조를 해산시키는 대신 인부들이 교대로 자치 담당하게 할 것. 넷째, 함바를 개선하고 식당을 통합하여 회사가 운영할 것. 그래서 일일 전표를 식권과 직결시키고 나머지는 현금으로 지불해 줄 것.
>
> (「객지」, p.144)

사실, 이들이 내세운 건의 사항이란 것은 노동자들로서는 건의할 필요도 없이 기본적으로 누려야 할 최소한의 근로 조건이다. 그럼에도 불구하고 이것이 노동 쟁의의 가장 커다란 요구 조건으로 내세워지는 것은, 이들이 가장 기본적인 근로 조건마저 제대로 지켜지지 않는 열악한 노동 현장에서 임금과 노동을 착취당하는 현실의 반영으로 인식된다.

동혁과 대위는 노임 인상을 요구하는 건의서에 전체 노동자의 서명을 받으면서 차츰 쟁의 준비를 한다. 이들이 인부들의 서명을 받으면서 약간의 속임수를 쓰는 까닭은, "워낙에 닳아빠진 떨거지 인생들이 어느 결에 요령은 터득해 가지고 남의 장단에 춤추며 손해 보기 싫다"라는 말에서 알 수 있는 것처럼, 뜨내기 노동자의 생리를 정확히 간파하고 있기 때문이다. 뜨내기 노동자들은 현금과 자신의 몸 외에는 다른 어느 것도 믿지 않는 사람들이며, 남의 일에 가급적 관여하지 않는 것을 공사판의 철칙으로 아는 사람들이다. 이들은 아직 피재배 계층의 의식을 버리지 못하고 즉자적 민중의 단계에 머물고 있는 계층이라 할 수 있다. 더군다나 그들은 조직의 힘에 억눌리면서 그것의 위력에 감탄만 했을 뿐, 그들 스스로 조직을 결성할 생각은 꿈도 꿔보지 않은 단순한 인간들이다.

그러나, 무지하면서도 단순한 이들의 힘이 결집되기만 하면 가공할 세력이 될 것을 알고 있는 동혁은 희생양이 될 인물을 기다린다. 인부들의 일당을 중간에서 가로채려는 감독조에게 항의하다가 벙어리 오가가 테러를 당하자 동혁이 그냥 내버려 두는 것도, 남포도 도화선에 불이 당겨져야 폭발한다는 원리를 깨닫기 때문이다. 벙어리와 대위가 감독조에게 당했다는 소문으로 인부를 선동한 동혁은 현장 소장에게 자신들의 요구 사항을 제시한다. 그러나 현장 소장은 공사장 인부들의 생리를 예리하게 파악하고 있을 뿐만 아니라, 노동자를 하나의 事物로 취급하는 인생관을 고집하는 인간형이기에, 협상은 애초부터 불가능했다.

> 인부들이 무서운 형세로 연장들을 쥐고 굳어져 서 있지만, 소장의 눈에는 그들은 공사장의 제방이나 바윗돌, 바다나 개펄처럼 고정된 풍경의 일부분같이 느껴졌고, 그들 개개인이 화를 낸다거나 울거나 웃거나 하는 것들은 상상도 해보질 않았던 것이다. 고장난 트랙터, 또는 물이 터져 밀려드는 석축 정도의 위험을 떠올리는 것이 고작이었다.
>
> (「객지」, p.143)

공사장 일용 노동자들의 뜨내기적 기질을 정확하게 파악하고 있는 소장에게는 그들의 쟁의에 맞설 방안도 마련되어 있다. 일시적으로 그들의 요구를 들어주는 척하다가 서서히 작업량을 늘리고 작업장을 줄이면서 노임을 낮추는 계략이었다. 소장의 이런 음흉한 속셈을 알 길 없는 쟁의 참여자들은 자신들의 요구 사항이 만족스럽게 해결되었다는 안이한 판단으로 공사장에 복귀한다. 따라서 쟁의를 주도한 동혁이 "인부들이 소장이나 감독조차 맞대어 이제까지 당해 온 수모에 대한 불평을 한탄조가 아닌 직접적인 행동으로 터뜨린 것은 우연한 일이 아니라고 믿고 싶었다. 그는 인부들 각자가 지나치게 부당한 스스로의 조건들을 깨달았기 때문"이라고 믿는 것은 현장 소장의 노회한 계략에 말려든 결과라 보인다. 쟁의의 목표가 파괴가 아닌 개선의 방향으로 나아가야 하며 그 혜택을 직접 받지 못해도 그만이라는 합리적 사고를 가진 동혁이, 사태의 진전을 냉정하게 직시하지 못하는 것이야말로 조직 사회의 경험이 없는 그의 숙명적 한계라 할 수 있다. 따라서 그가 마지막 순간까지 산에 남아 즉자적(即自的) 민중으로 남아 있는 노동자들의 둔감한 의식의 껍질을 깨뜨리는 남포 역을 자청하고 나선 것도 현실적 패배를 영웅적 결단으로 벗어나려는, 낭만적 허위의 색채[196]가 강하게 느껴진다. 이런 맥락에서 동혁이 바위를 등지고 함바를 향해 앉아 "꼭 내일이 아니래도 좋다."고 다짐하는 것은 비극적 영웅의 장엄한 모습으로서 우리에게 적지 않은 감동을 던져 주지만, 그와 같은 행동과 결의가 미래에 대한 구체적 전망으로서의 선취Antizipation의 수준에까지 이르지 못하고 단순한 개인적 결단의 차원에 머물고 말았기 때문에 주관적 전망[197]이 될 수밖에 없다.

　노동 쟁의의 전개 양상을 세밀하게 구체적으로 그려낸 최초의 소설[198]로서 「객지」에서 가장 중요한 이미지는 '집'과 '길'의 모티프이다. '집'과 '길'의 모티프는 앞서 살핀 「삼포 가는 길」을 해석하는데 있어 대단히 중요한 역할을 하고 있는데, 이것은 작중 인물의 주류가 떠돌이라는 사실과 그것의 의미를 해명하는 관건이라 할 수 있다.

　　① 『세상에 자기 집이 있다는 게 제일 좋은 거야.』
　　그들은 붉은 색 외등이 켜져 있는 커다란 한옥의 솟을대문을 지나갔다. 읍내의 유일한 요리집인 모양인데 재건복을 입은 관리라든가 지방 유지들

---

196) 성민엽, 「작가적 신념과 현실」, 『한국문학의 현단계 Ⅲ』, 창작과 비평사, 1984. p.139
197) 황광수, 「노동 문제의 현실적 표현」, 『민중, 노동 그리고 문학』, p.307-308
198) 이동하, 「70년대의 소설」, 앞의 책, p.145

로 보이는 양복장이들이 문앞에서 배웅 나온 작부들과 희롱하고 있었다. 여자들의 풍만한 한복의 고운 색깔과 양산의 요란한 무늬들이 빗줄기 속에 아른거렸다.

『뭘 보슈. 빨리 갑시다.』(……)

두 사람은 흙탕물을 피하지 않고 철벅철벅 밟으며 걸어갔다. 그들은 묘한 감회 때문에 서로 내색은 않으려 하고 있었으나, 이런 마을이 자기들을 황량한 공사판의 흙벽 속으로 밀어 처넣었던 게 아닌가 하는 착각에 사로잡혀 있었다. 그들이 마을의 찬란한 진열장 속을 넘겨다 보았을 때, 거기 비쳐왔던 것은 손에 넣을 수 없는 상품들 위로 비치던 자신들의 젖은 꼬락서니였었다. 그 희미한 윤관은 잠옷 위로, 색깔들 위로, 가구나 찻잔들 위로 망령처럼 떠올랐었다. 그들은 얇은 유리창 위에 흐르고 있는 낯익은 집 동네의 생활을 훔쳐보고 있었던 것 같았다.　　　(「객지」, pp.121-122)

② 강 건너 어둠 속에 마을의 불빛들이 가물가물 흔들리고 있었다. 왼편으로는 운지 읍내의 환한 불빛들이 바라보였고, 바람소리에 섞여 해조음이 먼 곳에서 들려왔다. 돌아누운 대위가 혼자 중얼거렸다.

『참 먼데루 흘러왔구먼……』

주먹밥을 베어물던 동혁이 대위에게 물었다.

『뭐요… 뭐라구 그러셨수?』

『동네집 불빛이 무철 멀어 보여서 말요.』

동혁은 강 건너 어두운 들판 위에 찍힌 마을의 불빛들을 물끄러미 바라보았다.

그는 한참을 보느라니까 불빛의 빛살들이 씨앗의 잔털처럼 퍼져 눈앞에 아주 가까이 다가온 듯했고, 불점 사이의 간격들도 좁아진 것 같은 착각을 했다. 나지막한 처마 밑에 하나둘씩 불이 켜지고 가까워진 창문들이 자기의 귓전에와서 두런대는 소리라도 들은 것 같았다.

『코 끝에 닿을 듯이 보이는데…』

『나는 아주 멀어 보인단 말요.』

말하면서 대위는, 마을의 불빛들이 들판을 밤 열차처럼 요란한 고함을 지르며 미끄러져 달아날 것 같다고 생각했다. 그는 자기가 낯선 곳에 강제로 하차되었으며, 모든 불빛들은 지정된 땅으로 저희들끼리만 발차해 가는 듯한 느낌이었다.   (「객지」, pp.153-154)

길이 떠남과 유랑의 표상이라면 집은 安住와 평안의 표징이다. 인용문 ①은 대위와 동혁이 운지 읍내로 나왔다가 느낀 감회를 서술한 대목이고, ②는 산 위로 올라가 쟁의를 계속하면서 크게 상처를 입은 대위와 동혁이 주고받은 대화이다.

인용이 지나치게 길어진 흠이 있지만, 이 부분은 뿌리 뽑힌 자들의 의식 세계를 명료하게 밝혀주고 있다. 떠돌이의 고단한 생활에 지친 그들을 강렬한 흡인력으로 잡아끄는 것은 다름 아닌 고향의 따뜻한 집이다. 그곳은 시기와 모략, 속임수와 착취가 있을 수 없으며 서로가 의지하고 기댈 수 있는 공동체적 삶이 보장된 공간이다. 산업화가 진행된 이후 집의 상징적 의미는 계층 분화의 매개물[199]로 기능하기도 한다. 집의 소유와 비소유에 따라 체제 내적 존재인가 외적 존재인가 판별되고, 호화 주택인가 판잣집인가에 따라 소득의 많고 적음이 구분된다. 이것은 『난장이가 쏘아 올린 작은 공』의 주제가 집의 소유 문제와 긴밀한 상관 관계를 이루고 있는 점과 일맥상통한다. 따라서 인용문 ①에서 대위와 동혁이 운지 읍내에서 훔쳐본 것이 "낯익은 집동네의 생활"이라는 진술은 각별한 의미를 지닌다. 그것은 이미 잃어버린 것이나 진배없는 고향(집)에의 강렬한 그리움이며 동시에 영원히 고향에 돌아가지 못하고 떠돌아 다닐 수밖에 없는 처지에 대한 안타까움이다. "대위는 집 동네를 머릿속에 떠올리려고 애썼으나, 그가 아내와 헤어진 후 잠깐씩 엎혀 살아온 지방 공사장 부근의 삭막한 마을이 떠오를 뿐"이라는 언술의 내포도 이와 같은 맥락에서 이해해야 한다. 아내와의 생활이 가정을 이룬 상황에서의 참된 기쁨과 안락의 시절이었다면, 그 이후의 생활은 그야말로

---

199) 김병익, 앞의 글, p.125

얹혀 살아온 목숨만의 연장에 지나지 않았다. 자신이 집에서 너무 멀리 흘러 왔다고 독백하는 ②의 지문에서 우리는 대위의 비극적 종말을 예견하게 된다. 그러나 동혁에게 집은 아직 먼 곳이 아니다. 그는 밤마을의 정겨운 풍경을 코 끝에 닿을 듯이 느끼고 있는데, 이것은 그가 현실보다는 미래를 생각하며 살아가고 있다는 사실을 암시해 준다. 어쩌면 그가 이 세상 모든 곳을 자신의 집으로 여기면서 살아가는 영원한 자유인인지도 모른다.

　동혁의 행위가 부당한 근로 문제의 핵심에 접근하지 못하고 한 개인의 영웅적 모습의 부각이 초점화되었다는 비판에도 불구하고 이 작품은 소외된 노동자들의 각성과 미래에 대한 낙관적 전망을 보여주었다는 점에서 긍정적 의의를 찾을 수 있다. 또한 이 작품의 근간을 이루는 모티프가 〈자유 정신〉, 다시 말해서 가치로서의 자유가 아니라 사실로서의 자유, 생존의 자유라는 김병걸의 소론[200]은 주목할 만하다. 사실 동혁은 어디에도 얽매이지 않은 자유인이라 할 수 있다. 그의 의식의 한구석을 잡아매었던 숙부의 편지를 찢어 버리는 데서 그의 자유정신은 보다 분명한 모습으로 드러나고 장씨에 의해 관찰된 그의 의연한 태도―"동혁이란 청년은 어느 곳에 가 있거나 낯설고 두려운 느낌을 가져본 적이 없다는 듯했고, 언제나 제 집에 있는 것처럼 모든 습관을 지켜 나가리라 작정한 것 같았다."―도 그의 자유인으로서의 특성을 여실히 보여준다. 자유 의지를 가진 노동자가 대중을 자기 편으로 이끌어 들이지 못할 때 그의 운명은 비극적으로 종결될 수밖에 없다. 그러나 그것은 한 개인의 의지나 노력으로 운명의 방향이 결정되는 것이 아니다. 이 점을 동혁은 확실히 깨닫고 있는 듯하다. 흥분한 인부들에게 기다려야 한다고 설득하는 것이라든지, 폐유깡으로 일군 불길을 바라보며 자꾸만 기름을 붓고 싶다는 생각을 하는 것은 동혁이 노동자들의 의식을 일깨우는 기폭제 역할에 만족할 수밖에 없는 자신의 한계를 충분히 인식하고 있었기 때문으로 보

---

200) 김병걸, 「노동문제와 문학―70년대를 중심으로」, 『洪南淳 先生 古稀 紀念論叢』, 형성사, 1983. 『실천시대의 문학』, 실천문학사, 1984, p.64에서 재인용.

Ⅱ. 1970년대 소설에 나타난 산업화 양상 | 163

인다. 즉자적 민중의 수준에 머물러 있는 노동자가 패배적 의식의 족쇄를 과감히 분쇄하고 대자적 민중으로 성장하기까지에는 아직 시간이 필요했던 것이다.

또한 「객지」는 날품팔이 노동자가 어떻게 자신의 노동과 임금을 착취당하는가, 그리고 그들의 노동 현장의 모습은 어떠하며, 그들을 실제로 억압하고 짓누르는 계층은 누구인가 하는 문제를 매우 현장감있게 그려내고 있다. 황석영이 날카롭고도 문학성이 훼손되지 않은 문체를 통해 보여준 노동 현장은, 당시로서는 매우 희귀한 사례였기에 그 충격이 더욱 컸다. 그는 노동판에서 실제로 땀 흘리고 있는 노동자의 입장에서, 그곳에서 벌어지는 각종의 비리와 모순, 폭력과 야합의 실상을 사실적으로 제시한다. 그런 한편으로, 노동자들이 핍박받는 원인이 그들 자신의 패배의식과 기회주의적 사고에서 찾을 수도 있다는 반성적 비판을 제기함으로써, 노동 문제의 올바른 해결과 노동 문학의 나아갈 방향을 함께 제시하고 있다.

홍성원의 「흔들리는 땅」[201]은 시외버스 터미널 주변의 뜨내기 행상들과 버스 여차장의 삶을 진솔하게 보여준다. 이 작품의 등장인물들은 갸바위(차내 잡상인)·쌩고(가짜 고학생)·째리(소매치기)·버스 여차장 등 서울에 올라온 젊은이로서, 작가 홍성원은 열악한 삶의 조건 속에서도 꿋꿋함과 건강함을 잃지 않고 살아가는 모습을 사실적으로 형상화하고 있다. 따라서 우리는 이 작품을 통해 갸바워나 쌩고, 혹은 버스 여차장들이 어떤 조건에서 살아가고 있는가를 현장감있게 관찰하게 된다. 그러나 이 작품이 갖는 참된 의의는 부당한 노동 조건에 항의하다 불구가 된 여차장 남순의 사건을 통해 자아의 각성을 체험하는 한 젊은이의 의식의 성장에서 찾아진다.

---

201) 洪盛原, 「흔들리는 땅」, 《문학과 지성》, 1975. 『홍성원文學選 : 폭군』, 나남, 1984 에서 재인용.

갸바위꾼인 형섭은 터미널 근처의 잡상인과 불량배 소탕을 피하기 위해 야학을 차린다. 그곳에서 버스 여차장 남순을 만나 사랑하게 되지만, 사소한 폭력 사건으로 교도소에 수감된다. 그 사이 여차장들이 회사의 부당한 노동 조건과 비인간적 대우에 항의하는 사건이 벌어진다. 회사에서는 이들을 해산시키기 위하여 터미널 주변의 갸바위와 쌔리를 이용한다. 남순은 동료들이 끌려가는 것을 보면서 정비 공장 지붕에서 떨어져 다리가 부러진다.

이상은 형섭과 남순을 중심으로 간단히 요약한 「흔들리는 땅」의 주요 사건이다. 여기에 문제가 되는 여차장들의 항의 농성과 투신 행위는 1978년 10월 20일 서울 삼화상운 소속 시내버스 차장 강미숙이 지나친 몸수색에 항의하여 자살한 사건[202]의 前兆인 듯하여 섬뜩한 감상마저 일게 한다. 남순을 비롯한 여차장들이 비인간적인 몸수색에 항의하여 파업에 들어갔을 때, 회사 측에서 취한 행동과 거기에 빌붙어 먹고 사는 뜨내기 인생들이 보여준 비인간적 행동은, 현대 사회가 얼마나 각박하고 인정이 메마른 공간인가를 과장 없이 보여준다.

『두번째 데모가 시작되었어요. 헌데 이번엔 엉뚱한 자식들이 우리 앞을 막았어요. 자식들은 술을 퍼마셔서 모두 낮도깨비 같았어요. 그 중에 더러는 장난하듯이 빙글빙글 웃기도 했어요. 취해서 벌겋게 술들이 올라 갖구 이빨을 까구 징그럽게 웃었어요. 누구겠어요, 이 자식들? 형섭씬 이 새끼들 누군지 모르시죠?』

(…중략…)

『행상·쎄리·구두닦이·뚜룩잡이, 그리구 능글맞은 형섭씨 친구들이었죠. 자식들은 우리가 차부까지 나가니까 세차장 고무 호오스루 우리한테 좍좍 찬물을 들씌웠어요. 우리는 옷이 흠빽 젖어서 모두들 물에 빠진 생쥐 꼴들이 되었어요. 그런데 이때 우리 등 뒤루 버스 세 대가 갑자기 나타났

<hr>

202) 김윤환, 「산업화 단계의 노동문제와 노동운동」, 박현채 외, 『한국사회의 재인식 Ⅰ』 한올, 1984. p.370

어요. 눈 깜짝할 사이에 그 버스들은 합숙소 정문을 꽉꽉 틀어막았어요. 말
하잠 자식들은 회사하구 짜구 미리 이 일들을 빈틈없이 꾸민 거예요.』

(「흔들리는 땅」, p.69)

　형섭의 동료와 주변 뜨내기들이 여차장들의 항의 데모에 간섭하고 나선
것은, 그들의 생계가 버스 회사에 달려있기 때문이다. 그들은 여차장과 연대
의식을 느낄만큼 의식이 성장되지도 않았을 뿐더러 고정된 직장도 없기에,
버스 회사의 위협은 그들의 생존과 직접 관련되는 심각한 사태였다. 이런
사정을 잘 아는 형섭으로서는 옥주의 말을 듣고도 그들에게 적의를 품을 수
없음을 깨닫는다. 여차장들이 인권의 문제를 내세웠다면 그들은 생존의 문
제와 직결되는 심각한 상황에 처해 있었기 때문이다. 결국 이들의 이기적인
삶은 사회 구조적인 모순 속에서 개인적인 선량함이 별 구실을 할 수 없음[203]
을 단적으로 보여준 예인 것이다. 따라서 문제의 핵심은 이들 부박한 두 소외
계층의 약점을 적절히 이용할 줄 알았던 버스 회사의 반도덕성에 모아진다.
그들은 필요에 따라 터미널 주변의 뜨내기를 적절히 이용하고 때가 되면 가
차없이 버린다. 형섭은 남순의 사건을 통해 그들이 얼마나 잔혹하며 이기적
인 존재인가를 절감한다. 이런 사정을 누구보다 잘 이해하고 있던 형섭이었
기에, 그의 친구들이 버스 회사의 일방적인 약속위반에 거칠게 항의할 때에
도 그만은 냉정하게 이성을 잃지 않았다.

　일터를 빼앗긴 형섭 등은 서로의 새로운 살 길을 찾아 터미널을 떠난다.
이 소설의 배경이 시외버스 터미널이라는 점에서 예견되듯이, 작중 인물들은
어느 하나 정착하지 못하고 이리저리 떠돌아다닌다. 남순은 다리가 부러져
고향으로 떠났고, 옥주는 버스 회사에 쫓겨나 공장으로 갔으며, 재득은 마누
라가 있는 고향으로 떠난다. 이들의 지향처가 고향이라는 사실은 이들이 완
전히 뿌리 뽑힌 존재가 아님을 알려준다. 그러나 그들의 귀향이 도시에서의
적응에 끝내 실패한 연후에 이루어진다는 점에서 비극성이 강조되기도 한다.

---

203) 김병익, 「건강한 다이나미즘」, 『한국현대문학전집 권51』, 삼성출판사, 1979. p.442

형섭과 재득이 남순이 정비 공장 지붕에서 뛰어내리던 순간에 느낀 개인적 감동에 대하여 나눈 대화는 이 작품의 주제를 그대로 압축하여 보여준다.

『너 아까 날더러 그때 기분이 어땠느냐구 물었지?』
『응.』
『말루 설명이 잘 안 된다. 아마 지금 네 기분하구 같을 꺼야.』
『어떤 건데, 내 기분이?』
『여태까지 우린 헛고생 했어……. 걔가 지붕에서 뛰어내리는 순간 난 숨
막히두룩 걔가 예쁘고 거룩하게 보였어…….』　　　　(「흔들리는 땅」, p.78)

스스로 살아남기 위해서는 다른 집단─전혀 이질적인 집단이 아니라 자신들의 분신이나 다름없는─을 억누르고 배신해야 하는 비정한 도시생활 속에서 자아를 상실해가던 그들의 잠든 의식을 일깨우고 함께 올바르게 살아가는 길에 대해 고뇌하도록 자극한 것은 남순의 자기희생적 행동이었다. 그들은 "그 일에는 엄밀히 말해서 아무에게도 잘못이 없다. 잘못은 오직 그들 전부가 이곳에 빌붙어 살고 있다는 데 있을 뿐이다."라고 자신의 비겁한 행동을 합리화하거나(낙표), "우린 왠지 남숙이가 정말루 그 위에서 뛰어내리길 바랐어요. 뛰어내림 죽는다구 생각하면서두, 걔만은 우리처럼 놈들한테 항복하지 않기를 바랐어요.(옥주)"와 같이 누군가의 희생을 통하여 자신들의 억압적 고통이 소멸되어지기를 바라는 소극적 인물들이다. 남순의 행동이 한 개인의 소영웅주의적 행위로 끝나는 것이 아님은 바로 이들의 의식의 자각을 통해 확인된다. 또한 형섭을 깊이 고뇌하게 하는 문제, 즉 "그것은 대개 허위의 영역과 진실의 영역의 한계점같은 것이다. 저쪽의 진실을 알아보기 위해서는 나도 문을 밀고 진실 쪽으로 넘어가야 한다. 이쪽에서 문만 만져보아서는 이쪽은 끝내 저쪽의 정체를 가려낼 길이 없다."와 같이 무엇이 과연 진실인가를 다시금 따져묻게 된다. 사실 형섭과 재득의 생활은 조잡한 물건을 싼 값에 떼어다가 어리숙한 사람들에게 고율의 차액을 남기고 파는 허위

의 생활이었다. 그러면서도 자신들의 허위를 인식하지 못하던 그들에게 남숙은 강한 충격을 주었다. 이런 점에서 「흔들리는 땅」은 한 영웅적 인물의 개인적 행동에 머물렀던 진실을 위한 투쟁(「객지」)이 타인에게 전파되는 발전적 면모를 보여준 것이라 할 수 있다. 결론적으로 이 소설의 자랑할만한 강점은 공동체적 삶이 완전히 붕괴되어 버린 각박한 도시생활의 절망적인 현실을 비참한 절망의 언어로 기록하지 않고, 또 터무니없는 낙관론을 내보이지도 않은 채, 냉정하게 그러나 정열을 갖고 그 현실에 부딪치려는 적극적 의지[204]의 인물을 표면에 내세우고 주변 인물이 그에 동화되어 가는 과정을 그렸다는 데서 찾아진다.

「흔들리는 땅」을 비평하는 자리에서 이 소설 이후에 「아홉 켤레의 구두로 남은 사내」와 『난장이가 쏘아 올린 작은 공』이 연속해서 발표된 사실을 두고 "그것은 우리의 현실—급격한 산업화와 근로자들에 대한 비인간적인 대우가 우리의 중요한 문학의식에 자리잡게 될 만큼 시대가 악화되어 가고 있음을 확인"[205]시켜주었다는 김병익의 진술은 깊이 음미해 볼 만하다. 실제로 「객지」 이후에 별로 두드러지지 않았던 노동자 계층의 열악한 삶에 대한 관심이 1975년을 전후로 하여 왕성하게 발표되었으며, 그 중에서도 윤흥길과 조세희의 소설은 문학사적 맥락에서 주목되는 작품이다.

『아홉 켤레의 구두로 남은 사내』[206](이하 「아홉 켤레」로 줄임)에는 총 9편의 소설이 실려 있는데, 산업화의 징후들, 예컨대 도시 빈민이나 하급 노동자의 비극적 상황과 직접적으로 관련된 작품은 「아홉 켤레」·「直線과 曲線」·「날개 또는 手匣」·「창백한 中年」 등 네 작품이다. 이 작품들은 연작 형식을 띤 것으로 사건의 전개 과정을 따라 읽으면 「아홉 켤레」 → 「직선과 곡선」 → 「창백한 중년」 → 「날개 또는 수갑」의 순서가 된다. 이 연작은 체면과

---

204) 오생근, 「긴장과 대결의 미학」, 『홍성원문학선 : 폭력』, p.426
205) 김병익, 앞의 글, p.441
206) 윤흥길, 『아홉 켤레의 구두로 남은 사내』, 문학과 지성사, 1977.

교양, 그리고 자존심의 강인한 끈[207]에 묶여 있는 권기용이라는 지식인이 어떻게 자신을 구속하고 있는 허위의 굴레를 벗어나 노동자 계층의 편에 서게 되는가를 감동적으로 그려 보이고 있다. 그 중에서도 노동 현장의 모습을 사실적으로 그리는 데 주력한 작품은 「창백한 중년」이 대표적이다. 그러나 이 소설은 연작 형식을 강하게 띠고 있으므로 편의상 함께 묶어 논의를 전개하겠다.

60년대 후반 서울의 철거민을 강제 이주시킨 流刑의 땅 성남에 거주하는 권기용은 "안동 권씨"에 "대학 출신"이라는 계층적 신분을 내세우지만 경제적 능력은 형편없어서 셋방살이를 전전한다. 「아홉 켤레」(이 작품은 1인칭 관찰자 시점에 의해 서술되고 있다)의 작중 화자 오선생 집에 세를 든 그는, 전세금 20만원 중 10만원만 내고 무작정 밀고 들어올 정도의 생활 무능력자이다. 그는 잡지사에서 퇴직당한 후 공사장 날품팔이로 전전하다가 아내의 출산 비용을 마련하지 못하자 오선생에게 수술 비용의 융통을 부탁한다. 자신의 부탁이 선선히 수용되지 않는 기색을 보이자, "오선생, 이래봬도 나 대학 나온 사람이오."라는 말을 남기고 돌아서지만, 그날 밤 오선생 집에 강도로 변장해 들어간다. 이 일에도 실패한 그는 양산도 집 작부 신양과 동반 자살을 기도, 사흘만에 깨어나 집으로 돌아온다. 가족이 무사하다는 사실을 확인한 그는 이제까지 자신의 자존심을 지탱시켜 주었던 구두를 현재 신고 있는 한 켤레만 남기고 모두 불사른다. 이력서를 품에 넣고 다니던 권기용은 교통사고를 당해 오만한 사장의 동림산업에 취직하는 조건으로 합의를 본다. 오만한 사장은 자신의 사회봉사 활동을 적극적으로 홍보하기 위하여 권기용을 이용하려는 것인데, 그는 수단껏 뺏을 각오를 하고 그러한 치욕을 감수한다. 동림산업에 입사한 그는 현장(공장)에 뚜렷한 직책과 일거리도 주어지지 않은 채 방치된다. 스스로 잡역부로 자처했으나 공원들로부터 철저히 배척당한다. 안순덕이 결핵에 감염되었다는 사실을 우연한 기회에 알게 된 그는

---

207) 김치수, 「산업사회와 소설의 변화」, 『문학사회학을 위하여』, 문학과 지성사, 1979. p.75

인간적으로 동정하지만, 안순덕의 애인 박환청에 의해 가혹한 린치를 당한다. 그리고 그는 비로소 "그들(공장 노동자들—인용자)과 자기 사이에 가로놓인 엄청난 허구의 공간"을 허물고 노동자 편에 서게 되었음을 확인한다.

이상은 「아홉 켤레」부터 「날개 또는 수갑」까지의 작품 줄거리를 권기용을 중심으로 요약한 것이다.

평범한 시민으로 살아가던 권기용의 삶이 충격적으로 반전된 전기는 성남으로 이주한 데서 비롯된다. 그는 철거민의 입주권을 싼 값에 사지만 그로인해 삶의 방향이 완전히 뒤바뀌게 되었다. 관할과 소속이 다른 서울시와 경기도에서 경쟁적으로 내려보내는 지시 사항은 날품팔이로 생계를 유지하는 대부분의 성남 이주민들의 생존을 강타했고, 그들은 자구책의 일환으로 〈광주 대단지 토지 불하 가격 시정 대책 위원회〉(나중에 〈투쟁 위원회〉로 바뀌는)라는 임의 단체를 결성한다. 단지 대학 출신이라는 이유 때문에 대책 위원과 투쟁 위원에 선출된 그는 "자기도 깊이 관련된 일에 정작 자기는 뛰어들 의사가 없으면서도 남들의 힘으로 그 일이 성사되는 순간이 오기를 기다리는 기회주의자"의 처세로 좌고우면하지만, 처절한 동물적 생존 투쟁의 현장을 목격하는 순간 전율한다.

『… 그런데 잠시 지켜보고 있는 사이에 장면이 휘까닥 바꿔져 버립디다. 삼륜 차 한 대가 어쩌다 길을 잘못 들어 가지고는 그만 소용돌이 속에 파묻힌 거예요. 데몰 피해서 빠져나갈 방도를 찾느라고 요리조리 함부로 대가리를 디밀다가 그만 뒤집혀서 벌렁 나자빠져 버렸어요. 누렇게 익은 참외가 와그르르 쏟아지더니 길바닥으로 구릅디다. 경찰을 상대하던 군중들이 돌멩이질을 딱 멈추더니 참외 쪽으로 벌떼처럼 달라붙습디다. 한 차분이나 되는 참외가 눈깜짝할 새 동이나 버립디다. 진흙탕에 떨어진 것까지 줏어서는 어적어적 깨물어 먹는 거예요. 먹는 그 자체는 결코 아름다운 장면이 못 되었어요. 다만 그런 속에서도 그걸 다투어 줏어먹도록 밑에서 떠받치는 그 무엇이 그저 무시무시하게 절실할 뿐이었죠. 이건 정말 나체화 구나 하는 느낌이 처음으로 가슴에 팍 부딪쳐 옵디다. 나체를 확인한 이상

그 사람들하곤 종류가 다르다고 주장해 나온 근거가 별안간 흐려지는 기
분이 듭디다. 내가 맑은 정신으로 나를 의식할 수 있었던 것은 거기까지가
전부였습니다.』   (「아홉켤레의 구두로 남은 사내」, pp.184-185)

권기용이 이성을 잃으면서 민중 편에 서게 된 첫 번째 동기는 하층민의
발가벗은 모습의 실체를 확인한 순간이었다. 그러나 이 사건은 그에게 엄청
난 정신적 · 사회적 · 경제적 고통의 지불을 강요한다. 폭동 사건의 주모자로
체포된 그는 직장을 잃고 철저히 무능력한 사내로 전락한다. 그런 상황에서
도 자신이 밑바닥 인생과는 다른 계층에 속해 있다고 굳게 믿고 싶어한다.
자신의 처지에 맞지 않는 열 켤레의 구두를 소유하고 있으면서 유난히 반짝
반짝 광을 내거나, "안동 권씨"와 "대학 출신"을 내세우는 것이 바로 그 증거
이다. 특히 스스로 가장 비참하다고 느끼는 순간 "이래뵈도 난 안동 권씨요"
라거나, "이래뵈도 나 대학까지 나온 사람이오"라는 말을 반복한다. 구두로
상징되는 권기용의 자존심, 가문과 학벌로 위장된 그의 허세는 한 인간이
인간으로서의 본질적 가치를 상실하고 사물화[208]되어 있음을 시사하는 것으
로 보인다. 따라서 권기용이 구두와 학벌 혹은 가문에 집착해 있는 한 그는
자신의 내부적 갈등에서 자유롭지 못하게 된다. 그는 광주(성남)대단지 폭동
사건의 주모자였다는 사실을 스스로 인정하려 들지 않을 뿐아니라 그러한
사실이 알려지는 것을 두려워한다.

그의 첫 번째 변신이 외부의 어쩔 수 없는 힘에 의한 것이었다면 두 번째의
변신은 철저한 자각에서 비롯된다.

「직선과 곡선」은 「아홉 켤레」에서 미진한 부분으로 남아 있던 권기용의
자존심의 정체가 자신의 입을 통해 해명되는 한편, 두 번째 변신의 동기를
소상히 제시하고 있어 『아홉 켤레』 연작에서도 매우 중요한 위치를 차지하
는 작품이다. 그는 자살이 미수로 끝나자 집에 돌아와 구두를 불태운다.

---

208) 이재선, 「도시공간의 시학」, 앞의 책, p.298

…나는 불꽃의 율동에 넋을 빼앗기고 있었다. 그러면서 내 더럽고 지저분한 과거가 깡그리 불꽃 속에 녹아 스러지고, 녹아 스러진 그 자리에 지금까지와는 전혀 다른 성질의 또 하나의 더러움과 지저분함이 보다 견고하고 완강하게 제련(製鍊)되어 대치되는 연금술의 기적을 절절히 소망했다. 얼굴에서 잃은 체면을 엉뚱하게 발에서 되찾고자 기를 쓰던 내 병적인 자존심 대신에 철면피의 뻔뻔함이 그리고 인면수심(人面獸心)의 사악함이 아홉 켤레의 구두를 희생으로 드리우는 번제(燔祭)를 통해 굳건히 자리잡게 되기를 간절히 기대했다. 세상에서 통용되는 아름다움을 단순히 미(美) 속에서만 찾으려 했던 종래의 내 기도가 얼마나 어리석은 것이었던가를 나는 가출 기간의 체험을 통해서 사무치게 깨달았던 것이다. 제아무리 힘껏 노력을 했어도 선(善) 속에서 아름다움을 끝내 발견할 수가 없었다면 그것은 정녕코 악(惡) 속에 숨어 있기 십상이었다. (「直線과 曲線」, p.206)

대부분의 논자가 의견의 일치를 보이고 있는 것처럼, 권기용의 구두 소각 행위는 자신과 현실 사이에 가로놓여 있었던 자존심의 허구를 스스로 허무는 행위이다. 그리고 그것은 이제까지 善 속에서 아름다움을 추구하며 살아온 자신의 직선적 삶의 방향을 악을 통해 아름다워지려는 곡선적 삶의 방향으로 旋回할 것임을 강력히 암시하는 행위이기도 하다. 따라서 불의의―오히려 그가 은근히 기대했다는 혐의가 상당히 짙게 느껴지는―교통 사고를 당한 뒤 오만한 사장의 불순한 제의를 받아들이는 것은, "자존심의 무참한 추락을 겪고 삶에 대한 솔직한 집념을 터득한 전과가 붙은 실직자 권씨의 일체의 허위를 배제한 순응주의"[209]로 이해할 수 있다. 그러나 그의 순응주의는 현실의 타락상을 그대로 받아들이는 패배적 순응주의가 아니다. 앞서 밝힌대로, 그의 순응주의는 타락한 현실을 그대로 인정하면서 악을 통해 선을 추구하는 역설적 순응주의이다. 그는 약한 자의 약점을 끈질기게 물고 늘어져 그를 파멸의 상태로까지 몰아가는 기업가의 생리와, 못 가진 자들이

---

209) 洪起三, 「産業時代의 勞動運動과 勞動文學」, ≪韓國文學硏究≫ 제10집, 동국대학교 한국문학연구소, 1987. p.28

자기의 "근본을 팔아서 그들(기업가-인용자)의 지엽을 사고 그것으로 그들의 부리를 더욱 날카롭게 만들어 주는 이적 행위"를 하고 있다는 현실을 냉철하게 인식하고 있다. 「아홉켤레」가 권기용의 내부적 갈등에 초점이 맞추어졌다면,「직선과 곡선」 이후에 전개될 사건은 외부적 갈등과의 치열한 투쟁이 되리라는 추정이 이로써 가능해진다.

동림산업 제1공장에 출근하던 권기용은 자신이 매우 애매한 처지에 놓여 있음을 알게 된다. 남의 눈에 띄지 않는 곳에서 혼자 점심을 먹는 안순덕이라는 여공에게 호기심을 느꼈던 권기용은 그녀가 폐병 환자이며, 그 사실을 눈감아 달라는 애원을 통해 자신이 어떤 위치에 놓여 있는가를 비로소 깨닫는다. 그는 관리자 측에서도 껄끄러운 존재이지만 노동자들에게는 "잡역부로 꾸미고 슬슬 염탐하러 다니다가 사장한테 일일이 보고하는" 경계의 대상으로 비쳐지고 있었다. 그것은 어쩔 수 없이 권기용을 고용한 오사장이 자기 발로 회사를 물러나도록 하려는 속셈에서 마련해 놓은 덫이었다. 폐결핵 환자로 판명된 안순덕은 공장에서 해고당한 뒤에도 끝까지 버티다가 절단기에 팔을 잘리는 불행한 사건이 벌어진다.

> 중식시간을 알리는 유행가 가락이 스피커에서 낭자하게 흘러나왔다. 모두들 일손을 멈추면서 마스크와 머릿수건을 벗는 등으로 식당에 갈 채비를 했다. 새로운 임자가 재단기에서 손을 떼기를 기다려 안양이 잽싸게 뛰어들면서 핸들을 거머잡았다. 그리고는 한 뼘이 넘도록 겹겹이 쌓인 두꺼운 원단을 절단선을 따라 익숙한 솜씨로 잘라 나가기 시작했다. (중략)
>
> 이 때 두껍게 바람벽을 친 여공들 몸뚱이와 몸뚱이 사이로 귀청을 찢는 비명이 새어 나왔다. 권씨가 아무래도 예사롭지 않은 비명 소리를 듣고 재단기 쪽으로 쫓아갔을 때는 이미 상황이 끝나 있었다. 그는 질겁을 하면서 허둥지둥 뒤로 물러서는 여공들의 어깨 너머로 그만 못 볼 것을 보아 버렸다. 하루나 이틀쯤 후면 수출용 스포츠 웨어로 탈바꿈해 있을, 자르다 만 선명한 하늘색 원단 위에 마치 마네킹의 그것인 양 뭉뚝 잘린 팔 하나가 얹혀져 있었다.
>
> (「창백한 中年」, p.296)

안순덕이 폐병에 걸린 까닭은 불결한 작업환경 때문이다. 그럼에도 불구하고 그녀는 작업 환경의 개선을 요구하거나 병 치료에 필요한 휴가를 청원하지 못하고 악착스레 자신의 병을 숨긴다. 그러나 회사에서는 가차없이 그녀를 해고하는데, 당장 밥벌이를 해야 하는 그녀로서는 죽기살기로 작업장에 매달리다 한 팔을 잃게 되었다. 이것은 당시 수출 산업 현장의 노동 환경이 얼마나 열악한가를 단적으로 드러내주는 사건이라 할 수 있다. 공장 노동자들은 수출 산업의 역군이라는 미명 하에 고단한 노동 시간과 불결하기 짝이 없는 환경 및 조악한 급식으로 최저 생활을 영위하고 있었으며, 그런 일자리마저도 빼앗기지 않으려고 사생결단을 하는 식으로 매달려 있었다.

병원에 입원한 그녀를 찾아간 권기용은 안순덕의 애인이라는 젊은 청년에게 죽도록 얻어맞는다. 사장이 설치한 덫에 의해 권기용의 정체를 오해한 청년의 가혹한 린치는 오히려 그를 덫에게서 해방시켜주는 계기를 제공한다. 청년에게 매질을 당하면서 "여태껏 그들과 자기 사이에 가로놓인 엄청난 허구의 공간이 주먹과 발길 끝에서 조금씩 조금씩 무너져 내리고" 있음을 느끼는 그는 자기가 앞으로 해야 할 일이 무엇인가를 절실히 자각한다. 그것은 「아홉 켤레」에서 보았던 순간적 충동에 의해 촉발된 투쟁과 달리 자신의 절실하고도 자유로운 의사에서 선택된 전면적이고 지속적인 투쟁에의 각오이다. 또한 그것은 지식인으로서의 자존심을 버리고도 자신의 역할을 충분히 자각하지 못했던 주인공이 노동자의 편에서 그들의 생존을 위해 헌신하는 것이야말로 자기에게 부과된 임무라는 사실을 비로소 확인하는 계기이기도 하다.

윤흥길이 『아홉 켤레』 연작을 통해 보여준 노동 현실은 참혹하고도 절실한 나체화도 같은 것이었다. 그의 작품 속에 등장하는 노동자(혹은 그의 가족)들은 오물이 흐르는 개천의 과자를 주어 먹거나 길바닥에 흩어진 참외를 보고 벌떼처럼 몰려드는 극한의 가난을 경험한 사람들이다. 또한 취직을 하기 위하여 일부러 자가용에 뛰어 들기도 하며, 일자리를 잃는 것에 대한 두려움 때문에 무리를 하다가 병신이 되기도 한다. 그래도 그들은 기업가를 원망하기에 앞서 자신의 불운한 처지와, 자신을 도와주지 않는 중간 계층을 원망한다. 말하자면 그들은 자신의 존재에 대하여 지나치게 왜소한 판단을 하고 있으며, 기업가와 정면대결 해 보아야 결국 피해를 입는 것은 자기들뿐이라는 피해의식의 희생자들인 것이다. 안순덕의 애인이 권기용을 가혹하게 린치하는 행위는 그들의 소극적이고 패배적인 사고를 단적으로 드러내 주는 예이다. 즉, 그는 자신의 분노를 폭발 시킬 대상을 전혀 엉뚱한 상대로 선정한 것이다.

노동자가 처한 혹독한 현실을 가장 충격적으로 제시한 소설은 조세희의 『난장이가 쏘아올린 작은 공』[210](이하 「난장이」로 줄임)이라 할 수 있다. 난장이 아들들이 다니는 은강 그룹의 노동 현장 모습은 다음과 같이 묘사된다.

> 형은 점심을 굶었다. 점심시간이 삼십 분밖에 안 되었다. 우리는 한 공장에서 일했지만 격리된 생활을 했다. 공원들 모두가 격리된 상태에서 일했다. 회사 사람들은 우리의 일 양과 성분을 하나하나 조사해 기록했다. 그들은 점심시간으로 삼십 분을 주면서 십 분 동안 식사하고 남는 이십 분 동안은 공을 차라고 했다. 우리 공원들은 좁은 마당에 나가 죽어라 공만 찼다. 서로 어울리지 못하고 간격을 둔 채 땀만 뻘뻘 흘렸다. 우리는 제대로 쉬지도 못하고 일했다. (「난장이」, p.82)

> 영희는 생산부 직포과에서 일했다. 모자에는 훈련공 마크가 그대로 달려 있지만 하는 일은 원공과 다를 것이 없었다. 영희는 일 분에 백 이십 걸음을 뛰듯 걸었다. 영희가 뛰듯 걷는 동안 직기들은 무서운 소리를 내며 돌아갔다. 기계도 고장이 나면 죽어 버렸다. 아니면 일을 제 마음대로 했다. 영희는 죽은 틀을 살리고, 이상 작업을 하는 틀에서는 관사를 풀어 이어 정상으로 돌렸다. 영희에게 주어지는 점심시간은 십 오분밖에 안 되었다. (중략)

---

210) 趙世熙, 『난장이가 쏘아 올린 작은 공』, 문학과 지성사, 1978.

작업장의 실내 온도는 섭씨 삼십 구 도였다. 직기가 뿜어내는 열기가 영희의 몸 온도를 항상 웃돌았다. 무더운 여름의 은강 최고 기온이 섭씨 삼십 오 도이다. 직기의 소음도 무섭기 짝이 없다. 소음의 측정 단위는 데시벨이다. 정상적인 상태는 0데시벨, 50데시벨이면 대화를 할 수 없다. 영희의 작업장의 소음은 90데시벨이 넘었다. (「은강 노동 가족의 생계비」, p.156)

영희는 졸음을 못 참아 눈을 감았다. 두 눈을 감은 채 직기 사이를 뒷걸음쳐 걷고 있었다. 그 밤 작업장 실내온도는 섭씨 삼십 구 도였다. 은강 방직의 기계들은 쉬지 않고 돌았다. 영희의 푸른 작업복은 땀에 젖었다. 영희가 조는 동안 몇 개의 틀이 서 버렸다. 반장이 영희 옆으로 가 팔을 쿡 찔렀다. 영희는 정신을 차리고 죽은 틀을 살렸다. 영희의 작업복 팔 부분에 한 점 빨간 피가 내배었다. 새벽 세 시였다.

(「잘못은 神에게도 있다」, p.168)

조세희의 소설에는 이와 같은 현장 묘사가 빈번히 나타난다. 그의 치밀한 관찰과 정확한 보고에 따르면, 은강 그룹의 노동자들은 인간이 아니라 기계의 한 부속품에 지나지 않는다. 점심시간마저 회사의 부당한 요구에 의해 박탈당하고, 엄청난 소음과 고온의 공장에서 혹사당한 그들은 집에서도 달콤한 잠을 즐기지 못하고 악몽에 시달린다. 뿐만 아니라 야근할 때 깜빡 졸기라도 하면 뾰족한 옷핀으로 팔뚝을 찔린다. 이러한 묘사는 "사회의 여러 죄악, 부자들의 냉혹과 거만, 법의 가혹성과 몰이해성, 어린이에 대한 잔인한 취급, 감옥과 공장과 학교의 비인간적 조건들, 한마디로 모든 제도적 조직체의 속성인 개인적 고려의 결핍에 대해서 불꽃튀는 어휘로 분노를 터뜨렸"[211]던 디킨즈의 산업화 초기의 사회소설을 연상하게 한다. 디킨즈의 사회소설은 산업화 초기의 영국 현실을 매우 신랄하게 비판하고 있는 것으로 평가된다. 그러나 자신이 계급 탈락의 위협 밑에 있다고 느끼는 반항적 쁘띠 부르조아

---

211) A. 하우저, 백낙청 · 염무웅 역, 『문학과 예술의 사회사―현대편』, 창작과 비평사, 1974, p.126

이며, 청년 시절에 경험했던 일을 잊지 못하는 굴욕의 희생자[212])로서 소시민적 한계를 벗어나지 못했던 디킨즈와는 달리, 조세희의 입장은 노동자들 편에 서 있는 것이 분명해 보인다. 『난장이』에 묘사된 참혹한 노동 현장은 작가가 노동자에게 혈연적인 애정을 가지고 그들의 입장에서 관찰한 것들이다. 그렇기 때문에 위 인용문의 행간에서는 고용주의 비인간적 행태에 대한 숨길 수 없는 분노와 증오의 감정이 옷침에 찔린 팔의 빨간 피처럼 배어난다. 하지만 『난장이』 연작의 내면적 주제는 미움이 아니라 사랑이다. 그것은 다음 절에서 보다 상세히 분석될 것이다.

황석영·홍성원·윤흥길 등은 70년대 노동 현실의 문제에 예각적으로 접근하여 노동자들의 참혹한 삶에 관심을 집중시키는 한편, 노동문학의 한 유형을 형성하였다. 그들이 노동 현장의 모습을 생생하고도 감동적으로 표출해 낸 성과는 몇 번이고 강조되어도 좋을 가치있는 작업으로 보인다. 그러나, 그들은 노동자들을 패배주의적 인간형으로 성격화하는 초보적 단계에 머물고 말았다는 비판에서 자유로울 수 없음 또한 사실이다. 다시 말해 그들이 창조한 노동자들은 현실의 구조적 모순과 부조리를 철저하게 인식하지 못하며, 따라서 자신의 처지를 개선시킬 어떠한 구체적 노력이나 행동을 보여주지 못한 것이다. 「객지」의 동혁이나 「흔들리는 땅」의 남순이 동료들의 잠든 의식을 일깨우기 위하여 노동 쟁의의 선두에서 극단적인 행동을 불사하고 있긴 하지만, 그들의 행동이 개인의 영웅주의적 의식에서 비롯되었다는 비판을 받는 이유도 거기에 있다. 이러한 약점은 노동자와 기업가의 갈등의 중간 지대에 위치해서 노동자를 계도하고 의식화하는 지식인 계층의 역할에 의해 어느 정도 해소되고 있다.

---

212) 위와 같음.

(2) 노사 갈등의 제시

우리 문학에서 계층(계급) 간의 갈등이 문제되기 시작한 시기는 1920년대 중반을 그 기점으로 삼을 수 있을 것이다. 3·1 운동의 실패에 침체되어 있던 식민지 지식인들의 의식에 충격을 가한 마르크시즘의 유입에서 비롯된 프로 문학이 바로 그것인데, 김기진은 "지식계급이 민중으로 파고들 것, 이것이 지식계급(글 쓰는 자)의 임무다. 우 나로드! 白手 노동자인 인텔리겐차의 임무는 이것 뿐"[213]이라며, 본격적인 계급문학의 시발을 예고하였다. 그리하여 염군사·파스큘라·카프와 같은 계급적 세계관으로 무장된 예술·문학단체가 결성되고, 그들의 정력적인 활동에 힘입어 이기영의『고향』, 최서해의「탈출기」·「홍염」과 같은 뛰어난 작품을 얻을 수 있었다.

70년대에 다시 제기된 계층간의 갈등 문제는 20년대의 그것과 여러가지 유사성이 발견된다. 무엇보다도 가장 큰 공통점은 생산구조의 변화에 따라 농촌의 분해와 도시의 확대가 이루어지며, 생활 관습과 가치 체계에 현격한 변모를 경험한다는 점이다. 물론 이러한 변모의 양상은 2, 30년대 비해 70년대의 그것이 훨씬 심각하고 대대적인 양상을 드러내지만, 근원적인 면에서는 본질적인 차이를 드러내지 않는다. 오히려 카프가 주장한 계급 문학과 70년대 노동소설의 가장 두드러진 차이점은 사회 구성체를 계급적 관점에서 파악하느냐, 아니면 계층적 관점에서 바라보느냐의 문제일 것이다. 앞서 지적한 대로, 우리나라는 여러 가지 여건상 계급 구조화되었다기보다 그런 방향으로 움직여 가고 있다고 보는 것[214]이 일반적 시각이다. 이러한 논리에 따르면 카프문학을 계급문학으로 인식하는 태도는 명백한 모순이며 오류라 할 수 있다. 그러나 필자는 이 문제를 더 이상 진전시킬 입장에 있지 않다. 다만 필자가 이야기하는 것은, 70년대의 노동소설을 계급적 관점에서가 아니라 계층적 차원에서의 갈등 문제로 파악하고자 하는 것이다.

---

213) 金基鎭, 「知識階級의 任務와 新興文學의 使命」, ≪매일 신보≫, 1924.12.7.
214) 구해근, 「현대 한국 계급구조에 관한 시론」, p.311

70년대 문학에서 계층간의 갈등이 문제된 발단은 문학의 사회 참여론에서 비롯되었으며, 그것은 다분히 정치적·사회적 부조리에 대한 폭로와 고발의 문학적 역할을 강조한 형태로 나타났다.215) 산업화의 가시적 성과가 우리의 삶에 직접적인 영향을 미치게 되면서 문학의 현실 참여론자도 현실 문제에 보다 직접적으로 대응하기 시작하였는데, 그 첫 번째 형태가 농촌(농민)소설론이었다. 농촌의 현실이 관심의 초점이 되었던 이유는, 농촌과 농민이 산업화의 현장에서 소외당하거나 피해를 입었다는 인식에 기초하고 있다. 이러한 소외 집단에의 문학적 관심과 배려는 마침내 작가들에게 노동 현실의 문제에 시선을 집중할 것을 강력히 촉구한다.

이 節에서 다룰 노동소설은 앞 절과 구분하여, 노사간의 갈등이 첨예하게 대립되어 있는 노동 현실을 문제삼은 작품으로 제한한다. 그 대표적인 예는 윤흥길의 「날개 또는 手匣」, 조세희의 「난장이」 연작이라 생각한다. 「날개 또는 手匣」은 화이트칼라와 블루칼라의 입장 차이를 예각적으로 대조해 보여주고 있다. 사무직 사원에게도 제복 착용을 강요하자 관리과 직원들은 심한 불평을 늘어놓는다. 그들에 따르면 제복을 강요하는 회사의 방침은 결국 개인의 개성과 자유를 말살하려는 음모에 다름 아니다. 그러나 그들의 비분강개가 다소 허황한 느낌을 주는 것은 민도식의 아내의 입을 통해 폭로된다. "제복을 상전으로 받들어 모시느냐, 아니면 그저 몸을 가리는 여러 가지 의복 가운데서 사람이 입을 수 있는 한 가지로 보느냐에 따라 정신 상태가 중요한 것이지 제복 자체는 별로 의미가 없다"는 그녀의 말은 「아홉 켤레」에서 권기용이 그토록 집착했던 구두가 관리과 직원들에게는 제복으로 변형되었을 뿐 재차 반복되고 있다. 그들이 자유의 구속이라 항변하는 제복 착용은 문제의 본질과 상당히 거리가 있는 지엽말단일 뿐이다. 그들은 사장의 강압적 요구에 의해 자신의 아내까지도 회사 선전에 이용할 만큼 도덕적 불감증에 걸려

---

215) 김병익, 「한국 문학에 나타난 계층 문제」, 『들린 시대의 문학』, 문학과 지성사, 1985. p.120 참조.

있으면서 그 사실을 깨닫지 못한다. 따라서 다방에 모여 앉아 제복 착용으로 말살될 자신의 조그만 자유에 대해 甲論乙駁하는 그들이 권기용의 눈에 우습게 비쳐진 것은 당연한 일이라 할 수 있다.

권기용은 관리사원들이 입어야 할 제복이 자유의 구속이라면 생산 공장에서 팔을 잃고 그 팔 값을 찾아주려고 투쟁하는 사람들은 생존과 맞서고 있음을 일깨운다. 생존(팔)과 자유(옷)가 절대적 가치로 존중되지 못하고 상대적 가치로 평가되는 이들의 대화에서 공장 노동자들이 인간으로서의 가장 기본적인 생존권을 확보하려는 노력조차 얼마나 至難하고 허망한 노릇인가가 분명히 드러난다. 가진 자는 말할 것도 없고 배운 자들 조차도 못 가지고 못 배운 자들이 겪어야 하는 삶의 처절한 고통에 대해 전혀 알려고 하지 않는다. 권기용이 이들의 소아적 태도에 직접적인 분노의 감정을 드러내지 않으면서 노동자들이 처한 삶의 조건을 설명하는 것은 자신이 그들과 별로 다르지 않은 위선적이고 허세적인 삶을 살아왔기 때문이다. 「아홉 켤레」에서 보여 주었던, 노동자의 삶을 배제한 진정한 현실인식은 불가능한 것[216]이라는 주제가 거듭 반복되는 것은, 주어진 현실을 오만하게 외면하고 겉돌 것이 아니라 그 속으로 직접 파고 들어가야만 진실에 접근할 수 있다는 작가의 의도를 반영한 것으로 보인다. 윤흥길이 『아홉 켤레』 연작을 통해 제시하고자 하는 것은 지식인으로서의 허세를 과감히 벗어던지고 보다 겸허한 자세로 노동자의 삶을 관찰할 때, 그리고 직접 그들과 현장에서 함께 부대끼면서 현실의 모순을 찾아 그 문제를 해결하려 힘을 모을 때 비로소 지식인과 노동자의 간극이 사라질 수 있을 것이라는 기대감이다. 따라서 윤흥길의 연작소설은 지식인의 허위의식 청산이야말로 민중과의 연대감을 공고히 하면서 계층간의 갈등을 해소·극복하는 방법임을 일깨우고 있다. 그것은 「객지」·「흔들리는 땅」에서 노동자 계층에게만 한정되었던 의식의 각성과 투쟁의 모습이 지식인의 허위의식 청산과 투쟁에의 참여로 발전하면서 앞으로 전개될 바람

---

216) 염무웅, 「도시−산업화 시대의 문학」, 앞의 책, p.339

직한 노동문학의 한 동향을 제시하고 있다는 점에서 문학사적 의의를 부여
받을 수 있다.

황석영이 부랑 노동자의 고난의 쟁의를 그려내면서 경제성장의 미명 아래
사회정의가 위배되고 있는 현장을 고발하고, 윤흥길의 일련의 연작 소설이
도시빈민의 비참한 삶과 노사간의 갈등을 소시민의 자의식을 매개로 제시하
고 있다면 조세희의 『난장이가 쏘아 올린 작은 공』은 도시빈민과 산업노동
자의 생활세계를 일정한 사회학적 상상력을 통해 구성하는 가운데 산업화가
한창인 우리 사회의 구조적 모순을 본격적으로 해부한다.[217] 『난장이』 연작
은 70년대 한국 사회의 급격한 변화와 연관하여 밑바닥 계층의 사람들이 직
면하였던 생존의 전형적인 상황을 테크니컬한 방법으로 묘사하면서 그 속에
내포된 인간적 · 사회적 의미를 총체적으로 파악할 수 있는 근거를 마련한다.
이 소설이, 소설 자체의 한계와 약점이 여러 가지로 지적되고 있음에도 불구
하고, 계층간의 갈등 문제에 대한 소설적 접근으로서는 종래의 성과를 총체
적으로 포괄 할뿐만 아니라, 한 단계 비약하고 있다는 평가를 받는 것도 전적
으로 이러한 이유에서이다.

한 평자의 적절한 지적대로 "기존 체제의 인간들로부터 내쫓기고 사회의
완강한 억압에 짓눌려 밑바닥 삶에서 신음해야 하는 소외 인간의 표상"[218]인
난장이와 그의 가족 및 주변 사람들의 비극적이고도 처참한 생존 투쟁을 묘
파한 『난장이』 연작은 서사 기법적 측면에서도 매우 독특한 양상을 보여준
다. 이른바 〈카운터 리얼리즘counter-realism〉이라 불리우는 이 기법은 전통적
인 리얼리즘에 의식적으로 反하는 것으로, 그로테스크의 효과와 잡다한 환
상을 도입[219]하여 이 시대 노동 현실의 기본적 문제점들을 충격적으로 해부

217) 홍기삼, 앞의 글, p.29 참조.
218) 김병익, 「난장이, 혹은 소외집단의 언어」, 『狀況과 想像力』, 문학과 지성사, 1979.
    p.65
219) 이재선, 「도시공간의 시학」, 앞의 책, p.300

하고 있다. 모두 12편의 연작 형식의 단편소설로 구성된 이 작품은 전체 구조로 보아 하나의 완성된 장편을 염두에 두고 쓰여진 것으로 보인다. 이 소설을 특징짓는 두드러진 요소는 짧은 호흡의 문체에서 비롯되는 긴장감의 지속과 함께 변화무쌍한 시점을 활용하여 다양한 계층의 의식을 박진감있게 드러내 보인다는 데 있다.

『난장이』는 사건의 전개상 크게 두 단계로 나누어지는 것으로 생각된다. 그 하나는 도시 변두리 판자촌인 낙원구 행복동에서의 생활이고 다른 하나는 공업도시 은강에서의 생활이다. 전자에서는 산업화 전세대인 난장이가 제도의 폭력에 의해 참혹히 죽어가는 과정이, 그리고 후자에서는 산업화 세대인 영수가 서서히 의식화된 노동자로 성장하면서 쟁의를 주도하지만 끝내 제도의 철벽을 넘지 못하고 살인을 저지르는 삶의 도정이 그려진다.

논의의 전개에 앞서 이 작품의 특징적 성격을 몇 가지로 나누어 생각해 보면 다음과 같다.

첫째, 『난장이』의 근간을 형성하는 것은 대립적 세계관이라는 점이다. 가진 자와 못 가진 자로 극명히 구분되는 두 계층의 대립적 양상은 다시 외면적인 것과 내면적인 것으로 나누어 생각해 볼 수 있다. 대립의 외면적 양상은 "가진 자-안락-밝음/못 가진자-고통-어둠"의 형태로 나타나고, 그 내면적 양상은 "부도덕성/도덕성"[220)의 양태로 나타난다.

둘째, 세대간의 가치관·세계관이 질적인 변화를 드러낸다. 구세대에 속하는 계층은 자신에게 주어진 현실을 숙명적으로 받아들이면서 환상세계를 동경한다.(특히 난장이가 그러하다.) 그러나 신세대는 타락한 사회와의 정면 대결을 꾀하거나(영수), 자신이 누리고 있는 부의 죄악성에 대해 심각히 고뇌한다.(윤호 등)

셋째, 지식인의 역할이 매우 한정적이라는 특징을 보인다. 지섭·교회목

---

220) 성민엽, 「異次元의 展望-趙世熙論」, 백낙청·염무웅 편, 『한국문학의 현단계Ⅱ』, 창작과 비평사, 1983. p.218

사·과학자 등이 이 작품에 등장하는 지식인의 모습인데, 그들은 은강 노동자들을 의식화시키는 교사의 역할을 뛰어넘지 못하거나, 현실의 고통을 이상 세계에의 동경으로 해소하려 한다. 특히 이 작품의 프롤로그에 해당하는 「뫼비우스의 띠」와 「에필로그」에 등장하는 수학교사는 사회의 모순에 맞서 자신을 지키기보다 우주로의 여행을 꿈으로써 현실에서 도피하고자 하는 패배주의적 의식을 드러낸다.

넷째, 계층간의 불화와 반목, 대립과 갈등의 극복 가능성을 작가는 사랑의 회복에서 찾으려 한다는 점이다.

가진 자와 못 가진 자의 대립은 그것이 운명적이며 따라서 도저히 극복될 수 없다는 절망감에서 더욱 증폭된다. 가진 자는 이미 태어나면서 풍요와 안락을 만끽하며 강한 인간으로 자라지만 못 가진 자는 출생하는 순간 뿐아니라 성장하면서 더욱 약해지는 것이다.

> 우리는 출생부터 달랐다. 나의 첫 울음은 비명으로 들렸다고 어머니는 말했다. 나의 첫 호흡이 지옥의 불길처럼 뜨거웠을지도 모를 일이다. 나는 모태에서 충분한 영양을 보급받지 못했다. 그의 출생은 따뜻한 것이었다. 나의 첫 호흡은 상처난 곳에 산을 흘려 넣는 아픔이었지만, 그의 첫 호흡은 편안하고 달콤한 것이었다. 성장 기반도 달랐다. 그에게는 선택할 것이 많았다. 나나 두 오빠는 주어지는 것 이외의 것을 가져 본 경험이 없다. 어머니는 주머니 없는 옷을 우리에게 입혔다. 그가 자라면서 더욱 강해졌지만 우리는 자라면서 반대로 약해졌다.
>
> (「난장이가 쏘아올린 작은 공」, p.101)

가진 자들은 많은 재물을 소유하고 있을 뿐 아니라, 더욱 많은 부를 축적하기 위하여 철거민의 아파트 입주권을 싼 값에 사들이고 비싼 값에 판다.(「난장이」) 난장이 일가에게는 천 년 세월의 의미가 있는 집이 그들에게는 단순히 재산 증식의 한 수단에 불과할 뿐이다. 요약하면 집의 문제에 있어서도 교환가치가 사용가치를 축출함으로써 이 사회는 자본의 효용성이 인간다운 삶을 통제하는 부조리한 현실[221]이 되어 버린다. 가진 자들의 비도덕성은 그들의 끝없는 탐욕과 재산증식 과정에서 노동력 착취·부정·불법 등 온갖 법규를 어겼다는 데서 확인된다. 윤호가 은강그룹 회장의 손녀에게 정신적 고문을 가하며 들려준 가진 자들의 위법 사례는 사실의 극히 작은 일부분에 지나지 않는다.

> 『…너의 할아버지는 모든 법조항을 무시했어. 강제 근로, 정신·신체의 자유의 구속, 상여금과 급여, 연소자 사용 등, 이들 조항을 어긴 부당노동 행위 외에도 노조 활동 억압, 직장 폐쇄 협박 등 위법 사례를 다 말할 수 없을 정도야. 난장이 아저씨의 딸이 읽던 책을 보았어. 너의 할아버지가 한 말이 거기 씌어 있었다구. 지금은 분배할 때가 아니고 축적할 때라고 씌어 있었어. 그리고, 너의 할아버지는 돌아갔어. 누구에게 언제 나누어 주지? 너의 할아버지가 죽은 난장이 아저씨의 아들 딸과 그 어린 동료들에게 주어야 할 것을 다 주지 않았어.』 (「軌道回轉」, p.136)

가진 자들의 비도덕성은 그 자식들에게도 그대로 전수된다. 윤호와 재수 생활을 같이 한 인규는 작은 악마같은 존재로 여학생들과 포르노 슬라이드를 보고 환각제를 맡으며 여자와 호텔에서 잠을 잔다. 윤호의 누나 또한 남자와 붙을 생각만 하고, 경애의 오빠 경훈은 자신이 잘 모르는 난장이를 독재자였을 거라고 생각하면서 그의 아들이 공격 대상을 잃어버리자 자신의 숙부를 살해했다고 믿는다. 이들의 비도덕성 혹은 죄악은 이 세상을 자기의 절대적인 관점에서만 파악하려 할 뿐 상대적 가치관을 인정하려들지 않는다는 데 있다. 가령 경훈이 영수의 재판과정을 지켜본 뒤 갖는 다음과 같은 생각은 그들이 얼마나 냉정하고 현실적이며 자본가로서의 비인간적 논리에 투철한 인간[222]인가를 드러낸다.

---

221) 吳世榮, 「사랑의 입법과 사법—조세희의 『난장이가 쏘아올린 작은 공』」, ≪세계의 문학≫, 1989, 봄, p.378
222) 성민엽, 앞의 글, p.227

사람들의 사랑이 나를 슬프게 했다. 그때 수위가 철문을 밀어붙이는 것이 보였다. 이팝나무 숲을 끼고 돌아온 아버지의 승용차가 미끄러지듯 들어와 섰다. 내일 아무도 모르게 정신과 의사를 찾아가 보자고 나는 생각했다. 내가 약하다는 것을 알면 아버지는 제일 먼저 나를 제쳐 놓을 것이다. 사랑으로 얻을 것은 하나도 없었다. 나는 밝고 큰 목소리로 떠들 말을 떠올리며 방문을 열고 나갔다.   (「내 그물로 오는 가시고기」, p.233)

〈가진자＝惡人, 못 가진 자＝善人〉이라는 도식적 사고는 사실에의 진실상을 외면하고 있다는[223] 비판을 받기도 하지만, 그 단순한 이분법적 사고로 인해 작가의 의도는 보다 뚜렷하게 부각된다.

가진 자/못가진 자의 대립적 세계관이 그들의 연령층에 따라 현격한 차이를 드러내는 것은 매우 주목받는 현상이다. 구세대 계층에 속하는 인물들은 전혀 베풀 줄 모르는 이기적 인간으로 묘사되거나, 자신에게 주어진 현실에 체념하면서 달나라로의 여행을 꿈꾼다. 그러나 산업화 이후 세대라 할 수 있는 한지섭·영수·윤호·경훈의 사촌 등은 현실의 모순과 갈등을 극복하기 위하여 직접 행동에 뛰어들거나 자신의 처지에 대해 심각하게 고뇌한다. 집이 철거된 뒤 공장 굴뚝 위에서 투신자살한 난장이의 행동이 구세대의 패배주의적·순응주의적 가치관을 전형적으로 보여주는 것이라면, 지섭이 노동운동에 직접 뛰어들어 그들을 의식화하는 일에 앞장서고 영수가 은강그룹의 부회장을 살해하는 것 등은 신세대의 적극적인 현실개혁 의지를 보여주는 것이다. 이 작품에서 가장 문제적인 인물은 한지섭이라 할 수 있는데, 그는 A대학 법학과 4학년 재학 중 제적당한 뒤 난장이 일가와 친하게 지낸다. 그의 영향을 받아 의식의 전환을 이룬 사람은 윤호와 영수이다. 윤호는 율사의 아들로 A대학에 진학하기를 바라는 아버지의 강요에 따라 지섭에게서 과외공부를 한다. 그러나 지섭은 그에게 난장이 일가의 인간 이하의 참혹한 삶과 달나라에 관하

---

223) 김병익, 「대립적 세계관과 미학—趙世熙의 『난장이』」, 『난장이가 쏘아올린 작은 공』, p.254

여 이야기한다.

　그는 처음으로 달나라의 생활에 대해 이야기했다. 달은 순수한 세계이며 지구는 불순한 세계라고 했다. 그래서 윤호는 인간이 달을 개조한다고 해도 그 곳에 갈 이주자들은 불모의 황무지에 살게 될 것이라고 책을 통해 알게 된 것들을 이야기했다. 그곳 환경은 단조롭고, 일상생활은 권태로울 것이다. 거추장스러운 우주복을 입지 않으면 기지 밖으로 나갈 수 없다. 옷이 조금이라도 찢어지면 생명을 잃는다. 시계를 잘못 보아도 마찬가지다. 시계가 틀리면 산소가 떨어진 것을 몰라 죽게 된다. 그리고 삼백 쉰 네 시간, 즉 지구 시간으로 십사 일 동안이나 밤이 계속된다. 그런데, 지섭은 고개를 저었다. 그때만 해도 윤호는 너무 모르는 것이 많았다. 그래서 사실에만 충실했다. 지섭은 미소 머금은 얼굴로 대기권 밖에서의 천체 관측에 대해 이야기했다.

　그는 달에 세워질 천문대에서 일할 사람은 행복할 것이라고 말했다. 그에게 달은 황금색의 별세계였다. 그는 지상에서 일어나는 일은 너무나 끔찍하다고 했다. 그의 책에 의하면 지상에서는 시간을 터무니없이 낭비하고, 약속과 맹세는 깨어지고, 기도는 받아들여지지 않는다. 눈물도 보람 없이 흘려야 하고, 마음은 억눌리고 희망도 이루어지지 않는다. 제일 끔찍한 일은 갖고 있는 생각 때문에 고통을 받는 일이다.　　　　　(「宇宙旅行」, p.52)

　인용이 다소 길어졌지만, 이 부분을 통해 우리는 지섭의 이상주의적 세계관과 윤호가 사실과 진실의 차이점을 인식하게 되는 경위를 파악할 수 있다. 지섭은 『일만 년 이후의 세계』를 읽으며 갈등과 모순이 없는 달나라에서의 생활을 꿈꾼다. 그의 이런 생각과 동경은 윤호와 난장이에게 그대로 전염되어 난장이는 달나라로 가기 위해 쇠공을 쏘아 올리려다 굴뚝 속으로 떨어져 죽는다. 지섭이 읽는 책이 현실의 상황을 다룬 것이 아니라 일만 년 이후의 세계라는 것이나, 달나라에 대해 현재의 지식으로는 터무니없이 과장된 생각을 품고 있는 것은 그가 몽상적 이상주의자라는 사실을 증명 해주는 것이라 할 수 있다. 그의 이런 허황된 공상은 난장이와 윤호에게 많은 영향력을 행사하는데, 그들은 각각 다른 입장에서 지섭의 이야기를 받아들인다. 난장이는 지섭의 이야기를 통해 자신의 현실에서의 삶이 비록 비극적이지만 내세에는 행복한 생활을 할 수 있으리라는 내세적 세계관으로 수용하는데 반해, 윤호는 책을 통해 습득한 지식이 얼마나 현실과 동떨어져 있는가를 인식하는 계기로 삼는다. 그리하여 윤호는 자기에게 호감을 가진 여자애들(은희와 경애)에게 달나라의 평화에 대해 이야기하고, 자신의 오씨알 카드에 인규의 수험번호와 이름을 기입함으로써 아버지의 폭력에 항거한다. 윤호는 저희들이 가져야 할 과제로 "사랑·존경·윤리·자유·정의·이상" 등의 가치를 떠올리지만 난장이 일가나 은강 노동자들의 기본적 생존권 보장을 위해 실질적인 행동을 하지 않는다. 결국 그는 지섭과 다른 유형의 이상주의자 혹은 도덕주의자라 할 수 있으며, 이 점은 경훈의 사촌에게서도 유사한 모습으로 나타난다. 이들이 행동력이 결여된 이상주의자라 하더라도 이 작품에서 차지하는 이들의 비중은 감소되지 않는다. 왜냐하면 이들이 장성해서 사회의 한 구성원으로 활동할 시기가 오면 자신의 이상을 실현할 수 있을 것이라는 믿음이 있기 때문이다. 『난장이』의 현실적 한계가 지섭을 비롯한 지식인들의 이상주의에 기인한다면, 그들에게 정신적 교화를 받은 윤호 등이 타락한 세계에서 오염되지 않은 정신으로 살아가고 있다는 사실은 이 소설의 미래지향적 특성을 설명해주는 것이라 할 수 있다.

이 세상이 공부를 한 자와 못한 자로 너무나 엄격히 나뉘어져 있어서 공부를 하지 않고는 자기 구역을 벗어날 수 없다고 생각했던 영수는 자신의 이상을 실현시키기에는 현실이 너무도 타락해 있음을 깨닫고 투쟁의 방법을 선택한다. 그는 은강의 경영주가 윤호네 옆집에 살고 있다는 사실을 알고 자신을 윤호의 방에 숨겨주기를 부탁한다.

『그를 죽이려고 그래.』
『미쳤어!』

윤호가 소리쳤다.

『사람을 죽인다고 해결될 일은 없어. 넌 이성을 잃었어.』

『좋아.』

그는 낮은 목소리로 말했다.

『아무의 도움도 필요없어. 혼자 힘으로 할 거야.』

『넌 너 자신을 죽이고 있어. 도대체 누구를 위하여 죽겠다는 거야?』

『난 아무를 위해서도 죽지 않아.』

『그럼?』

『그만두자.』

(「機械都市」, p.148)

영수가 꿈꾸었던 세상은 아주 단순한 세상이었다. 그의 아버지가 꿈꾼 세상이 "모두에게 할 일을 주고, 일한 대가로 먹고 입고, 누구나 다 자식을 공부시키며 이웃을 사랑하는 세계"이며 사랑만이 강요되는 세상이라면, 영수가 그린 세상은 "누구나 자유로운 이성에 의해 살아가며, 교육의 수단을 이용해 누구나 고귀한 사랑을 갖도록 하는"(「잘못은 神에게도 있다」) 세상이었던 것이다. 똑같은 사랑을 이야기하고 있으면서도 그것의 실천 방법에 있어서 영수와 아버지의 생각은 현격한 차이를 드러낸다. 아버지는 사랑의 강요를 희망하고 영수는 교육을 통한 사랑을 강조한다. 사랑을 갖지 않은 사람을 벌하기 위해 법을 제공해야 한다는 극단적 믿음을 가졌던 난장이는 문자 그대로 유토피아(Utopia의 어원적 의미는 "어디에도 없는 곳"이다.)를 그리는 몽상가에 지나지 않아 보인다. 더군다나 자본주의 경제제도의 파행적 운용에 의해 노동력을 착취당하고 분배의 정당한 몫을 강탈당한 그가 꿈꾸는 세상이 제도에 의해 지배되는 곳이라는 사실은 아이러니컬하다. 그러나 사랑과 정의를 위해서는 공권력의 행사도 불사해야 한다는 난장이의 믿음은 교육을 통해 그것의 실현을 지켜보아야 한다는 영수의 그것에 비해 급진적이고 과격한 이상이라 할 수 있다. 노사 대표간의 대화가 결렬되던 날 영수가 자신의 생각을 수정한 것도 바로 자신의 타협주의 혹은 패배주의를 절감했기 때문인 것으로 보인다. "모두 잘못을 저지르고 있었다. 예외란 있을 수 없었다. 은강에서는 신도 예외가 아니었다."(「잘못은 神에게도 있다」)는 영수의 생각이 과격하게 느껴지지 않는 것은 그만큼 현실이 총체적으로 뒤틀리고 썩어 있기 때문이다. 그러나 현실을 있는 그대로만 보아서는 아무런 도움도 되지 않는다는 점을 영수는 과학자가 보여준 클라인씨의 병을 보고 절실히 깨닫는다. 과학자는 클라인씨의 병을 영수에게 보여주며 "교육적으로 어떤 훈련도 받지 않은 사람이라도 상식적인 방법에 의해 문제의 핵심을 뚫을 수 있을 것"(「클라인씨의 甁」)이라 충고한다. 실체가 있는데도 불구하고 상상의 세계에서만 그 존재가 가능하다는 병을 앞에 놓고 혼돈에 빠져 있던 영수는 마침내 그것이 무엇을 의미하는가를 확실히 깨닫는다.

> 『이 병에서는 안이 곧 밖이고 밖이 곧 안입니다. 안팎이 없기 때문에 내부를 막았다고 할 수 없고, 여기서는 갇힌다는 게 아무 의미가 없습니다. 벽만 따라가면 밖으로 나갈 수 있죠. 따라서 이 세계에서는 갇혀있다는 그 자체가 착각이예요.』
> 과학자는 나의 얼굴을 물끄러미 바라보았다.
> 『그대로야.』
> 과학자가 말했다.   (「클라인씨의 甁」, p.202)

뫼비우스의 띠가 외부와 내부를 구분할 수 없는 상황의 상징적 징표라면, 클라인씨의 병은 안팎이 없는 닫힌 공간의 표징이다. 그러나 이것은 교육받은 사람이 논리에 구애됨으로써 발생하는 사고의 혼란일 뿐이다. 뫼비우스의 띠의 안과 밖은 가진 자들의 기득권을 보호하기 위해 억지로 창안한 허위의식의 세계이며 클라인씨의 병 또한 못 가진 자의 패배의식만 조장시키는 이중·삼중의 제도이다. 영수는 비로소 자신이 거짓 세계를 깨뜨리려 하면서도 가진 자들이 쳐놓은 거짓 의식의 그물에서 벗어나지 못하고 있음을 깨닫는다. 이제 그가 선택할 수 있는 문제 해결방법은 하나밖에 없다.

안과 밖이 구별 되지 않은 세계에 있기 위해서 그는 안에 있어야 하며[224], 스스로가 갇혀 있다는 거짓 의식을 과감히 깨뜨려야 한다.

한지섭과 교회 목사·과학자 등 비판적 지식인의 역할은 자칫 소극적인 역할에 그치고 있다는 혐의를 받을 수 있다. 실제로 지섭은 달나라의 꿈을 꾸는 몽상가로 그려지고 있으며 목사나 과학자가 영수를 비롯한 은강 노동자들에게 구체적인 행동을 지도하거나 그들을 선동하는 대목은 어디에서도 찾을 수가 없기 때문이다. 그러나 바로 이 점이 비판적 지식인으로서 이들에게 허여된 중요한 임무이다. 윤호의 집에서 쫓겨난 지섭은 스스로 노동운동의 최일선에서 기업가에 대항하여 싸운다. "달나라의 이름으로 펴 보인 아름답고 순수한 세계는 그의 머릿속에 있었다. 그것을 밖으로 실현하기 위해 용기를 갖고 행동하는 사람으로서 그는 은강에 왔다."라는 구절에서도 알 수 있듯이 그는 철저한 노동자이며 무지한 노동자들의 잠든 의식에 충격을 가해 그들을 대자적 민중으로 의식화시키는 교사와 같은 인물이다. 그는 영수가 자칫 노동운동 지도자나 이론가가 될 위험에 빠져 있음을 간파하고 "그곳(현장-인용자)에서 생각하고, 그곳에서 행동해. 근로자로서 사용자와 부딪치는 그 지점에 네가 있으라구."하며 충고한다. 지식인이 근로자에게 베풀 수 있는 가장 커다란 사랑을 지섭은 영수에게 몸으로 보여준다. 목사와 과학자 역시 그 점에서는 별반 차이가 드러나지 않는다. 지섭이 다녀간 뒤 영수의 의식의 변화를 감지한 과학자가 "따져 보면 목사님과 나는 줄 밖의 사람이야."하며 정작 행동에 나서야 할 사람이 뒷전에 물러나 있는 현실의 모순을 지적하는 것이라든지, "일종의 의식화 교육으로, 나의 머리에 발전기를 설치한" 장본인인 목사가 영수의 눈에는 "어떤 면에서 아주 보수적인 온건주의자"로 비쳐지는 것 등은 지식인의 역할의 한계를 설명해 주는 것이다. 그들의 역할은 무지와 패배감에 젖어 순결한 의식을 잠재우고 있는 노동자에게 자신

---

224) 정과리, 「고통의 개념화—조세희론」, 『문학, 존재의 변증법』, 문학과 지성사, 1985. p.208

이 서 있는 정확한 위치가 어디이며 또 무엇을 해야 할지를 알려주는 것으로 끝나야 한다. 그렇지 않을 때 노동자는 영원히 수동적 입장에서 벗어날 수 없으며 또 다른 지배자의 사슬에 묶여 고통받아야 함을 그들은 알고 있었다. 『난장이』가 일종의 교육소설[225]로 읽힐 수 있는 근거가 바로 여기에 있다.

「뫼비우스의 띠」와 「에필로그」에 등장하는 수학교사는 철저히 가치 중립적인 인간이다. 그가 가르치는 과목이 수학이라는 것이 이 점을 보다 명확하게 암시하고 있다. 그는 학생들에게 굴뚝의 우화를 들려주고 뫼비우스의 띠에 대해 설명하는 한편, 수학 교사에게 윤리 교과를 맡으라고 종용한 학교의 음모를 폭로한다.

> 그들이다. 누가 이 이상 정확히 말할 수 있겠는가? 그들 자신에게는 죽을 때까지 져야 할 책임이 하나도 없다는 게 특징이다. 그들은 모두 그럴 듯한 알리바이를 갖고 있다. (…) 나는 별 수가 없어서 수학 과목을 내놓았다. 다음 학기부터는 윤리를 맡으라는 통보를 이미 받았다. 제군도 잘 알다시피 윤리는 실제의 도덕규범이 되는 원리이다. 제군이 결정자라면 수학을 못 가르쳤다고 책임을 물은 사람에게 윤리를 떠맡길 수 있겠는가? 아무도 모르게 무서운 음모가 꾸며지고 있다. 시간표에서 윤리 과목을 빼 버리겠다는 거나 마찬가지다. 그것은 제군과 제군의 후배들을 인간 자본으로 개발하겠다는 음모이기도 하다. 그 의도를 진작 알아차려야 했는데 제군은

---

225) 김윤식, 「문학사적 개입과 논리적 개입」, ≪문학과 사회≫, 1991, 겨울, p.1516
교육소설Education Novel의 사전적 정의는 젊은 남녀들을 바람직한 시민으로, 그리고 도덕적·지적으로 성숙한 성인으로 교육시킬 목적으로 쓰여진 양식의 소설을 가리키는 것이다. 따라서 이것은 어떤 의미에서 성장소설Bildungsroman의 전범이라 할 수 있다. 『난장이』가 일종의 교육소설로 이해되는 까닭은 한지섭 등의 지식인에 의해 영수나 윤호 등이 사실과 진실의 차이를 올바르게 이해하면서 의식있는 성인으로 성장하는 서사구조를 이루고 있기 때문이다. 말하자면 이 작품은 즉자적 민중의 차원에 머물러 있던 노동자 계층이 어떤 과정을 거쳐 대자적 민중으로 성장하고 있는가를 보여주고 있으며, 이런 의미에서 영수 등이 산업화 사회의 구조적 모순을 정확히 인지하고 그 모순의 고리를 깨뜨리는 역할을 떠맡게 되는 의식의 발전과정을 드러내려는 데 역점을 두었던 작가의 의도를 읽을 수 있다.

대학을 가기 위해, 나는 제군을 시험에 붙게 하기 위해 뛰다가 노골적인 의도들도 읽을 수가 없었다. 우리는 너무 바쁘기만 했다. 그동안 바빴던 것은 과연 우리의 가치를 위해서였을까?　　　　　　　　　　（「에필로그」, p.235）

한 인간의 창조적이고 개성적인 삶을 방해하는 대상은 정체가 뚜렷하지 않다. 그 대상은 이 사회 전체 구성원이기도 하고 바로 자신의 물욕적·이기적·기회주의적 사고이기도 하다. 그러나 대부분의 사람들은 자신이 엄청난 음모의 희생물이 되어 있다는 사실을 모른 채 일상적 삶에 함몰된다. 눈 앞의 조그만 이익에 객관적 가치판단의 기능을 상실한 인간은 서서히 사물화·수단화되면서 자아를 잃어간다. 『난장이』 연작 소설의 서두와 말미에 수학 교사를 등장시키며 넌센스적 질문을 던지게 한 작가의 의도는 이로써 분명해진다. 그것은 현실의 외관에만 집착하면 보다 중요한 부분을 잃을 수도 있다는 상식적인 교훈이다. 그리고 그것은 자신의 잃어버린 권익을 되찾는 일에 그 누구도 도움을 줄 수 없다는 냉정한 현실인식의 확인이기도 한 것이다.

조세희의 『난장이』 연작은 기업인들만을 위한 70년대 공업화 정책의 모순과 비리와 부조리를 날카롭게 비판한 작품이다.[226] 이 작품은 70년대 사회 소설의 진전을 모조리 수용하면서, 따라서 경제 개발기의 사회상을 거의 정확하게 반영[227]하고 있다는 극찬을 받기도 하는데, 실제로 이 작품의 의의는

---

226) 김병걸, 「노동문제와 문학」, 앞의 책, p.72
227) 김병익, 「한국 문학에 나타난 계층 문제」, 『들린 시대의 문학』, 문학과 지성사, 1985, p.127
　　그러나 이와 정반대의 견해를 표시하는 평자도 있다. 황광수는 "『난장이』는 당대의 현실인식에 철저하지 못했을 뿐만 아니라 그것을 지나치게 인위적으로 다듬은 나머지 그 표현이 아포리즘적·동화적으로 흘러 그 내용을 위축시킴으로써 삶의 현실을 거의 불구상태로까지 몰고가고 있으며 "조세희가 보여주는 희망은 현실 속에서의 인간의 무력감만을 노출하고 있고, 따라서 그것은 오히려 '절망'의 역설적 표현처럼 보인다."고 말한다. (황광수, 「노동문제의 소설적 표현」, 김병걸·채광석 편, 『민중, 노동 그리고 문학』, 지양사, 1985. pp.312-313 참조) 또한 성민엽은 "조세희의 소설은 '반성하는 중간층'의 위기의식의 소산"으로 파악하기도 한다.(성민엽, 앞의 글, p.231)

주인공이 어느 문제적 인물 혹은 개인적 영웅으로 표상되지 않고 공동의 목표를 가지고 싸우는 집단 전체로 그려져 있다는 점과 사랑의 회복과 실천을 강조하는 난장이의 간절한 소망에서 찾아진다. 조세희가 문제시하는 것은 분배의 정의를 외면한 사용자의 윤리적 감각의 부재[228]이며, 사랑의 회복과 실천으로 사회 경제적 모순이 해소될 수 있다는 낭만적 세계관이다. 이것이 70년대 노동현실을 얼마나 정확하게 반영하고 있는가의 문제와 상관없이 그의 유토피아적 상상력이 각종의 사회적 억압에서도 미래에의 희망을 포기하지 않는 抗體로 기능할 것은 분명해 보인다.

한국의 산업화는 국가 주도형·저임금 의존형 등의 정책에 힘입어 추진되었기 때문에 그 당연한 결과로서 경제적 배분의 극심한 불평등을 초래하였다. 따라서 새로운 지배계층으로 성장한 사업가(신흥재벌)는 자신의 부도덕성을 은폐하기 위하여 사치와 향락에 탐닉하는 한편, 그들의 부의 원천인 노동자들에 대한 노동과 임금의 착취는 더욱 가혹한 양상을 띤다. 70년대 후반에 이르러 노동문제를 전면적으로 다룬 작품이 다수 출현하게 된 것은 노사간의 갈등이 핵심적인 사회문제로 대두되었던 시대적 분위기에 대한 작가의 적절한 현실대응이었다. 뜨내기 노동자들의 조직적 쟁의와 실패의 과정을 다룬 「객지」는 그런 의미에서 노동문학의 새 장을 연 것으로 평가될 수 있다. 그러나 이 작품의 노동자는 즉자적 민중의 차원에서 벗어나지 못했다. 따라서 동혁이 개인적 영웅으로 이해되거나 작가의 세계관이 낭만적 허위의 색채에 물들어 있다는 비판은 어느 정도 타당하다. 한 개인의 무모할 정도로 용감한 희생적 행동이 떠돌이 인생의 딱딱한 의식의 각질을 깨고 대자적 민중으로 의식화되는 과정을 그린 「흔들리는 땅」은 「객지」에서 일보 진전한 모습을 보여준다. 그리고 이들 작품은 모두 민중 스스로의 자각과 실천적 행동에 초점이 맞추어져 있어 뜨내기 노동자가 주체적 세력으로 성

---

228) 홍기삼, 앞의 글, p.32

장하는 과정을 살피는 데 중요한 디딤돌 역할을 담당한다. 가령 『아홉 켤레의 구두로 남은 사내』는 대학출신이며 안동 권씨인 것을 유일한 자존심으로 내세우는 권씨가 허위의 성에서 벗어나는 의식의 변모과정을 보여주고 있지만, 지식인과 노동자의 뜨거운 손잡음은 성사되지 않았다. 말하자면 윤흥길은 도시빈민의 참상을 지식인을 매개로 하여 사실적으로 제시하는 데 그치고 있다는 느낌이 강하다. 그렇다고 하여 『아홉 켤레』가 지식인의 자기 합리화에 지나지 않은 것은 아니며, 오히려 하층 노동자의 열악한 삶의 조건에 무관심한 태도를 보였던 중산층의 의식에 강력한 충격을 던졌다는 점에서 이 작품은 주목에 값하는 것이다.

조세희의 『난장이가 쏘아올린 작은 공』은 변화무쌍하고 적절한 활용을 통해 다양한 계층의 의식을 박진감있게 드러내 보여준다. 난장이 일가의 참혹한 파멸의 과정을 묘사하고 있는 이 연작소설은 가진 자/못가진 자의 대립적 세계관을 주축으로 하여 못가진 자의 엄청난 희생과 고통의 비비드한 모습을 작가 특유의 '스타카토 문체'로 조명하고 있다. 이 소설에서 주목되는 것은 가진 자/못가진 자의 세계관이 세대에 따라 다른 양상을 보인다는 사실이다. 난장이는 자신의 가난을 숙명으로 받아들이면서 유토피아적 이상세계를 꿈꾸는 데 반해, 지섭과 영수 등은 현실의 구조적 모순에 직접 항거하면서 변혁을 꾀한다. 그러나 조세희가 지향하는 세계는 가진 자/ 못가진 자의 직접적 대립에 있는 것이 아니라, 사랑의 실천을 통해 갈등관계가 해소될 수 있으리란 낭만적 세계관에 기초한 이상향이다. 그의 사랑은 경우에 따라 제도적 뒷받침에 의해 강요되는 사랑이기도 한데, 이것은 현실이 그만큼 사랑이 메마른 불모의 현장이며 모든 갈등과 대립이 여기에서 연유하는 것이라는 작가적 현실인식의 결과이다.

Ⅲ. 結論

 1970년대의 시대적 성격을 어떻게 규정할 것인가 하는 문제는, 당시 상황이 매우 복잡하고 미묘하게 뒤얽혀 있어 섣불리 단정짓기 곤란하다. 당시는 산업화의 급속한 성장 속도에 따라 우리의 삶의 양태가 양적인 풍요를 누리고 있었지만, 정치적으로는 군사 독재 치하의 암울한 분위기였고, 경제적으로도 계층 사이의 대립과 갈등이 더욱 격화되던 시기였기 때문이다. 한 마디로 1970년대는 이제까지 억눌려 있던 사회 모든 계층의 분노가 거의 폭발 직전이었던 시기로 생각되는데, 그러한 조짐은 사회 각 분야에서 때로는 분명하고도 확실한 목소리로, 때로는 매우 암유적이고 상징적인 모습으로 나타나기 시작했다. 그러니까 1970년대는 전시대에 비해 월등한 경제적 여유를 즐겼던 시기였는지 몰라도(이런 경제적 여유도 일부 상류 계층과 중산 계층에 국한되었고 대다수 하층민들은 상대적 빈곤감에 더욱 시달렸지만), 정신적으로는 가치관의 혼란 · 억압된 정치 상황에 대한 불만의 누적 · 계층간의 갈등의 심화 · 상업주의의 범람 등 전혀 갈피를 잡을 수 없는 혼돈기였다고 생각된다.

　이러한 과도기적 상황에서 작가들은 산업화가 초래한 부정적 양상들을 진지하게 관찰하고 심각하게 고민하기 시작하였다. 그들은 외형적 경제의 괄목할만한 성장이 무엇을 담보로 해서 얻어진 것인가에 대하여 유의하게 되었고, 놀라운 경제 성장률 뒤편에는 군사정부의 정권 유지를 위한 음험한 정략과 인간성의 파괴를 초래하는 물신주의가 숨어 있다는 사실을 발견하였다. 70년대의 한 때를 풍미했던 히피문화·상업문화의 말초적 쾌락에 젖은 대중들이 현실에의 불만을 섹스와 스포츠로 해결하고 있을 때, 사제적 지성으로서의 본분을 망각하지 않은 작가들은 조국 근대화라는 거창한 구호 밑에 감추어진 추악하게 부패한 현실의 모순을 하나하나 지적했다. 70년대의 소설이 농촌·소외·가치관의 혼란·계층간의 갈등·분단의 비극·민중적 역사관 등의 주제를 설정한 것만 보더라도 그들이 무엇을 고민하고 있었는가는 분명히 드러난다. 70년대 작가들은 소설 문학이 본질적으로 내포하고 있는 사회 비판·고발적 기능을 성실히 수행했던 것이다. 작가들은 소설이 타락한 사회에서 타락한 방식으로 진정한 가치를 추구하는 문학 장르라는 골드만적 관점에 입각하여 사회의 모순과 부조리를 가차없이 폭로하기 시작하였다.

　산업화의 가장 커다란 미덕은, 그것이 궁극적으로는 인간을 물질적 구속에서 해방시켜준다는 데에 있을 것이다. 다시 말해 산업화로 인한 대량생산은 인간의 물질적 궁핍을 해소시켜 주고, 따라서 인간에게 물질적인 면보다 정신적인 면의 발전과 향상에 신경을 집중하도록 자극하는 것이 산업화의 최종 목표인 것이다. 이런 점에서 산업화와 문화는 매우 밀접하고 유사한 관계를 형성한다고 할 수 있다. 왜냐하면, 문화의 지향점이 인간의 물질적 구속으로부터의 해방에 두어진다는 것은 너무도 자명한 사실이기 때문이다. 그럼에도 불구하고 산업화의 방향은 이와는 전혀 반대되는 결과를 초래했다.

　산업화 시대의 특징을 거칠게 요약하자면 물질주의·개인주의에 따른 소외의식의 심화라는 표현으로 압축시킬 수 있다. 물질주의는 과거의 금욕적 윤리의식을 철저히 파괴하고, 개인주의 역시 전통적 공동체적 삶의 질서를 송두리째 부정한다. 따라서 주자학적 정신주의의 가치관에 의해 성장한 세대와 서구의 속악한 물신사상에 침윤된 세대 사이에는 엄청난 의식의 심연이 가로 놓이고, 나 혼자 잘 살면 그만이라는 극단적 개인주의는 계층간의 갈등을 극한 상황으로 몰고 간다. 현실은 물질주의자와 개인주의자가 득세한 타락한 사회이며, 70년대 작가들이 그러한 사회에서 진정한 가치를 추구하는 문제적 개인들에 주목하게 된 것은 필연적인 현상이다.

산업화 소설은 산업화 시대의 사회·정치·문화적 양상에 두루 관심을 표명한다. 그러나 그것이 보다 주의 깊은 관심을 기울이고 섬세하게 관찰하는 대상은 산업화로 인해 파손된 정신주의와 관련된 것이다. 산업화 소설은 산업화 시대를 정직하게 반영하면서 어떤 요인이 산업화의 방향을 잘못 인도하고 있는가를 냉철하게 파헤친다. 따라서 산업화 소설이 표방하고 있는 주제가 주로 윤리·도덕적인 것으로 국한 된다고 보는 견해는 전적으로 타당하다고 할 수 있다. 왜냐하면 현실을 타락한 구조로 보는 관점은 기본적으로 과거의 정신주의를 모델로 삼아 그것과 비교함으로써 얻어진 결론이라 여겨지기 때문이다.

70년대 작가들이 끈질기게 추적한 현실의 제반 모순들도 따지고 보면 물질주의에 타락한 정신주의에 대한 향수와 복귀에의 강렬한 희원이라 할 수 있다. 그들이 물신숭배자의 속물근성을 질타하고, 노인을 유기하는 비정한 아들을 고발하며, 자기의 이익만을 위해 노동자들을 인간 이하로 취급하는 경영주의 반도덕성을 비난하는 일은 하나같이 함께 어울려 사는 공동체적 삶의 질서, 즉 게마인샤프트적 연대관계의 파손을 우려하는 생각에서 연유한다. 그러나 70년대 작가들은 정신주의의 타락을 직접적으로 지적하거나 통매하지 않는다. 현실의 문제를 직접 거론하고 대안을 제시하는 것은 문학이 담당할 몫이 아니라 철학이나 윤리학에서 다루어야 할 부분이기 때문이기도 하겠지만, 더 중요한 점은 물질주의의 폐단을 낯선 표현으로 드러냄으로써 일반인의 둔감한 의식에 충격을 가하는 것이 보다 효율적인 전략이라는 판단 때문이라 보인다. 따라서 70년대 작가들이 알레고리적 수법이나 상징적 표현을 자주 차용한 것도 이러한 전략적 차원에서 이해해야 하리라 생각한다. 그들은 물질주의의 폐단이 인간의 본성을 얼마나 무가치한 것으로 전락시켰는가를 경험적으로 드러내면서 극복의 방책을 모색한다. 가령 노동자와 경영자 간의 극단적인 인식의 차이를 문제삼고 있는 『난장이가 쏘아 올린 작은 공』에서, 난장이와 그의 아들 영수가 사랑으로써 이 세상을 다스려야 한다는 의견에 공감을 표하는 것이 좋은 예가 된다. 그것이 비록 현실적 가능성이 희박한 환성적 기대에 그친다 하더라도 그 의의가 감소되거나 훼손되는 것은 아니다. 작가는 현실보다는 이상을 꿈꾸는 자이며, 작가의 존재 이유 중의 하나가 살벌한 현실을 있는 그대로 묘사하면서도 미래에의 낭만적 전망을 포기하지 않는 데 있다는 믿음이 이런 생각을 가능케 한다.

70년대 산업화 소설은 당대 한국 사회가 당면하고 있는 여러 가지 모순과 부조리의 징후를 다각적이고도 날카로운 관점에서 들추어내었다. 이 논문에서 살펴본 것들은 70년대 작가가 성실한 자세로 천착한 산업화 소설의 극히 일부분에 지나지 않는 것이며, 필자의 과문과 부족한 안목 탓으로 보다 중요한 작품을 누락시켰을 가능성도 배제 할 수 없다. 그럼에도 불구하고 이제까지 살펴본 70년대의 산업화 소설의 의의는 명료하게 밝혀졌으리라 믿는다. 그것은, 다시 반복하는 것이 새삼스럽게 여겨지지만, 물질주의와 개인주의에 파손된 정신주의의 복원에 대한 강력한 희망인 동시에, 차후 산업화의 전개 방향이 인간적 삶의 질적 향상에 초점이 맞추어지도록 궤도수정을 촉구하는 의미를 갖는다. 그렇게 때문에 70년대의 작가들은 다소 사소한 것이라 여겨지는 문제에도 엄중한 의미를 부여하였고, 실증적이고 비판적인 검토를 통해 정신적인 것의 옹호를 호소하였다.

산업화 소설의 소설사적 의미 또한 이런 관점에서 찾아야 할 것이다. 그것은 일제시대 식민지 현실의 구조적 모순을 가차없이 파헤친 선배 작가들의 엄숙한 작업과도 일맥상통하는 것이며, 앞으로 전개될 소설문학의 바람직한 방향과도 밀접한 연관관계를 맺는 것이기도 하다.

필자는 한국 현대소설에 나타난 산업화의 양상을 사회학적 관점에서 분석하여 보았다. 이제 그동안의 논의를 바탕으로 문제점을 정리하면서 산업화가 한국 현대소설에 미친 영향을 검토해 보고자 한다.

이 논문은 1970년대에 쓰여진 한국 현대소설이 산업화를 어떤 시각에서 수용하고 반영하고 있는가를 규명하기 위한 목적에서 쓰여졌다. 필자는 한국 현대소설에 투영된 산업화 양상을 도시화 현상·가치관의 변동·인간의 소외문제·사회계층간의 갈등 등 네 가지 사항으로 유형한 뒤 이를 다시 세 가지 주제로 항목화하였다.

도시화 현상의 유형은 다시 두 갈래로 나누어 생각해 볼 수 있다. 그 하나는 도시문제를 직접적으로 거론하면서 도시의 구조적 모순이나 부조리한 양상을 폭로한 것이고, 다른 하나는 농촌의 변화된 모습에 주목하면서 간접적으로 도시화·산업화의 폐해를 고발한 것이다. 전자는 다시 도시 이주민을 다룬 소설과 도시의 생태를 다룬 소설로 유형화하여 살펴보았다.

도시 이주민을 다룬 소설은 물질적 욕망을 충족시키고자 서울로 올라온 젊은이들이 도시가 요구하는 비인간적·반도덕적 행태에 적절히 대응하지 못함으로써 참담한 실패와 좌절을 경험하는 서사구조를 이룬다. 이호철의 『서울은 만원이다』. 황석영의 「이웃 사람」·「장사의 꿈」에서 도시는 꿈과 기대의 지평인 동시에 원시적 생명력이 거세되는 불모의 공간으로 표상된다. 따라서 이들 작품의 작중 인물은 애초의 기대와 달리 욕망의 좌절·남성의 거세 등을 경험하면서 도시 변두리로 쫓겨나거나 고향으로 돌아간다. 이들이 도시적 삶에 적응하지 못하는 일차적 원인은 인간의 순수한 본성을 상실하지 않고 있기 때문이다. 따라서 이들 작품은 도시로 들어온 농어촌 출신의 젊은이가 그곳에서 도태당하는 과정을 보여줌으로써 도시의 비정성·불모성을 강조하고 있다.

　도시의 생태를 다룬 소설은 특정한 지역단위에 있어서의 독특한 생활양식 내지 주거지대의 인간·사회·환경의 상호관계를 생태학적으로 묘사한, 이른바 생태학적 도시소설을 말한다. 한국 현대소설에서 다루어지는 도시의 형태론적 구조는 아파트 단지로 상징되며 작가들은 획일화·균일화된 삶을 살면서 자아를 상실하거나 사랑과 신뢰가 증발된 상황에서의 인간의 고독과 불안을 문제삼고 있다. 이것은 결국 아파트 단지가 획일성·익명성·비정성·무관심·비연대성의 상징 공간으로 인지되기 때문으로 보인다. 또한 현대 작가들이 아파트를 '집'이 아닌 '방'의 개념으로 인식하고 있는 것도 흥미로운 사실이다. 최인호의 「타인의 방」, 박완서의 「닮은 방들」, 이동하의 「哄笑」, 한수산의 「침묵」, 이청준의 「거룩한 밤」 등은 공동체적 삶의 현장으로서의 '집'의 의미를 상실한 아파트가 개체로서의 고립된 삶이 보다 중요시되고 부박한 유행과 모방의 병균이 창궐하는 비인간적 공간으로서의 '방'으로 인식되고 있음을 생생하게 증언한다. 이들 작품의 작중인물이 가출을 시도하거나 간음을 계획하는 것 등은 결국 소외된 자연을 회복하고 건강하고 야성적인 생명력을 회복하려는 행동의 역설적 표현이다.

　이문구의 『우리동네』 연작은 한국 농촌 어느 구석에서나 벌어지는 잡다한, 그러나 매우 심각하고 근원적인 현실을 문제삼고 있다. 이 작품에서 주로 다루어지는 사건은 조합과 농민의 갈등, 관공리의 억압적 자세와 부조리 실태, 추곡수매와 入庫를 둘러싼 官商 야합의 실상, 농가소득과 부채의 문제 등 농촌적인 것이 주종을 이루지만, 부동산투기·교육현장에서의 치맛바람 등 도시적인 것도 散見된다. 이것은 결국 현대 농촌이 한국 사회 전체의 구조적 모순을 총체적으로 내포하고 있음을 의미한다. 이문구는 농촌이 황폐화된 원인을 외부에서만 찾으려 하지 않고 농민 자신들의 뒤틀린 살림 규모와 설익은 정신이 그들의 가난을 심화시켰다고 지적함으로써 비판의 형평을 유지한다. 『우리동네』가 보여주는 가장 커다란 미덕은 농촌현실을 농민들의 언어와 의식 내부로 파악된 현실로 그려내면서 그들의 주체적 각성을 밑바탕에 두고 있다는 점이다. 다시 말해 그들은 자신의 소비적 삶을 반성하는 한편, 관권을 등에 업은 이기적 집단과 정직한 대결을 벌임으로써 주체적 세력으로서의 건강성을 회복하는 것이다.

우리나라의 산업화는 전통적 가치와 규범체계가 산업화에 따른 사회의 구조적 변동을 수반하고 적응하면서 서서히 변화하는 과정을 거치지 못했기 때문에 극심한 가치관의 혼란을 경험하게 된다. 서구의 물신주의적 가치관의 무분별한 유입으로 현대인은 物神의 노예로 전락하기에 이르고 위선과 허세에 가득찬 거짓된 삶을 정당한 것으로 받아들인다. 이른바 교환가치가 사용가치를 구축하는 왜곡된 사회구조 및 가치체계의 지배를 받는 현대인의 인간성을 상실한 채 상품의 차원으로 추락하고 사회의 비윤리성이 심화되면서 자아의 파멸을 초래하게 된다. 최일남의 「둘째사위」·「너무 큰 나무」·「춘자의 사계」는 학력·금력·권력으로 자신을 감싸고 있는 물신 숭배자들의 반도덕성을 풍자적 수법으로 고발한 작품이다. 그러나 최일남의 소설은 지나치게 현실의 풍속적 묘사에 치중함으로써 물신주의의 근원적 문제를 통찰하는 데까지는 나아가지 못하였다. 박완서의 『휘청거리는 오후』·『도시의 흉년』 등은 물질추구적 가치관에 오염된 도시의 결혼 풍속과 속물들의 타락한 삶을 고발한 작품으로, 그가 날카로운 비판의식으로 해부하여 보여준 중산층의 거짓된 삶은 정신보다는 물질이, 진실보다는 허위와 가식이, 실질보다는 허세가 판치는 요지경같은 삶이다. 부자들만이 할 수 있는 부자들의 생활의 재미를 추구하기 위하여 재벌의 후처로 들어간 초희는 자신이 공회장의 집에 전혀 어울리지 않는 사실에 불안해한다. 신경안정제의 과다한 복용과 대학 동창 김상기와의 불륜을 매개로 하여 그녀는 정신적·육체적으로 타락하게 되며, 그의 부친 허성 씨는 막내딸 말희의 결혼 비용을 장만하기 위해 부정을 획책하다가 끝내 자살한다. 물신적 사고에 물든 여성들의 허황한 결혼 풍속이 한 가정을 여지없이 괴멸시키는 과정을 보여주는 『휘청거리는 오후』는, 그러나 그 자체로서는 충실한 현장보고가 되고 있지만, 그것의 근본적 원인을 파헤치고 인간적인 삶의 방향을 제시하는 데까지는 미치지 못하고 있다.

산업화에 따른 물질주의 혹은 개인주의는 가족 내의 윤리체계를 근본적으로 뒤흔들어 놓았다. 개인적·집단적·사회적 해체는 방향 상실·목적 상실·사명감 상실·책임 상실·윤리의식 상실·권위 상실 등 사회 윤리의 급격한 변화와 타락을 가져온다. 가정에서는 부친의 권위가 여지없이 추락하면서 마침내 노인 유기라는 반인륜적 행위가 자행된다. 이것은 인간이 혈연적으로 기대할 수 있는 게마인샤프트적인 인간관계의 소멸과 그것을 야기하는 산업사회의 卽物主義의 당연한 결과라 할 수 있다. 최인호의 「돌의 초상」은 이중으로 유기되는 노인의 비극적 말년을 통해 현대인 모두가 高麗葬의 공범자라는 사실을 아프게 인식시킨다. 또한 전상국의 「고려장」은 6.25의 비극으로 노망이 든 모친을 거리에 버리면서 그 책임을 국가에 묻고 있는데, 이것은 노모의 비극을 논리의 차원에서 접근하여 해명하는 게 아니라 감각적으로 이해함으로써 문제의 본질에서 비껴난 인상을 강하게 풍긴다. 박완서의 「천변풍경」 역시 가장의 권위를 전혀 인정받지 못하는 퇴직교수의 예를 통해 가정에 침투한 개인주의와 물질주의의 폐해가 얼마나 심각한 것인지를 새삼 절감하게 한다. 이밖에 「황혼」, 「대마실 노인의 따뜻한 날」, 「멀어져 가는 소리」 등도 주목되는 작품이다.

현대사회를 규정짓는 가장 주요한 개념 가운데 하나가 소외현상이다. 이는 여러 가지 복합적인 문제에서 개인의 고립화·집단화 내지는 산업화 속에서의 부적응과 인간성의 상실 등의 양태로 나타난다. 노동의 분화가 현저한 도시는 그 사회구조나 삶의 특질에 있어 시골의 단일성과는 달리 이질성·익명성·표면성·비인격성 등의 사회적·경제적·심리적 요소가 서로 복잡하게 혼합되어 있기 때문에 인간관계가 이기주의와 경쟁·약탈·무관심으로 지배되는 특유한 성질의 사회이다. 따라서 공동사회로서의 연대적 기반보다는 개체간의 분열이 심화되고 긴장과 소외·고립이 현저하며 조직의 표준적인 재배력에 의해 개체의 대응의지가 위축되거나 무력화된다. 이동하의 「돌」·「상전 길들이기」, 호영송의 「겨울의 나비」, 이청준의 「예언자」, 홍성원의 「도깨비 웃음」·「괴질」 등은 조직 사회의 폭력과 그에 대응하는 개인의 문제를 취급한 작품들이다. 이들 작품에서 개인은 철저히 소외되어 있으며, 조직은 권위의 메카니즘의 화신으로 나타난다. 「돌」의 도기호, 「예언자」의 나현우, 「괴질」의 원숭이 등은 조직이나 機構의 폭압이나 자동인형적 동조의 음모에 길들여지지 않으려는 생산적 지향의 인간형이다. 모든 가치판단을 소유의 관계로 파악하는 물신적 세계에서 존재적 인간이기를 고집하는 이들 주인공들은 일상성의 세계를 일상성 그대로 수용하지 않고 사실의 세계를 진실의 세계와 혼동하지 않음으로써 소외의 상황을 극복하려 한다. 특히 나우현이 자신의 죽음을 통해 권위주의 메카니즘의 노예가 된 시장지향적 인간들에게 자기정체성의 회복을 추궁한다든지, 「괴질」의 화자가 진실이 밝혀지는 것을 두려워 한 지배자들의 거대한 음모에 희생되는 것 등은 이 사회를 지배하는 조직의 폭력이 얼마나 엄청난 위력을 소유하고 있는가를 깨닫게 해준다.

  '뿌리 뽑힌 자'라는 용어는 산업화 시대에 정신적·물리적 고향을 상실한 현대인의 처지를 가장 분명하게 설명해주는 것이라 할 수 있다. 황석영의 「삼포가는 길」은 세 사람의 뜨내기를 내세워 그들이 어째서 길 위를 떠돌 수밖에 없는가를 감동적으로 묘사하고 있다. 가난 때문에 길 위를 떠돌아다녀야 하는 운명에 처한 이들은 경제적 풍요를 약속한 산업화의 희생자들이다. 그럼에도 불구하고 이들은 자신에게 주어진 삶을 숙명으로 받아들이고 뜨내기끼리의 끈끈한 연대감을 확인하면서 서로의 아픈 상처를 육친애적 사랑으로 감싸 안는다. 특히 백화가 보여준 무조건적 베풂의 사랑은 현대인이 정작 잃고 있는 것이 무엇인가를 역설적으로 드러낸 것이다. 백화의 사랑은 소유의 사랑이 아니라 존재의 사랑이며, 이것이야말로 현대 산업사회의 고독과 불안 혹은 절대적 소외감을 극복할 수 있는 유일한 방법임을 일깨우고 있다.

　노동자들의 저임금에 의존하여 추진된 한국의 근대화가 계층간의 반목과 대립을 증폭시킨 것은 필연적인 현상으로 보인다. 70년대 벽두에 사회를 강타한 전태일의 분신자살은 소득의 불공정한 분배 과정에 불만을 품은 노동자의 분노가 일시에 폭발된 충격적인 사건이었다. 황석영의「객지」는 개인의 영웅주의적 면모가 강조되고 미래에 대한 구체적 전망으로서의 선취의 수준까지 이르지 못했다는 비판적 견해에도 불구하고 노동문제를 본격적으로 다룬 최초의 소설이라는 점에서 값지다. 또한 홍성원의「흔들리는 땅」은 남순의 거룩한 희생적 행동에 감동한 뜨내기 인생이 진실의 소중함을 깨달으면서 대자적 민중으로 성장하는 과정을 그려「객지」의 그것에 비해 일보 진전한 면모를 보여준다. 그리고 이들 작품은 노동자 스스로의 주체적 각성에 의한 자발적 행동이 이루어지고 있다는 점에서『아홉켤레의 구두로 남은 사내』나『난장이가 쏘아올린 작은 공』과 변별되기도 한다. 윤흥길의『아홉켤레』는 허위의식에 사로잡힌 한 지식인이 삶의 가장 비참한 상황을 경험하면서 비로소 자존심이라는 허위의 城에서 벗어나는 과정을 박진감있게 묘사한다.『아홉켤레』의 문학적 의의는 지식인이 허위의식을 청산해야 민중과의 연대감을 공고히 해주며 나아가 계층간의 갈등을 해소시킬 수 있을 것이라는, 지식인의 사회적 역할을 강조한 데서 찾을 수 있을 것이다.

　황석영이 부랑 노동자의 쟁의를 그려내면서 경제성장의 미명 아래 사회정의가 위배되고 있는 현장을 고발하고, 윤흥길이 도시빈민의 참혹한 삶과 노사간의 갈등을 지식인의 자의식을 매개로 제시하였다면, 조세희는 도시빈민과 산업 노동자의 세계를 일정한 사회학적 상상력을 통해 구성하는 가운데 산업화가 한창 진행 중인 한국 사회의 구조적 모순을 본격적으로 해부하고 있다.『난장이가 쏘아올린 작은 공』연작은 70년대 한국사회의 급격한 변화와 연관하여 밑바닥 계층의 사람들이 직면하였던 생존의 전형적인 상황을 충격적으로 제시하면서 그 속에 내포된 인간적·사회적 의미를 총체적으로 조감할 수 있는 근거를 제공한다. 가진 자/못가진 자의 대립적 세계관에 기초한 이 연작은 그러나 윤호와 지섭이라는 지식인 계층 혹은 상류계층의 인물을 등장시켜 양자의 화해가 전혀 무망한 것이 아님을 시사하고 있다. 조세희가 전망하는 세계는 사랑이 충만한 유토피아적 이상세계이다. 그것이 지나치게 낭만적이거나 비현실적이라는 비판에도 불구하고 그의 유토피아적 상상력이 미래에의 희망을 포기하지 않는 항체로 기능할 것은 분명해 보인다.

60년대 이후 급속하게 진행된 경제성장의 과정은 그 양적인 변화의 추세에 있어서 전례를 찾아보기 힘들 정도로 빠른 속도와 전면적인 양상을 띠었다. 경제개발 위주의 산업화가 진행되던 기간에 한국사회는 후진 저개발국가의 위치에서 대표적인 신흥공업국가NICS의 하나로 상승하면서 이른바 "네 마리의 용" 가운데 가장 경쟁력이 강한 국가의 하나로 인식되었다. 또한 50년대 이후 한국의 소득 분배가 예전보다 훨씬 평등해졌다는 경제학자들의 분석은 우리의 산업화가 매우 균형있는 발전과정을 밟아왔다는 것을 웅변한다. 산업화가 가져다 준 가장 자랑할 만한 장점은 무엇보다 경제적 안정과 풍요를 안겨준 것일 터이다. 일제시대부터 60년대 초반까지 굶주림과 질병에 시달렸던 우리 민족은 이제 적어도 절대적 궁핍의 악몽을 잊고 보다나은 생활을 위한 계획을 설계하게 되었다. 그러나 산업화의 내적 부작용이 사회 각부문에서 발생하여 심각한 사회문제를 야기하고 사회 구성원간의 갈등을 심화시킨 점 또한 간과할 수 없는 현실의 상황인 것이다. 이렇듯, 다소 성급하게 전개된 산업화가 초래한 부정적 양상들에 대하여 한국 현대소설은 집요하고도 다각적인 관심을 표명하여 왔다. 현대작가들은 산업화가 보장했고 실제로 우리 눈 앞에 보여주었던 삶의 풍요와 안락이라는 긍정적 효과 못지않게, 그것이 인간성을 파괴하고 계층간의 적대감을 심화시키는 현실의 부정적 측면에 심각한 우려를 표시하였다. 그들은 사회학적 상상력으로 한국사회의 병리현상을 진단하면서 그것의 치유방법을 모색하는 데 많은 노력을 경주하였다. 그 결과 우리는 이 논문에서 확인한 것처럼 다양한 문제들에 대해 본질적인 접근을 가능하게 하는 통로를 확보할 수 있게 되었다. 작가의 비판적 시각에 투영된 한국사회의 구조적 모순과 병폐의 여러 가지 모습은 때로 과장되거나 희화화된 것일 수도 있다. 그러나 그것이 우리의 현실과 전혀 동떨어지고 고의로 왜곡된 모습이 아닌 것만은 분명한 사실이다. 필자는 이 논문을 쓰면서 6, 70년대 작가들의 현실인식이 대단히 예리하고 비판적이기는 하지만, 그 내부에는 한국사회와 한국인에 대한 용솟음치는 애정이 꿈틀거린다는 사실을 충격적으로 경험하였다. 또한 그들이 지식인으로서의 소명의식을 가지고 한국 사회의 병리현상을 낱낱이 해부하면서도 결코 허무의식에 함몰되거나 미래를 암담한 것으로 전망하는 비극적 세계관에 빠지지 않고 있다는 점을 확인하였다. 요컨대 1970년대 작가들은, 윌슨의 비유처럼, 사회의 환부를 터뜨려 역겨운 냄새를 전파하고 있지만 그 자체로서 치유의 방법론을 제시하고 있다는 의미에서 神弓 필록테테스와 같은 존재인 것이다.

필자는 이 논문을 쓰면서 가급적 많은 작품을 거론하고 거기에서 산업화의 여러 가지 징후들을 발견하여 유형화하려 노력하였다. 논문의 연구 대상을 10여 년에 이르는 긴 기간으로 설정하고 이왕이면 장편소설을 많이 다루려 했던 것도 모두 이러한 이유 때문이었다. 그러나 이 논문이 도달한 자그마한 성과는 필자가 애초에 목표했던 것에 비해 현저히 미달하고 있음을 솔직히 고백하지 않을 수 없다. 그 이유의 많은 부분은 필자의 과도한 욕심을 뒷받침하지 못한 보잘 것 없는 능력과 寡聞 탓으로 돌려야 하겠지만, 실제로 이 논문을 작성하는 데 결정적인 도움이 될 만한 사회학적 연구성과가 의외로 적었다는 점에서 찾아야 할 것이다. 1970년대 한국 사회를 종합적으로 분석해 놓은 사회학 분야의 연구물에 대한 자료를 수집하는 과정에서 느꼈던 어려움은, 정말 뜻밖이라 싶을 정도로 그 양이 많지 않았다는 사실이었다. 그리고 그것들도 일반적 국민이 피부로 느끼는 것과는 상당한 거리감이 느

꺼지는 이론적인 것이 대부분이어서 이 논문의 주제와는 별반 상관이 없는 것들이었다.

필자 나름대로 성의를 다 했음에도 불구하고 이 논문은 여러가지 한계와 문제점을 내포하고 있다. 선배·동학들의 애정 어린 질정에 대해서는 기회 닿는대로 보완을 함으로써 성실히 보답하려 한다.

【SUMMARY】

A Study on the Aspects of Industrialization in Korean Novels of 1970s

Kim Hong Shin

Doctoral Program in Korean Language and Literature
Graduate School of Konkuk University

This dissertation aims at illustrating the aspects of industrialization in Korean society of 1970s in order to analyze its reflection on Korean literature from the standpoint of novels especially. Since the early 1960s the aftermath of industrialization has given rise to the whole social problems in Korean society it is important that the contemporary writers of 1970s drew intensive and truculent attention to the problems in 1970s.

In this line, specific symptoms of the industrialization in Korea are divided into four categories : first, the phenomenon of urbanization, second, shift of the sense of value, third, alienation problems among human beings, and last, the conflict between social classes. Among them, the second and the third item can be defined as the theme of industrialization and defamation of human beings of 1970s.

Novels related with urbanization are subdivided into as follows : (1) to deal with urban immigrants, (2) to explore the ecology in urban cities, (3) to investigate the phenomenon of rural industrialization. Including Seoul is Overcrowded (Lee Ho-chul), Merchandizer's Dream (Whang Suk-young), Others' Room (Choi In-ho), Silence (Han Soo-san) and Holy Night (Lee Chung-jun) cover urban problems. And Essays in Kwanchon Village and Our Town (Lee Mun-ku) and Sword and Roots (Kim Ju-young) illuminate the actuality of rural communities whose communal lives were plagued and destroyed after the sequelas of industrialization.

In the novels of 1970s, cities are reflected in desire-oriented places as well as the object of destruction symbolized by nonchalance, dehumanization, tension, alienation and anonymity. Concretely speaking, it is an apartment complex that reveals the very urban mode of life where idiosyncracy is ignored and the normal human relationships are disintegrated in the name of standardization, uniformity. At the same time, these negative phenomena were excessively noticed in rural community, ranging Gemeinshaft society from Gesellshaft.

Through the analysis of these works, it is distinguished that the industrialization makes possible the tremendous development in urban communities but relatively it leads to be regarded the rural community as the barren space of loss of human values.

In the course of rapid growth, the industrialization in Korea sharpened the severe conflict of the sense of value between generations. It causes the collapse of traditional patriarchal authority to alienate the old, and to increase many wanderers who reject their hometowns. On top of that, the virtue of

Confucian asceticism has replaced mammonism and snobbism which expose modern people's deep-rooted fetishism. With this regard, Burying an Old Man Alive (Chun Sang-kuk), Twilight (Park Wan-seo) and Sounds Disappearing Far and Away (Ahn Jang-whan) explore old people's problems, and philistinism of the moderns, possessed with fetishism, are criticized in these novels such as, Elder Son-in-law, Chun-ja's Four Seasons (Choi Il-nam) A Bad Year in City, Staggering Afternoon (Park Wan-seo), Fable in the second Chapter (Kim Joo-young) and so on. Alienation is one of the significant concepts which characterize the modernity.

But in this paper the concept is paid analytical attention to organizational violence and the loss of ego, the loss of one's hometown, wander's consciousness as well. Stone (Lee Dong-ha), Taming (Han Nam-chul), Winter Butterflies (Ho Young-song), Prophet (Lee Chung-jun) and Explosive Laughter (Hong Sung-won) make issues of the contemporary tragic situation which crushes one's self. And wanderer's tragic lives and the restoration of humanism are suggested in On One's Way to Sampo (Hwang Suk-young) which is highly evaluated for its emphasis on consciousness of kind.

Government-run industrialization in Korea, however, has widened the gap in the rich classes and the poor. For that reason, labor problems are brought to the fore as social ones, thus so-called labor novels are created. Since Whang Suk-young's Strange Land raised questions of the absurdity and contradiction in labor spots connected with literary interest, many works including A Small Ball Shot by a Dwarf written by Cho Se-hee has opened the new era of possibility in Korean novels. These works play pivotal roles to discard eliticism of solipcism and to dissolve the antagonism between classes when literature stands on the side of workers in order to give hopeful vision.

Thouh the industrialization in Korea enabled to improve the quality of life and to deviate the chronic penury, what is called "The farm hardship period", yet this situation delivers not a few side effects. Above all, the industrialization resulted in the antimoral behavior such as disparaging and abandoning old people in addition to exceeding the disharmony in the family members, instead of independent, autonomous, and intergral life. FurtheFmore, the extreme confrontation between haves and havenots became the obstacle factor not to unify the national reconciliation, scattering a unstable social milieu.

Thus the writers of 1970s are inclined to analyze the causation of the problems from the multilateral standpoints, and to indicate promising direction of industrialization in a powerful manner.

Consequently, it is sure that writers of 1970s made every affirmative efforts to participate in the pratical problems of their contemporariness, and as a result they had both optimistic and positive prospects. Additionally, this research concludes that the novels of the 1970s presented to the authentic grounds so as to understand the Korean society totally.

參考文獻

1. 基本 資料

≪文學思想≫ · ≪韓國文學≫ · ≪創作과 批評≫ · ≪文學과 知性≫ · ≪世代≫ · ≪新東亞≫ · ≪政經研究≫ · ≪基督敎思想≫ · ≪亞細亞≫ · ≪뿌리깊은 나무≫ · ≪現代文學≫ · ≪작가세계≫ · ≪文藝中央≫ · ≪世界의 文學≫ · ≪문학과 사회≫ · ≪문학과 비평≫

金周榮, 『칼과 뿌리』, 열화당, 1977.
_____, 「貳章童話」, 『여름사냥』, 영풍문화사, 1976.
朴敬洙, 「고향의 어른들」, ≪신동아≫, 1974. 2.
_____, 「대마실 老人의 따뜻한 날」, ≪문학사상≫, 1978. 1.
朴婉緒, 『박완서문학선 : 그 가을의 사흘동안』, 나남, 1985.
_____, 『휘청거리는 午後(上 · 下)』, 창작과 비평사, 1977.
_____, 『도시의 흉년(1,2,3부)』, 문학사상사, 1977-9.
徐永恩, 『사막을 건너는 법』, 문학예술사, 1978.
徐廷仁, 「원무」, ≪창작과 비평≫, 1969. 봄.
宋媛熙, 「사람대신 얻은 것」, ≪현대문학≫, 1977. 8.
安章煥, 「멀어져 가는 소리」, ≪현대문학≫, 1978. 7.
尹興吉, 『아홉 켤레의 구두로 남은 사내』, 문학과 지성사, 1977.
李東河, 『李洞河文學選 : 밝고 따뜻한 날』, 나남, 1987.
_____, 『저문 골짜기』, 정음사, 1986.
李文求, 『冠村隨筆』, 문학과 지성사, 1977.
_____, 『우리동네』, 민음사, 1981.
李淸俊, 「豫言者」, ≪문학사상≫, 1977. 9-10.
李浩哲, 『서울은 만원이다』, 청계연구소, 1991.

全商國, 『第三世代韓國文學 권11』, 삼성출판사, 1983.

趙世熙, 『난장이가 쏘아올린 작은 공』, 문학과 지성사, 1978.

崔仁浩, 『최인호문학선 : 다시 만날 때까지』, 나남. 1987.

_____, 『제삼세대한국문학』 7, 삼성출판사, 1983.

崔一男, 『打令』, 민음사, 1977

_____, 『春子의 四季』, 문학과 지성사, 1979.

韓南哲, 「길들이기」, ≪현대문학≫, 1979. 8.

韓水山, 「침묵」, 『제삼세대 한국문학』 19, 삼성출판사, 1983.

扈영송, 「겨울의 나비」, ≪문학사상≫, 1977. 1.

洪盛原, 『홍성원문학선 : 폭력』, 나남, 1984.

_____, 「괴질」, ≪현대문학≫, 1974, 8.

_____, 「도깨비 웃음」, ≪문학사상≫, 1974. 6.

黃晳暎, 『객지』, 창작과 비평사, 1974.

2. 論文

姜仁淑, 「박완서의 소설에 나타난 도시의 양상(1)―「엄마의 말뚝(1)의 경우」 ≪청파문학≫ 제14집, 숙명여대 국어국문학과, 1984.

_____, 「박완서의 소설에 나타난 도시의 양상(3)―『도시의 흉년』에 나타난 70년대의 서울」, ≪인문과학논총≫ 제16집, 건국대 인문과학연구소, 1984.

고영복, 「한국도시화의 과정 분석」, ≪논문집≫ 16집, 서울대학교, 1970.

곽광수, 「골드만의 소설이론― 소설의 구조발생론적 분석」, 『예술과 사회』, 1979.

구해근, 「현대 한국 계급구조에 관한 시론」, 변형윤 외, 『한국사회의 재인식 I 』, 한울, 1984.

金璟東, 「現代化를 둘러싼 爭點들―社會學的 展望」, 『近代化―그 現實과 未來』, 서울대학교 출판부, 1979.

_____, 「근대화의 작은 양달과 큰 응달」, ≪뿌리깊은 나무≫, 1978.

_____, 「농촌과 도시―그 격차 해소방안」, ≪정경연구≫, 1967.6.

_____, 「도시에서의 자유와 소외문제」, ≪기독교사상≫, 1969.3.

_____, 「도시화와 도시인의 의식구조」, ≪신동아≫, 1968. 2.

_____, 「離農上京의 社會學的 分析」, ≪세대≫, 1967. 12.

_____, 「한국의 근대화」, ≪아세아≫, 1969. 5.

김기태, 「경제규모의 확대와 독과점구조의 심화」, 『한국사회의 변동』, 1986.

김만수, 「전래적 농촌에 대한 회고적 시각」, ≪작가세계≫, 1992. 겨울.

金炳傑, 「김정한 문학과 리얼리즘」, ≪창작과 비평≫, 1972. 봄.

_____, 「組織社會와 文學精神」, 『실천시대의 문학』, 실천문학사, 1984.

_____, 「노동문제와 문학―70년대를 중심으로」, 위의 책.

金炳翼, 「60년대적 순진성과 그 풍속의 상실―이호철의 『서울은 만원이다』, 청계, 1991.

_____, 「混沌과 虛僞―狂氣의 한 樣相」, ≪문학과 지성≫, 1978. 여름.

_____, 「한국 문학에 나타난 계층 문제」, 『들린 시대의 문학』, 문학과 지성사, 1985.

_____, 「건강한 다이나미즘」, 『한국현대문학전집 권51』, 삼성출판사, 1979.

_____, 「난장이, 혹은 소외집단의 언어」, 『상황과 상상력』, 문학과 지성사, 1979.

_____, 「대립적 세계관과 미학―조세희의 『난장이』」, 『난장이가 쏘아올린 작은 공』,
문학과 지성사, 1978.

김상태, 「이문구 소설의 문체」, ≪작가세계≫, 1992. 겨울.

金麗壽, 「산업문명의 위기와 대안적 문명의 모색」, 『근대화』, 서울대 출판부, 1979.

김우종, 「한국 도시문학에 반영된 도시의 증상」, 한국 P.E.N. Spring, 1983.

_____, 「소재주의와 역사주의의 대립」, 『문학논쟁사』, 태극출판사, 1976.

金禹昌, 「近代化 속의 農村―李文求의 농촌소식」, ≪세계의 문학≫, 1981. 겨울.

_____, 「산업 시대의 문학―몇 가지 생각」, ≪문학과 지성≫, 1979. 가을.

김윤식, 「엄숙주의에 대하여」, 『제삼세대한국문학 권11』, 삼성출판사, 1983.

_____, 「문학사적 개입과 논리적 개입」, ≪문학과 사회≫, 1991, 겨울.

김윤환, 「산업화 단계의 노동문제와 노동운동」, 박현채 외, 『한국사회의 재인식 I 』, 한
울, 1984.

김재용, 「1930년대 도시소설의 변모양상」, 연세대 대학원, 1987.

金鍾澈,, 「사회변화와 전통적 가치―이문구의 『관촌수필』을 중심으로」, ≪문학과 지
성≫, 1978. 봄.

김주연, 「발전의 허구와 삶의 질―최일남 중편집 『춘자의 사계』 기타」, 『문학과 정신의
힘』, 문학과 지성사, 1990.

_____, 「산업화의 안팎―70년대 신진 소설가의 세계」, 『김주연평론문학選』, 문학사상
사, 1992.

_____, 「疎外와 現代文學」, ≪문학사상≫, 1976. 4.

김진균, 「현대 한국의 계급구조와 노동자 계급」, 성균관학교 사회과학연구소 편, 『한국 사회의 변동』, 성균관대학교 출판부, 1986.

金治沫, 「관조자의 세계－이호철 론」, 김병익 외, 『한국현대문학의 이론』, 민음사, 1972.

_____, 「독특한 세계의 구축」, 『한국현대문학전집 30』, 삼성출판사, 1978.

_____, 「문학과 문학사회학」, 『문학사회학을 위하여』, 문학과 지성사, 1979.

金泰吉, 「한국인의 의식구조」, 『변혁시대의 사회철학』, 철학과 현실사, 1990.

나병철, 「1930년대 후반기 도시소설 연구」, 연세대 대학원, 1989.

박영신, 「사회 변동의 구조와 문화 현상」, ≪문학과 지성≫, 1979, 가을.

成民燁, 「不和와 虛僞의 世界의 悲劇性」, 『최인호문학선 : 다시 만날 때까지』, 나남, 1987.

_____, 「윤리적 결단과 소설적 진실」, 『지성과 실천』, 문학과 지성사, 1985.

_____, 「異次元의 世界－趙世熙論」, 『韓國文學의 現段階II』, 창작과 비평사, 1983.

_____, 「작가적 신념과 현실」, 『한국문학의 현단계III』, 창작과 비평사, 1984.

成賢子, 「도시적 삶의 양식과 소설의 구조」, ≪개신어문연구≫, 충북대 개신어문연구회, 1990.

소흥열, 「산업화와 가치관의 문제」, ≪문학과 지성≫, 1979, 가을

宋在英, 「삶의 現場과 그 言語」, ≪세계의 문학≫, 1978, 가을.

廉武雄, 「도시-산업화 시대의 문학」, 『民衆時代의 文學』, 창작과 비평사, 1979.

_____, 「사회적 허위에 대한 인생론적 고발」, 권영민 외, 『박완서』, 삼인행, 1991.

吳生根, 「黃析暎, 혹은 存在의 삶」, ≪문학과 지성≫, 1978. 가을.

_____, 「타인의식의 극복」, ≪문학과 지성≫, 1974. 여름.

_____, 「정직한 삶의 不透明性」, ≪문학과 지성≫, 1976, 겨울.

_____, 「긴장과 대결의 미학」, 『홍성원문학선 : 폭력』, 나남, 1984.

吳世榮, 「사랑의 입법과 사법－조세희의 『난장이가 쏘아올린 작은 공』」, ≪세계의 문학≫, 1989. 봄.

유재천, 「사회변동의 구조와 문화현상」, ≪문학과 지성≫, 1979. 가을.

유종호, 「영국소설과 사회-그 단초를 중심으로」, 한국사회과학연구소 편, 『예술과 사회』, 민음사, 1979.

李東烈, 「문학과 사회에 관한 논의」, 『한국문학의 현단계 I 』, 창작과 비평사, 1982.

李東夏, 「70년대의 소설」, 김윤수·백낙청·염무웅 편, 『한국문학의 현단계 I 』, 창작과

비평사, 1982.

李商燮, 「〈森浦 가는 길〉 자세히 읽기의 한 시도」, ≪문학과 비평≫, 1988, 봄.

李善榮, 「세파 속의 생명주의와 비판의식」, 『박완서문학선 : 그 가을의 사흘동안』, 나남, 1985.

_____, 「현대소설과 인간소외」, 김주연 편, 『현대문화와 소외』, 현대사상사, 1976.

이은정, 「한국 현대소설에 나타난 도시적 삶에 대한 연구」, 이화여대 대학원, 1980.

李在銑, 「都市空間의 詩學」, 『한국현대소설사』 1945-1990, 민음사, 1991.

_____, 「도시적 삶의 체계와 자연 또는 농촌의 삶의 양식」, 『한국현대소설사』, 홍성사, 1979.

_____, 「變身의 論理」, 『우리 문학은 어디에서 왔는가』, 소설문학사, 1986.

李柱衡, 「농민문학의 실체」, 장덕순 외, 『韓國文學史의 爭點』, 집문당, 1986.

李泰東, 「역사적 휴머니즘과 미학의 근거—황석영 론」, 『韓國現代小說의 位相』, 문예출판사, 1985.

임영일, 「사회 변동과 계급 구조의 변화」, 송건호·박현채 외, 『해방40년의 재인식 I 』, 돌베개, 1985.

任軒永, 「한국문학에서 도시의 의의」, ≪문학과 역사≫, 한길사, 1987.

_____, 「민족의 상황과 문학사상」, 김병걸·채광석 편, 『역사, 현실 그리고 문학』, 지양사, 1985.

_____, 「노동문학의 새 방향」, 자유실천문인협의회 편, 『노동의 문학 문학의 새벽』, 이삭, 1985.

임희섭, 「산업화 시대의 사회문제와 가치관」, 『사회변동과 가치관』, 정음사, 1986.

정과리, 「용서, 그 타인됨의 세계」, 『겨울광장』, 한겨레, 1987.

_____, 「고통의 개념화—조세희론」, 『문학, 존재의 변증법』, 문학과 지성사, 1985.

鄭文吉, 「소외의 사회학적 논의와 그것이 갖는 몇 가지의 문제점」, 『疎外論研究』, 문학과 지성사, 1978.

_____, 「에리히 프롬의 소외」, 『疎外』, 문학과 지성사, 1984.

_____, 「퇴니스의 사회이론과 소외」, 『소외』, 문학과 지성사, 1984.

정창수, 「70년대를 전후로 한 한국사회에 있어서의 가치관의 변화」, 『한국사회의 변동』, 성균관대학교 사회과학연구소, 1986.

정현기, 「1970년대 소설의 노·사 갈등 모티브 연구」, ≪梅芝論叢≫ 제7집, 연세대 매지학술연구소, 1990. 2.

曺南鉉,「1970년대 소설의 실상과 의미」,『우리 소설의 판과 틀』, 서울대학교 출판부, 1991.

＿＿＿,「노동문학, 어떻게 볼 것인가」,《신동아》, 1985. 7.

조 순,「경제발전의 방향」, 조 순 外,『한국사회의 발전논리』, 흥사단 출판부, 1984.

조 형,「한국의 도시 비공식 부문과 빈곤」, 변형윤 외,『한국사회의 재인식 I』, 한울, 1984.

千二斗,「일상의 늪에의 도전」,《주간조선》, 1981. 4. 26.

최진우,「1930년대 도시소설의 전개」, 서강대 대학원, 1981.

韓元相,「새로운 지배세력과 가치관」,『민중사회학』, 종로서적, 1984.

＿＿＿,「현대사회와 인간소외」,《문학사상》, 1976. 4.

한형구,「편력의 길 혹은 밑바닥 체험의 사상」,《문학과 비평》, 1988. 봄.

현준만,「민중소설의 소설적 탐구」, 위의 책.

洪起三,「農村文學論」,《동대신문》, 1973. 6. 19.

＿＿＿,「産業時代의 勞動運動과 勞動文學」,《한국문학연구》 제10집, 동국대학교 한국문학연구소, 1987.

홍정선,「한 여자 작가의 자기 사랑」, 권영민 외,『박완서』, 삼인행, 1991.

＿＿＿,「노동문학의 정립을 위하여」,《외국 문학》, 1985. 가을.

황광수,「노동 문제의 현실적 표현」, 김병걸·채광석 편,『민중, 노동 그리고 문학』, 지양사, 1985.

黃錫禹,「新年文壇에 바람」,《동아일보》, 1923. 1. 1.

황종연,「도시화·산업화시대의 방외인」,《작가세계》, 1992. 겨울.

3. 單行本

姜大基,『現代都市論』, 민음사, 1987. 경희대학교부설 인류사회재건연구원 편,『現代社會의 危機와 思潮』, 경희대출판부, 1984.

金璟東,『한국사회－ 60년대, 70년대』, 범문사, 1982.

김병걸·채광석 편,『민중, 노동 그리고 문학』, 지양사, 1985.

金炳翼,『狀況과 想像力』, 문학과 지성사, 1979.

김병익·김주연 편,『해방40년 : 민족지성의 회고와 전망』, 문학과 지성사, 1985.

김병익 외, 『현대한국문학의 이론』, 민음사, 1972.

김성환 외 지음, 『1960년대』, 거름, 1984.

金禹昌, 『地上의 尺度』, 민음사, 1981.

김윤수·백낙청·염무웅 편, 『韓國文學의 現段階 Ⅰ·Ⅱ·Ⅲ』, 창작과 비평사, 1982-4.

金柱演, 『문학과 정신의 힘』, 문학과 지성사, 1990.

_____, 『김주연평론문학選』, 문학사상사, 1992.

_____ 편, 『현대문화와 소외』, 현대사상사, 1976.

金治洙, 『文學社會學』을 위하여』, 문학과 지성사, 1979.

金泰吉, 『변혁시대의 사회철학』, 철학과 현실사, 1990.

박현채·송건호 외, 『해방 40년의 재인식 Ⅰ』, 돌베개, 1985.

白樂晴, 『민족문학과 세계문학 Ⅰ』, 창작과 비평사, 1978.

_____, 『민족문학과 세계문학 Ⅱ』, 창작과 비평사, 1985.

성균관대학교 사회과학연구소 편, 『한국사회의 변동』, 성균관대학교출판부, 1986.

성민엽, 『지성과 실천』, 문학과 지성, 1985.

신경림 편, 『농민문학론』, 온누리, 1983.

安瑛燮, 『한국사회 증후군─한국사회의 병리진단』, 전예원, 1989.

廉武雄, 『民衆時代의 文學』, 창작과 비평사, 1979.

李在銑, 『한국현대소설사』, 홍성사, 1979.

_____, 『한국현대소설사 ─ 1945-1990』, 민음사, 1991.

_____, 『우리문학은 어디에서 왔는가』, 소설문학사, 1986.

李泰東, 『韓國現代小說의 位相』, 문예출판사, 1985.

鄭文吉, 『疎外論研究』, 문학과 지성사, 1978.

_____, 『疎外』, 문학과 지성사, 1984.

鄭昌範, 『현대문학의 방법』, 지문사, 1983.

曹南鉉, 『우리 소설의 판과 틀』, 서울대학교출판부, 1991.

천이두, 『文學과 시대』, 문학과 지성사, 1982.

韓完相, 『民衆社會學』, 종로서적, 1984.

_____, 『민중과 지식인』, 정우사, 1978.

韓龍煥, 『소설학사전』, 고려원, 1992.

4. 外書 및 翻譯書

A. 하우저 지음/백낙청 · 염무웅 역, 『문학과 예술의 사회사 – 현대편』, 창작과 비평사, 1974.

Albert William Levi, Humanism and Politics : Studies in the Relationship of Power and Value in the Werstern Tradition, London, Indiana University Press, 1969.

B.H.Gelfand, The American City Novel, University of Oklahoma Press, 1970.

Donald Fanger, Dostoevsky and Romantic Realism, Harvard University Press, 1967.

E.M. 포스터/이성호 역, 『소설의 이해』, 문예출판사, 1975.

Edmund Wilson, The Wound and the Bow, New York, 1965.

Erich Fromm, Escape from freedom, New York : Holt, Rinehart & Winston, 1941.

G.루카치/반성완 역, 『소설의 이론』, 심설당, 1985.

L.골드만/조경숙 역, 『소설사회학을 위하여』, 청하, 1982.

L.골드만/황태연 옮김, 『루카치와 하이데거』, 까치, 1983.

Louis Wirth, Urbanism in World Perspectives, ed. Sylvia Felis Fava(Thomas Y Crowsll. Co.) 1968.

Modecai Marcus, What is an initiation story?, Critical Approaches to Fiction, ed. Shiv K.Kumar/Keith McKean, McGrow-Hill Book Company, New York, 1968.

R.H. 라우어 지음/ 정근식 · 김해식 옮김, 『사회변동의 이론과 전망』, 한울, 1985.

S.채트먼/한용환 옮김, 『이야기와 談論─영화와 소설의 서사구조』, 고려원, 1990.

앨런 쉬원지우드/정혜선 역, 『문학의 사회학』, 한길사, 1984.

에리히 아우얼바하/유종호, 『미메시스』, 민음사, 1979.

윌리스 마틴/김문현 옮김, 『소설이론의 역사』, 현대소설사, 1991.

김홍신

1947년 충남 공주에서 태어나 논산에서 성장했다. 건국대학교 국문과 졸업 후 대학원에서 문학박사학위를 취득했고 명예정치학 박사학위도 받았다.

일찍이 경실련 상임집행위원으로 시민운동을 했고 MBC재단인 방송문화진흥회 이사와 민족화해협력국민협의회 집행위원장을 역임했으며 제15대 제16대 국회의원으로 헌정사상 최초이자 유래가 없는 각종 언론, 시민단체, 기관으로부터 8년 연속 1등 국회의원으로 선정되었다.

1981년에 발표한 장편소설 〈인간시장〉은 한국역사상 최초의 밀리언셀러로 기록되었으며 한 시대를 풍미했다. 그밖에 〈해방영장〉, 〈난장판〉, 〈대곡〉, 〈풍객〉, 〈내륙풍〉, 〈칼날위의 전쟁〉, 〈삼국지〉, 〈초한지〉를 비롯한 128권의 저서가 있으며 2007년 여름에 발표한 대하역사소설 〈김홍신의 대발해〉 10권은 우리 민족의 잃어버린 역사를 되찾아 장엄한 민족사를 복구한 대작으로 평가받았다.

제12회 한국소설문학상, 제6회 소설문학상 작품상, 제1회 자랑스러운 한국인대상, 제4회 통일문화대상, 제14회 현대불교문학상, 제2회 한민족대상 등을 수상했다.

현재는 평화재단이사와 건국대학교 석좌교수로 재직 중이다.

1970년대
소설에 나타난
산업화 양상
연구

초판 인쇄 2010년 3월 16일
초판 발행 2010년 3월 26일

지 은 이 김홍신
펴 낸 이 박찬익
편집책임 이영희
책임편집 이기남

펴 낸 곳 도서출판 **박이정**
주　　소 서울시 동대문구 용두동 129-162
전　　화 02)922-1192~3
전　　송 02)928-4683
홈페이지 www.pjbook.com
이 메 일 pijbook@naver.com
온 라 인 국민 729-21-0137-159
등　　록 1991년 3월 12일 제1-1182호

ISBN　　978-89-6292-107-6 (93810)